M. S. GLASER

Halunken, Türme und Justitia

AF187310

Handlung:

Januar 1968. Auf der seit Kriegsende von der österreichischen Bundesgendarmerie für Ausbildungszwecke genutzten Festung Hohenwerfen wird ein Agentenfilm mit Starbesetzung gedreht. Diese einmalige Gelegenheit will der untergetauchte SS-Offizier Kramer nutzen, um endlich den von ihm in den letzten Kriegstagen auf der Burg versteckten Teil des angeblich im Toplitzsee versenkten Schatzes zu bergen. Doch der von einer attraktiven Frau mit Kramers Ergreifung beauftragte ehemalige Top-Agent Quint und sein zwielichtiger Gehilfe Sentence sind ebenfalls hinter der Beute her. Zudem stellt sich heraus, dass sich auch ein sowjetischer Geheimdienstoffizier an der Schatzjagd beteiligt. Da keine der Parteien Wert darauf legt, die drei auf der Burg verbliebenen Gendarmen aufzuscheuchen, belauern und bekämpfen sich die Gegner zunächst mit nervenaufreibenden Winkelzügen, bis die Situation eskaliert.

Autor:

M. S. GLASER lebt in der Ostschweiz. Aufgewachsen in unmittelbarer Nähe einer bis fast zur Jahrtausendwende streng geheimen unterirdischen Militäranlage aus dem Zweiten Weltkrieg, wurde schon früh sein Interesse für Spionageabwehr und Geheimdienste geweckt. Nach «Spione, Soldaten und Verräter» ist dies sein zweiter Roman mit dem (Ex-)Geheimagenten Quint.

M. S. GLASER

Halunken, Türme und Justitia

Roman

Bibliografische Information der Deutschen Nationalbibliothek: Die
Deutsche Nationalbibliothek verzeichnet diese Publikation in der Deut-
schen Nationalbibliografie; detaillierte bibliografische Daten sind im
Internet über dnb.dnb.de abrufbar.

© 2019 M. S. GLASER

Herstellung und Verlag:
BoD - Books on Demand, Norderstedt

ISBN: 9783748174707

Prolog

Ende April 1945. Die schwer beladene Fahrzeugkolonne kam nur langsam voran. Mit heulenden Motoren quälten sich die teils über ihre maximale Nutzlast beladenen Militärlastwagen in der hereinbrechenden Dämmerung beinahe im Schritttempo die Steigung hinauf.

Nervös warf der SS-Untersturmführer im hintersten Laster immer wieder einen Blick in den rechten Aussenspiegel. Aber mit 52 PS unter der Haube war einfach nicht mehr drin, auch wenn ihm wie allen anderen die Angst im Nacken sass.

Mit schmerzenden Armen kurbelte der Fahrer am Lenkrad, um in der engen Kurve das ohnehin erbärmliche Tempo nicht noch zusätzlich drosseln zu müssen.

Kurz vor der Verzweigung passierte es. Gerade als der Soldat auf der endlich wieder eben verlaufenden Strasse einen Gang höher schalten wollte, starb der Motor ab.

«Was ist los?», wollte der SS-Offizier wissen.

«Wie ich vor zehn Minuten bereits prophezeit habe: Der Tank ist leer!», antwortete der junge Mann in der Wehrmachtsuniform ärgerlich, während er sein Fahrzeug am rechten Strassenrand zum Stehen brachte.

«Dann füllen Sie ihn wieder auf! Los, worauf warten Sie noch? Beeilen Sie sich gefälligst!»

Wütend stieg der Fahrer aus, ging um die Fahrzeugfront herum zur Beifahrerseite und nahm die beiden Benzinkanister aus ihrer vor der Hinterachse angebrachten Halterung.

Während der vor ihnen fahrende Lkw um die nächste Kurve verschwand, öffnete der SS-Führer die lederne Pistolentasche an seiner rechten Hüfte und legte die Hand auf den Griff der Luger. Ungeduldig wartete er, bis der Soldat endlich wieder einstieg.

Wortlos betätigte der verärgerte Fahrer den Anlasser, bis der Benzinmotor wieder zum Leben erwachte. Ohne den SS-Leutnant eines Blickes zu würdigen, fuhr er los.

«Geradeaus!», befahl der Untersturmführer.

«Aber wir müssen nach links!», entgegnete der Soldat und schaute verwirrt zu seinem Begleiter hinüber.

«Tun Sie, was ich Ihnen sage! Wir fahren geradeaus!» Die Pistole in seiner Hand liess keine Zweifel an der Autorität des Beifahrers aufkommen.

Schweigend fuhren sie der Salzach entlang, bis vor ihnen die dunklen Umrisse einer mächtigen, auf einem Felskegel thronenden Burg aufragten.

«Langsam jetzt! Wir sind gleich da!»

Der Fahrer kam der Aufforderung angesichts der auf ihn gerichteten Luger augenblicklich nach. Im Schritttempo liess er sein Fahrzeug auf den bewaldeten Hügel zurollen, der beinahe bis an die Strasse heranreichte.

«Da links rein! Licht aus und anhalten!»

Gehorsam lenkte der Soldat den Lastwagen auf den kleinen Kiesplatz, an dessen anderem Ende ein schmaler Weg zwischen den Bäumen verschwand, hielt an und löschte das Licht.

«So, mein Junge, und jetzt nimmst du ganz vorsichtig mit zwei Fingern deine Pistole aus dem Holster und legst sie vor dem Schaltknüppel auf den Boden! Und versuch nicht, den Helden zu spielen, wenn dir dein Leben lieb ist!»

Als auch dieser Befehl ausgeführt war und der SS-Führer die Pistole mit dem Fuss an die Beifahrertür geschoben hatte, ohne den jungen Mann neben ihm aus den Augen zu lassen, machte er mit seiner Waffe eine auffordernde Bewegung. «Weiterfahren! Aber ganz vorsichtig, der Weg ist sehr schmal! Und denk nicht mal dran, absichtlich einen Unfall zu verursachen; du würdest ihn mit Sicherheit nicht überleben!»

Der Laster setzte sich wieder in Bewegung und erklomm langsam den steilen Anstieg zur Burg, der an einigen Stellen sogar geringfügig schmaler war als das Fahrzeug. Nach wenigen Metern geriet der Fahrer ins Schwitzen, und das nicht nur wegen der anstrengenden Kurbelei am Lenkrad.

Bedrohlich ragte die alte, verlassen wirkende Festung über ihnen in den dunklen Himmel. Wie erwartet, hatte die auf der Burg einquartierte NSDAP-Gauführerschule ihre Zelte bereits abgebrochen und floh vor den herannahenden US-Truppen.

Vor dem weit geöffneten Tor des ersten Sperrbogens stoppte der Soldat und warf dem Untersturmführer einen fragenden Blick zu. Es war offensichtlich, dass der Lkw da nicht hindurchpasste.

«Wenden!»

«Aber dafür reicht der Platz doch kaum aus!», begehrte der Fahrer auf. «Ausserdem ist es schon fast dunkel!»

Die Hand mit der Pistole ruckte nach oben, so dass der runde Lauf auf den Kopf des jungen Mannes zielte. «Wenden, habe ich gesagt!»

Ohne weiteren Widerspruch gehorchte der Fahrer. Es dauerte beinahe fünf Minuten, bis er sein Fahrzeug bei den beengten Platzverhältnissen endlich soweit hatte, dass die Schnauze wieder in die Richtung zeigte, aus der sie gekommen waren. Der Schweiss rann ihm in kleinen Bächen übers Gesicht und den Rücken hinab.

«Na also, geht doch! Stell den Motor ab und gib mir den Schlüssel! Wir steigen aus! Ich zuerst, dann du ebenfalls auf meiner Seite! Und versuch nicht, mich zu übertölpeln, sonst knallt's!»

Der SS-Offizier steckte den Zündschlüssel ein und öffnete die Tür. Langsam kletterte er rückwärts aus dem Fahrerhaus und liess, ohne die Luger von seinem Fahrer abzuwenden, dessen noch immer auf dem Kabinenboden liegende Pistole in der linken Rocktasche verschwinden.

«Jetzt du!»

Als der Soldat ebenfalls ausgestiegen war, dirigierte ihn der Untersturmführer zum Fahrzeugheck. «Aufmachen! Schnell!»

Er wartete, bis der Fahrer soweit war und wies ihn an, auf die Ladebrücke zu klettern. «Schieb die beiden kleinen Kisten her!»

Es dauerte eine Weile, bis der junge Mann die Ladung so verschoben hatte, dass er die betreffenden Holzkisten zur Kante am Ende der Ladefläche zerren und schieben konnte. Schwer atmend stieg er ab, nachdem er den Befehl dazu erhalten hatte.

«Du wirst doch hoffentlich nicht schon schlappmachen, Bubi!», spottete der SS-Offizier, der die Pistole nun in der linken Hand hielt. «Los, fass mit an!»

Gemeinsam wuchteten sie die erste Kiste von der Ladebrücke und trugen sie durch die drei offenen Tore des ersten Sperrbogens, dessen Fallgitter ebenfalls hochgezogen war.

Vor dem Torgebäude des zweiten Sperrbogens setzten

sie die Kiste ab, um kurz zu verschnaufen. Auch hier stand das eisenbeschlagene Doppel-Flügeltor gähnend weit offen. Da hatte es offenbar jemand sehr eilig gehabt, sich aus dem Staub zu machen.

«Los, weiter!»

Keuchend schleppten sie ihre schwere Last in den Hof der zweiten Vorburg.

«Das reicht vorerst! Holen wir die andere Kiste!», kommandierte der Untersturmführer schnaufend. «Und vergiss die Pistole nicht!»

Mittlerweile war es ganz dunkel geworden, aber der noch fast volle Mond ging gerade auf, so dass die Sicht schon nach kurzer Zeit besser war als zuvor bei ihrem Wendemanöver.

Bald darauf stand auch die zweite Kiste auf dem ge-kiesten Fussweg. Die zwei ungleichen Männer eilten erneut zum Lastwagen, wo der Soldat die über den beiden Kotflügeln befestigten Werkzeuge aus ihren Halterungen nahm; auf der Fahrerseite die Schaufel, rechts den Pickel.

Als sie wieder neben den Kisten standen, deutete der SS-Führer auf eine Stelle unterhalb des Fusswegs. «Nimm den Pickel und such eine Stelle, an der sich ein genügend grosses Loch buddeln lässt, ohne gleich auf Fels zu stossen!»

Nachdem er mehrmals die Pickelspitze im grasbewachsenen Boden versenkt und wieder herausgezogen hatte, richtete sich der Soldat auf. «Hier müsste es gehen», verkündete er mürrisch.

Der Untersturmführer warf ihm die Schaufel vor die Füsse. «Los, graben! Aber zuerst die Grasnarbe schön ausstechen und abtragen! Die brauchen wir nachher wieder!»

Als ihm das Loch gross genug schien, hielt der schwitzende Mann inne und blickte kurz auf, senkte den Kopf jedoch sogleich wieder.

«Das reicht! Komm her und hilf mir mit den Kisten!»

Mit dem Mut der Verzweiflung griff der noch unerfahrene Soldat an. Das Schaufelblatt traf mit einem metallischen Laut auf die Luger, deren Lauf durch die Wucht des Schlages nun nicht mehr auf ihn zielte. Er liess die Schaufel fallen und stürzte sich mit einem wilden Schrei auf seinen Gegner. Im nächsten Augenblick krachte der Pistolengriff gegen seine linke Schläfe und liess ihn bewusstlos zu Boden gehen.

Der Untersturmführer verlor keine Zeit. Nachdem er sich vergewissert hatte, dass der Soldat eine Weile schlafen würde, zerrte er die beiden Kisten zum Loch und vergrub sie. Anschliessend fügte er sorgfältig die Grasnarbenstücke zusammen und trug das Aushubmaterial zu zwei in der Nähe wachsenden Sträuchern, unter denen er die Erde gleichmässig verteilte.

Als er damit fertig war, zog er dem Bewusstlosen unsanft die Uniform aus und nahm ihm seine Erkennungsmarke und die Armbanduhr ab. Eilig entledigte er sich seiner eigenen Uniform und zog sie dem regungslos daliegenden Mann an, nachdem er dessen Pistole, den Zündschlüssel sowie eine Streichholzschachtel aus der Tasche des SS-Rocks genommen hatte. Anschliessend legte er ihm die Kette mit seiner eigenen Erkennungsmarke um den Hals und seine Armbanduhr um das linke Handgelenk. Nach kurzem Zögern streifte er auch noch seinen Ring ab und steckte ihn dem Soldaten an den Ringfinger.

Nachdem er in die Wehrmachtsuniform geschlüpft war, die Walther in ihrem Holster versorgt und die Luger eingesteckt hatte, säuberte er Pickel und Schaufel im feuchten Gras und eilte damit zum Laster, wo er die beiden Werkzeuge wieder in ihren Halterungen festmachte. Dann rannte er zurück in den Burghof.

Nach einem prüfenden Blick in die Runde packte er den Bewusstlosen unter den Armen und schleifte ihn rückwärtsgehend zum Lastwagen, wo er ihn nach einer kurzen Verschnaufpause mühsam ins Fahrerhaus bugsierte und auf den Beifahrersitz zerrte.

Keuchend startete er den Motor, der sofort ansprang. Mit grösster Vorsicht lenkte er, Blut und Wasser schwitzend, den Lkw mit offener Heckklappe im fahlen Licht des Mondes den schmalen Weg zum Kiesplatz hinunter. Dort erst schaltete er das Licht ein und fuhr langsam durch die kleine Ortschaft.

Am Ortsende beschleunigte er etwas und behielt das Tempo bei, bis er die Lichter in den Aussenspiegeln nicht mehr ausmachen konnte.

An einer Stelle, an der die Strasse direkt am Ufer der Salzach verlief, stoppte er und stieg aus, ohne den Motor abzuschalten. Schnell ging er um den Laster herum, riss den Pickel aus der Halterung und rannte zum Fahrzeugheck.

Nachdem er das Werkzeug auf die Fahrzeugbrücke geworfen hatte, kletterte er selbst auf die Ladefläche, hob den Pickel wieder auf und zertrümmerte mit kräftigen Schlägen den Deckel einer Holzkiste. Da er nur zu gut wusste, was sie geladen hatten, brauchte er kein Licht. Blind griff er in die Kiste und stopfte die daraus entnommenen Bündel mit den gefälschten britischen

Pfundnoten in die Rocktaschen.

Mit flinken Fingern holte er die Streichholzschachtel aus der linken Hosentasche und entnahm ihr mehrere Streichhölzer, die er entzündete und damit die Geldscheine in der Kiste in Brand steckte.

Als die Flammen hell aufloderten, liess er die Schachtel wieder im Hosensack verschwinden, packte den Pickelstiel und sprang vom Fahrzeug. Sorgfältig befestigte er das Werkzeug an seinem Platz, rannte um die Motorhaube herum und stieg ein.

Ohne Zögern zog er die Walther aus dem Holster, jagte dem immer noch bewusstlosen Soldaten in der SS-Uniform aus nächster Nähe eine Kugel durch den Kopf, steckte die Waffe an ihren Platz zurück und legte den ersten Gang ein.

Mit beiden Händen packte er das Lenkrad und schlug nach links ein, während er langsam die Kupplung kommen liess. Als sich der Laster in Bewegung setzte, sprang er aus dem Fahrerhaus und sah zu, wie zuerst das linke Vorderrad langsam über den Rand der Böschung rollte, dann die linken Zwillingsräder der Hinterachse, und wie das Fahrzeug schliesslich seitlich kippte.

So schnell ihn seine Beine trugen, rannte der Mörder auf einen schmalen Waldstreifen zu und verschwand zwischen den Bäumen. Dort blieb er stehen und blickte zurück.

Ein zufriedenes Lächeln huschte über sein Gesicht, als er sah, wie das Feuer neben der Strasse immer grösser wurde. Wenn auch noch das Benzin in Flammen aufging, würde der Lastwagen komplett ausbrennen und eine Identifizierung der Leiche verunmöglichen. SS-Untersturmführer Wolfgang Kramer hatte soeben aufgehört zu existieren!

Wenn der Krieg zu Ende und genügend Gras über die Geschichte gewachsen war, würde er eine passende Gelegenheit abwarten, um den Schatz in aller Ruhe zu bergen.

Er konnte nicht ahnen, dass bis dahin fast dreiundzwanzig Jahre vergehen sollten.

1. Kapitel

Januar 1968. Ärgerlich erhob sich der kräftige Mann aus seinem bequemen Sessel, als es zum zweiten Mal an der Wohnungstür klingelte. Wer mochte ihn um diese Zeit noch stören?

Im Vorbeigehen fischte er die SIG P210 aus der ansonsten leeren Blumenvase, entsicherte sie und steckte sie hinter dem Rücken in den Hosenbund. Er liebte keine Besuche, und schon gar keine nächtlichen, wenn nicht er selbst der Besucher war.

Ohne Licht zu machen, betrat er den Gang, drehte geräuschlos den Schlüssel im Schloss um und riss mit einem Ruck die Tür auf. Vor ihm stand eine Frau, die ihn mit grossen Augen erschrocken ansah.

«Sind Sie Robert Jaws?», fragte sie geradeheraus, als sie sich von ihrer Überraschung erholt hatte.

«Wer will das wissen?» Aufmerksam musterte der ehemalige Geheimagent die vom Mondlicht überflutete Umgebung. Seine späte Besucherin schien allein zu sein.

Ein sympathisches Lächeln erschien auf dem hübschen Gesicht. «Ich bin Ingrid Sommer!» Sie streckte ihm die Hand hin. «Heissen Sie nun Robert Jaws oder nicht?»

«Namen sind unwichtig; man kann sie nach Belieben ändern», brummte er. «Nennen Sie mich einfach Quint, das genügt!» Ohne ihre hingestreckte Hand zu beachten, stiess er die Tür ganz auf und trat einen Schritt zur Seite. «Kommen Sie herein!»

«Danke.»

Er schloss hinter ihr ab und machte das Licht an. «Was wollen Sie von mir? Und wie haben Sie mich überhaupt gefunden?»

«Das ist eine längere Geschichte.»

«Machen Sie es kurz! Ich habe nicht die ganze Nacht Zeit!»

«Darf ich wenigstens meinen Mantel ausziehen?», fragte sie, unbeeindruckt von Quints abweisendem Verhalten.

«Meinetwegen», knurrte er, ohne Anstalten zu machen, ihr dabei behilflich zu sein. «Dort drüben hängt ein Kleiderbügel.» Er würde ganz bestimmt nicht den Kavalier spielen. Auch wenn er sich eingestehen musste, dass er die Frau mit den schulterlangen, blonden Haaren nicht unattraktiv fand.

Mit einem strahlenden Lächeln wandte sie sich ihm zu, als der Mantel hing, und sah ihn erwartungsvoll an. Quint schätzte ihr Alter auf Mitte dreissig.

«Da Sie nun schon mal hier sind ...» Seine linke Hand, an der ausser dem Daumen alle Finger fehlten, wies auf die offene Wohnzimmertür, hinter der ein gemütlich aussehendes Sofa zu erkennen war. «Setzen Sie sich!»

«Was wissen Sie über den angeblichen Schatz im Toplitzsee?», fragte Ingrid Sommer unvermittelt, noch bevor sie Platz genommen hatte.

«Was man halt so hört und liest», antwortete Quint mit desinteressiert klingender Stimme ausweichend, während bei ihm die Alarmglocken Sturm läuteten.

«Sie sind ein Schwindler! Sie waren schon dort! Ich habe Sie gesehen!» Triumphierend funkelten ihn ihre grünen Augen an. «Vor vier Jahren, als das österreichische Innenministerium sich nach dem jüngsten Tauchunfall dazu entschlossen hatte, den See selbst absuchen und danach für jegliche Unterwasseraktivitäten sperren zu lassen!»

Quint schwieg. Ihm war damals niemand speziell aufgefallen – ausser dem anderen Mann, der sich ebenfalls für die staatlich autorisierten Tauchgänge interessiert zu haben schien. Er wurde wohl alt!

«Ärgern Sie sich nicht darüber, dass Sie mich nicht gesehen haben!», sagte Ingrid Sommer lachend. «Ich war sehr weit entfernt und habe Sie durch mein Fernglas beobachtet – wie übrigens auch den anderen Mann. Ausserdem hätten Sie mich ohnehin nicht wiedererkannt!» Ihre rechte Hand fuhr zum Kopf und zog mit einer fliessenden Bewegung die Perücke herunter, unter der ihr kurzgeschnittenes, braunes Haar zum Vorschein kam.

«Sie haben mir immer noch nicht gesagt, wie Sie mich gefunden haben», erinnerte Quint sie, ohne sich seine Überraschung gross anmerken zu lassen.

«Mein Onkel mütterlicherseits ist Schweizer und arbeitet bei der Kriminalpolizei. Da Sie an Ihrem Wagen ein Schweizer Kennzeichen haben, war es nicht allzu schwer, Sie aufzuspüren und im Auge zu behalten.»

«Und weshalb haben Sie mich überhaupt gesucht?»

«Weil Sie zum Kreis der verdächtigen Personen gehörten», erklärte sie freimütig.

«Verdächtig?» Quint glaubte, sich verhört zu haben.

«Ja. Aber da Sie weder ein Angehöriger der Wehrmacht noch der SS waren, scheiden Sie als Täter aus. Sonst wäre ich jetzt ja auch nicht hier!»

«Da kann ich ja froh sein, dass ich damals für die Gegenseite gearbeitet habe!», antwortete er trocken. «Wollen Sie nicht endlich zur Sache kommen? In meinem Alter braucht man genügend Schlaf, und Sie halten mich davon ab!»

«Wenn Sie mich nicht dauernd unterbrechen und stattdessen zuhören würden, hätte ich es Ihnen schon längst erklärt! Typisch Mann!»

Er verkniff sich ein Grinsen. «Also?»

«Da Sie sich ja offenbar mit den Geschehnissen rund um den Toplitzsee befasst haben, dürfte Ihnen bekannt sein, dass bisher nur gefälschte Pfundnoten, Waffen und sonstiger Schrott daraus zutage gefördert wurden. Vom sagenumwobenen Schatz keine Spur! Ich glaube auch nicht, dass da mehr ist! Wer versenkt schon einen Schatz, den er irgendwann wieder bergen will, in einem See? So dämlich dürften nicht einmal die Nazis gewesen sein!»

Quint, der aufmerksam zuhörte, nickte schweigend vor sich hin. Zu dieser Ansicht war er auch gelangt.

«Folglich muss man die wirklich wertvolle Ware woanders hingebracht und versteckt haben. Und möglicherweise kenne ich den Ort beziehungsweise die Umgebung, in der sich das Versteck befindet!»

Jetzt war er interessiert! Und wie!

«Meine jahrelangen Nachforschungen, deren Einzelheiten ich Ihnen erspare, haben ergeben, dass der hinterste Lkw der Kolonne nicht zum Toplitzsee gefahren ist, sondern sich vorher von den übrigen Fahrzeugen getrennt hat. Man fand ihn später umgekippt und vollständig ausgebrannt neben der Strasse in der Nähe eines kleinen Ortes namens Werfen. Ich glaube, dass genau dieser Lastwagen den eigentlichen Schatz geladen hatte!»

«Wie kommen Sie darauf? Was ist an diesem Fahrzeug so interessant, abgesehen davon, dass es offenbar in eine falsche Richtung gefahren ist und einen Unfall hatte?»

«Der Fahrer war mein Bruder Rolf! Er diente beim Heer und war in den letzten Kriegstagen im Auftrag des mit dem Abtransport der Blüten betrauten SS-Sonderkommandos unterwegs!»

«Sie wollen doch nicht etwa andeuten, dass er sich den Schatz unter den Nagel reissen wollte?», fragte Quint vorsichtig.

«Ganz im Gegenteil!», rief Ingrid Sommer erregt. «Rolf war ein grundehrlicher, gutmütiger Mensch! Nie im Leben wäre er zu einer Schurkerei fähig gewesen, ganz zu schweigen von einem kaltblütigen Mord!»

«Mord?»

Sie nickte aufgeregt. «Der Beifahrer sass noch im Laster, als er ausbrannte! Natürlich konnte man die Leiche nicht mehr identifizieren! Aber die gefundene Erkennungsmarke und weitere persönliche Gegenstände liessen die Behörden glauben, dass es sich bei dem Toten zweifelsfrei um einen SS-Untersturmführer Wolfgang Kramer handelte! Da seine Waffe fehlte und der Schädel auf der linken Seite ein Einschussloch aufwies, schlossen sie daraus, dass er nicht aus freien Stücken beziehungsweise tot im Fahrzeug sass, als es in Brand geriet und umkippte! Es heisst, Rolf hätte den SS-Offizier erschossen und sich mit dem Gold aus dem Staub gemacht!» Ihre Stimme bebte vor Empörung.

«Und Sie vermuten nun, dass es genau umgekehrt war? Dass dieser Kramer Ihren Bruder ermordet hat und selbst gefahren ist? Damit alle glauben, Ihr Bruder sei noch am Leben, während der angeblich tote Kramer untergetaucht ist und auf eine passende Gelegenheit wartet, um den zuvor versteckten Schatz endlich zu holen?» Quint hatte Blut geleckt.

Ingrid Sommer nickte aufgeregt. «Genauso muss es sein!»

«Aber wieso glauben Sie, dass er den Schatz nicht schon längst gehoben hat und damit über alle Berge ist? Nach so vielen Jahren?»

«Vielleicht hatte er noch keine Gelegenheit dazu? Weil sich das Diebesgut an einem Ort befindet, an dem sich die Bedingungen seit damals grundlegend geändert haben?» Ein schelmisches Lächeln erschien auf ihrem Gesicht. Diese Frau hatte es faustdick hinter den Ohren!

«Sie sprechen in Rätseln!»

«Ich sagte doch bereits, dass ich den anderen Mann am See auch beobachtet habe. Leider konnte ich sein Kennzeichen nicht erkennen, als er wegfuhr! Aber die Farbe und das Aussehen seines Wagens habe ich mir gemerkt! Und vor zwei Wochen habe ich ihn wiedergesehen!» Ihre Backen glühten vor Eifer. «Er schien sich sehr für die Gegend zu interessieren, in der das ausgebrannte Fahrzeug aufgefunden wurde!»

Gespannt beugte sich Quint vor. «Sie glauben, dass es Kramer war?»

«Genau das glaube ich! Ich bin mir sogar ziemlich sicher!»

«Sie sagten vorhin, dass er veränderte Bedingungen vorgefunden haben könnte. Was meinten Sie damit?»

«Die Burg Hohenwerfen befindet sich seit Kriegsende im Besitz des Bundeslandes Salzburg. Und jetzt raten Sie mal, wofür sie verwendet wird! Als Ausbildungszentrum für die Bundesgendarmerie!»

«Es gibt da eine Burg?»

«Eine ziemlich grosse sogar! Sie diente bis wenige Tage vor Kriegsende als Gauführerschule.»

«Angenommen, er hat das Gold in der Burg oder zumindest in deren unmittelbarer Nähe versteckt, dann dürfte es ihm wohl ziemliche Bauchschmerzen bereitet haben, als er feststellen musste, dass es dort von Ordnungskräften nur so wimmelt! Das würde tatsächlich für Ihre These sprechen, dass er noch keine Möglichkeit hatte, seine Beute zu holen.»

Ingrid Sommer strahlte über das ganze Gesicht. «Schön, dass Sie meine Auffassung teilen!»

Schweigend sass Quint da und starrte nachdenklich vor sich hin. Seit etwas mehr als acht Jahren versuchte er, dem Geheimnis um den tatsächlichen Verbleib des angeblich im Toplitzsee versenkten Goldes auf die Spur zu kommen. Und nun tauchte diese Frau hier auf und präsentierte ihm gewissermassen des Rätsels Lösung auf dem Silbertablett – sofern ihre Theorie wirklich stimmte!

«Und was erwarten Sie jetzt von mir? Weshalb erzählen Sie ausgerechnet mir das alles, zumal Sie mich ja sogar der Tat verdächtigt haben?»

«Mein Onkel hat mir erzählt, Sie hätten im Krieg für den britischen Auslandsgeheimdienst gearbeitet. Stimmt das?»

«Die Leute reden viel», brummte er. Seine Nachbarn hielten ihn für einen Kriegsversehrten, was er ja im Grunde auch war, seit ihm die beiden Puffer bis auf den Daumen alle Finger der linken Hand zerquetscht hatten. Das war sein letzter Einsatz hinter den feindlichen Linien gewesen. Seither hielt er sich mit einfachen Gelegenheitsjobs über Wasser, die er trotz seines Handicaps gut erledigen konnte. Er brauchte nicht viel zum Leben.

«Ich will diesen Kramer! Er muss für das, was er Rolf angetan hat, bezahlen!» Ingrid Sommer fixierte Quint mit grimmigem Gesicht.

«Da sind Sie bei mir an der falschen Adresse! Ich bin kein Auftragskiller!»

«Wer hat denn etwas von Mord gesagt?», rief sie entrüstet. «Sie sollen den Mann vor ein Gericht zerren, damit er seine gerechte Strafe erhält und mein unschuldiger Bruder endlich rehabilitiert wird!»

«Tut mir leid, aber dafür bin ich nicht der Richtige!», wehrte Quint barsch ab, während es hinter seiner Stirn arbeitete. Hier bot sich ihm die einmalige Chance, in den Besitz des geheimnisumwitterten Goldschatzes zu gelangen. Aber er verspürte nicht die geringste Lust, sich mit dem Weibsbild zu belasten. Er musste sie irgendwie loswerden.

«Man müsste ihm bloss auflauern, wenn er wieder in der Nähe der Burg auftaucht, um sein Vorhaben endlich in die Tat umzusetzen!» Sie sah ihn mit ihren schönen Augen beschwörend an.

«Das kann möglicherweise nochmals Jahre dauern», erwiderte er. «Wenn es ihm bisher zu riskant war, weshalb sollte er es ausgerechnet jetzt wagen?»

«Weil sich ihm in wenigen Tagen eine ausgezeichnete Gelegenheit bieten wird! Dass er sich gerade jetzt wieder dort herumtreibt, deutet darauf hin, dass er das auch weiss und sich auf seinen grossen Moment vorbereitet! Er kann gar nicht anders, wenn er nicht vollkommen bescheuert ist! Und das ist er mit Sicherheit nicht!»

«Und wie soll diese grossartige Gelegenheit aussehen? Haben alle Gendarmen gleichzeitig Urlaub und lassen ihre Ritterburg unbeaufsichtigt zurück?» Es sollte verletzend klingen, aber seine Neugier war zu gross, um sie gänzlich vor der intelligenten Frau verbergen zu können.

Er kam sich vor wie ein Fisch, der soeben einen fetten Köder geschluckt hatte.

Ingrid Sommers Augen glänzten vor Aufregung, als sie mit ihrer Überraschung herausplatzte. «Viel besser! Auf der Burg wird ein Film gedreht!» Mit vergnügter Miene wartete sie, bis sich Quint von seiner Überraschung erholt hatte, bevor sie fortfuhr: «Wie ich gehört habe, soll es sich um einen Agentenfilm handeln! Also genau richtig für Sie!»

Beinahe widerstrebend schüttelte Quint den Kopf. «Das alles liegt jetzt schon fast ein Vierteljahrhundert zurück. Warum gehen Sie nicht einfach nach Hause zu Ihrem Mann und Ihren Kindern und lassen die Sache auf sich beruhen?»

«Ich kann keine Kinder kriegen, und mein Mann ist vor mehr als zehn Jahren bei einem selbstverschuldeten Autounfall ums Leben gekommen.»

Da er nicht recht wusste, was er dazu sagen sollte, liess er es ganz sein.

Mit enttäuschtem Gesichtsausdruck erhob sie sich und setzte ihre blonde Perücke wieder auf. «Überlegen Sie es sich nochmals in aller Ruhe! Schlafen Sie eine oder meinetwegen zwei Nächte darüber! Ich wohne in einem kleinen Hotel ganz in der Nähe. Bevor ich abreise, werde ich Sie nochmals aufsuchen!» Ohne eine Antwort abzuwarten, verliess sie das Zimmer und nahm ihren Mantel vom Bügel.

«Da gibt es nichts zu überlegen! Mein Entschluss steht fest! Und schlafen würde ich schon lange, wenn Sie nicht hier aufgekreuzt wären!» Er schloss die Wohnungstür auf und wartete, bis sie den Mantel zugeknöpft hatte. Dann löschte er das Licht und öffnete ihr die Tür. «Gute

Nacht!»

«Ebenfalls!» Ohne ihn noch eines Blickes zu würdigen, rauschte sie an ihm vorbei in die mondhelle Nacht hinaus.

Nachdenklich blickte Quint ihr nach. Das Aufheulen eines Motors liess ihn zusammenzucken. So beschleunigte man ein Fahrzeug, wenn man auf der Flucht war; oder wenn man jemanden überfahren wollte!

Mit einem Satz war Quint vor dem Haus und riss seine SIG aus dem Hosenbund, während er zur Strasse rannte. Dort stand Ingrid Sommer, ihre Augen mit erhobenem Arm vor dem grellen Scheinwerferlicht des auf sie zurasenden Wagens schützend, neben der Motorhaube ihres Autos und rührte sich nicht vom Fleck.

Quint liess die Pistole fallen, um seine gesunde Hand frei zu haben. Mit einem kräftigen Ruck riss er die Frau am linken Arm zurück in den Vorgarten, während das Fahrzeug mit den beiden undeutlich erkennbaren Insassen haarscharf an ihrem Wagen vorbeischoss.

«Kommen Sie zurück ins Haus! Ich muss nur kurz ein paar Sachen zusammenpacken! Danach fahren wir in Ihr Hotel und holen Ihren Krempel! Hier sind Sie nicht mehr sicher!»

«Sie haben es sich also anders überlegt?», fragte Ingrid Sommer hoffnungsvoll. Sie schien noch gar nicht richtig begriffen zu haben, dass sie nur knapp einem Attentat entgangen war.

«Sie sind nach einem Besuch bei mir beinahe einem Mordanschlag zum Opfer gefallen! Das nehme ich sehr persönlich!»

2. Kapitel

Erfreulicherweise schien Ingrid Sommer eine eher unkomplizierte Vertreterin ihrer Spezies zu sein, wobei Quint die Ansicht vertrat, dass es grundsätzlich keine unkomplizierten Frauen gab; das eine schloss das andere automatisch aus. Deshalb hatte er auch nie das Bedürfnis verspürt, eine feste Bindung einzugehen. Er fand, dass hin und wieder ein kurzes Abenteuer ohne Verpflichtungen weitaus praktischer war und vollkommen reichte.

Jedenfalls hatte sie ihre Sachen innert kürzester Zeit gepackt und im Kofferraum seines Wagens verstaut gehabt. Und seit er beim letzten kurzen Zwischenhalt an einer Tankstelle mit Toilette ihren Pass durchgeblättert hatte, war er auch sicher, dass ihr Name stimmte. Er wusste gern, mit wem er es zu tun hatte!

Sein eigenes Gepäck lag auf dem Rücksitz. Die P210 und eine Schachtel mit fünfzig Patronen vom Kaliber 9 mm hatte er vorsichtshalber in einem nur ihm bekannten Versteck verschwinden lassen. Man wusste ja nie!

Inzwischen war sich Ingrid Sommer auch voll und ganz der Gefahr bewusst, der sie ausgesetzt war, und hatte sich bei ihrem Retter bedankt. Allerdings schien sie den Schock noch nicht ganz verdaut zu haben. Ihr Auto stand vor neugierigen Blicken geschützt in Quints Garage.

«Jetzt ist es nicht mehr weit! Dort vorn ist bereits die Ortstafel zu erkennen!»

«Wurde auch langsam Zeit!» Sie waren seit ihrem

mehr oder weniger überstürzten Aufbruch mitten in der Nacht praktisch ununterbrochen unterwegs, und Quint war froh, wenn er endlich hinter dem Lenkrad hervorkommen konnte. Seine Beifahrerin hatte ihm zwar ein paarmal angeboten, ihn abzulösen, aber er hatte dankend verzichtet. Anscheinend beunruhigte sie, dass er zum Schalten die rechte Hand vom Lenkrad nehmen und den Wagen mit der versehrten linken steuern musste. Das war aber immer noch viel sicherer, als eine Frau fahren zu lassen! Um sie nicht zu sehr zu kränken, hatte er stur behauptet, dass sich sein Auto nicht so ohne Weiteres von jemandem fahren liess, der nicht mit den Tücken des alten Opels vertraut war. Irgendwann hatte sie dann endlich Ruhe gegeben.

Sie passierten die Ortstafel und Quint drosselte das Tempo, während beide nach einem Gasthof Ausschau hielten. Ingrid Sommer sah ihn zuerst.

Langsam liess Quint den Wagen auf den Parkplatz rollen und schaltete den Motor ab. Endlich! Gähnend rieb er sich die brennenden Augen.

«Selber schuld! Sie wollten mich ja ums Verrecken nicht fahren lassen!»

Er wandte den Kopf seiner Beifahrerin zu, die einen erstaunlich frischen Eindruck machte.

«Wollen wir nicht endlich aussteigen? Oder ziehen Sie es vor, in Ihrem heimtückischen Auto zu warten, während ich mir in aller Ruhe ein feines Mittagessen schmecken lasse? Ich kann der Bedienung ja sagen, dass sie die Rechnung dem zerknitterten alten Mann im Opel bringen soll!» Ingrid Sommer grinste ihn herausfordernd an.

«Soweit kommt's noch!», schnaubte Quint mit gespielter Empörung. «Es reicht schon, wenn ich Sie gratis herumkutschieren muss!»

Sie assen gut und reichlich zu Mittag und erkundigten sich bei der netten älteren Dame, die sie bediente, nach einer Schlafgelegenheit für vorerst zwei Nächte. Praktischerweise waren alle drei Zimmer frei, und so konnten sie wenig später zwei davon im oberen Stock des rustikalen Gebäudes beziehen.

Nachdem sie ihr Gepäck aus dem Wagen geholt und sich halbwegs eingerichtet hatten, trafen sie sich im Zimmer von Quint, der inzwischen sein Auto hinter das grosse Haus gefahren hatte, damit es von der Strasse aus nicht zu sehen war. Die SIG lag gesichert unter seinem Kopfkissen.

«Kommen Sie ans Fenster! Von hier aus kann man die Burg bereits erkennen! Und dann diese wundervolle Gegend mit den verschneiten Bergen!» Die Frau schien wirklich nicht müde zu sein.

«Ich weiss», murmelte Quint desinteressiert, ohne von der Landkarte aufzusehen, die vor ihm ausgebreitet auf einem kleinen Tischchen lag. «Zeigen Sie mir lieber, wo man den Laster Ihres Bruders gefunden hat!»

Sie drehte sich um und trat neben ihn. Aufmerksam studierte sie die Karte, um dann den Finger ohne zu zögern auf einen Punkt zwischen Werfen und ihrem Aufenthaltsort zu legen. «Ungefähr da!»

«Also gar nicht weit weg von hier. Das macht Sinn. Dieser Kramer war bestimmt nicht scharf darauf, Ihren Bruder noch lange mit dem Militärlastwagen durch die Gegend zu karren, nachdem er den Schatz versteckt hatte.» Er sah sie von der Seite an und fügte leise hinzu: «Das war jetzt keine Absicht, ich habe nicht auf meine Worte geachtet.»

Ingrid Sommer nickte stumm, ohne den Blick von der Karte abzuwenden.

«Was halten Sie davon, wenn wir uns die Burg aus der Nähe ansehen und uns im Ort etwas umhören? Die bevorstehenden Dreharbeiten müssten doch eigentlich im Umkreis von hundert Kilometern das Gesprächsthema Nummer eins sein. Meinen Sie nicht auch?»

Sie sah ihn an und lächelte. «Einverstanden! Ich hole nur schnell meine Jacke.»

Nachdem Ingrid Sommer den Raum verlassen hatte, zog Quint seine gefütterte Jacke an und holte die Pistole unter dem Kissen hervor. Als er sie gerade in der rechten Tasche verschwinden liess, bemerkte er, dass die Frau schon wieder zurück war und ihn durch die offene Tür erschrocken anstarrte. Wortlos trat er ebenfalls auf den Flur hinaus, schloss sein Zimmer ab und ging vor ihr die Treppe hinab.

Erst als sie im Wagen sassen, sagte er: «Regel Nummer eins: Lass nie deine Waffe in einem fremden Haus zurück, wenn du es verlässt! Sonst ist sie vielleicht nicht mehr da, wenn du sie holen willst!»

Schweigend fuhren sie los. Als sie zu der Stelle kamen, an der man vermutlich den Lastwagen mit ihrem toten Bruder gefunden hatte, warf Quint seiner Begleiterin einen verstohlenen Blick zu. Mit angespannten Backenmuskeln sass sie da und starrte stur geradeaus.

Kurz darauf hatten sie freie Sicht auf die Burg. Quint, der sie zum ersten Mal richtig zu Gesicht bekam, nickte anerkennend. Bei diesem Anblick konnte so mancher englische Lord vor Neid erblassen.

«Und? Was sagen Sie dazu? Gefällt sie Ihnen?» Ingrid Sommer hatte ihr kurzes Zwischentief offenbar überwunden.

«Sieht beeindruckend aus. Aber ob sie mir auch gefällt, weiss ich noch nicht. Das kann ich erst beurteilen, wenn ich den Ausgang unseres Abenteuers kenne. Hoffen wir, dass wir dann noch in der Lage sind, ein Urteil zu fällen!»

«Ich habe ein gutes Gefühl!», antwortete sie und lächelte ihm aufmunternd zu.

Quint verdrehte die Augen. Weibliche Intuition! Wenn das nur gut ging!

Sie stellten den Wagen an einer geeigneten Stelle im Dorf ab und schlenderten durch die Gassen. Bei einem älteren Mann, der gerade damit beschäftigt war, Brennholz von der Scheune ins Haus zu tragen, blieben sie stehen und grüssten höflich. Der Mann erwiderte den Gruss und frass die hübsche Frau mit seinen Blicken beinahe auf. Da Quint Mühe hatte, den Dialekt zu verstehen, überliess er seiner Begleiterin die Konversation.

Während sich die beiden angeregt unterhielten und ihm keine Beachtung mehr schenkten, sah Quint sich unauffällig um und versuchte, sich möglichst alles einzuprägen, was später von Bedeutung sein konnte. Dabei fiel ihm ein Mann auf, der irgendwie nicht so richtig in diese Gegend zu passen schien. Ohne dass er konkret hätte sagen können, was ihn an dem Fremden mit Hut und tief in den Manteltaschen vergrabenen Händen störte, signalisierte ihm sein Instinkt Gefahr. Kurz darauf war die Gestalt zwischen den Häusern aus seinem Blickfeld verschwunden.

Nachdem sie sich von dem freundlichen Dorfbewohner verabschiedet hatten, erkundigte sich Quint bei Ingrid Sommer über den Inhalt des für ihn in unverständlichem Kauderwelsch geführten Gesprächs.

«Er freut sich, dass das Filmteam kommt und hier bald einiges los sein wird.»

«Das tun wir ja auch.»

«Ausserdem kann er sich noch gut daran erinnern, dass hier kurz vor Kriegsende ein ausgebrannter Lastwagen der Wehrmacht mit einer Leiche auf dem Beifahrersitz gefunden worden ist. Die Sache hat damals offenbar ganz schön Staub aufgewirbelt. Von einem möglichen Zusammenhang mit der Burg scheint er aber nichts zu wissen.»

«Sie haben ihn doch wohl nicht etwa danach gefragt, oder?», erkundigte sich Quint sicherheitshalber.

«Wo denken Sie hin? Natürlich nicht! Ich habe ihm ja auch nicht gesagt, was ich über den Lastwagen weiss!»

«Regen Sie sich ab, es war mehr eine rhetorische Frage!»

Schweigend gingen sie weiter, bis sie sich am Fuss des Burghügels befanden.

«Dort oben befindet sich also der Eingang», murmelte Quint, während er zum Torhaus des ersten Sperrbogens hinaufblickte. «Der – wie Sie sagen – einzige Zugang zu unserem Märchenschloss.»

«Deshalb sagte ich ja, dass dieser Kramer sich keine bessere Möglichkeit wünschen kann, um in die Burg zu gelangen!»

Quint nickte zustimmend. «Und wir ebenfalls!»

«Soll das heissen, dass Sie sich endlich entschlossen haben, mir zu helfen?», fragte Ingrid Sommer erfreut.

«Lassen Sie uns das später in Ruhe besprechen! Sehen Sie die Strasse, die den Berg dort drüben hinaufführt? Von dort hat man bestimmt einen guten Blick auf die

Burg und den innerhalb der Aussenmauern gelegenen Bereich. Kommen Sie, wir gehen zum Auto zurück und fahren hin! Aus einer anderen Perspektive betrachtet, sehen die Dinge manchmal erstaunlich verändert aus.»

Als sie wenig später die Bergstrasse auf der anderen Talseite hochfuhren, kam Ingrid Sommer erneut auf ihre Frage zurück. «Sie sind mir noch eine Antwort schuldig! Und kommen Sie mir jetzt nicht wieder mit einer Ausrede! Ungestörter als hier werden wir uns wohl kaum unterhalten können! Also?»

Quint grinste vor sich hin, während er den Wagen um die nächste Kurve manövrierte. «Also gut! Sofern Sie meine Bedingungen akzeptieren, bin ich bereit, Ihnen diesen Kramer zu überlassen – vorausgesetzt natürlich, dass es mir überhaupt gelingt, ihn zu schnappen! Alles Weitere ist dann Ihre Angelegenheit!»

«Und was sind das für Bedingungen?» Der Argwohn in ihrer Stimme war unüberhörbar.

«Erstens: Ich bekomme das Gold! Oder was auch immer dieser Schatz sonst sein mag! Zweitens: Wir spielen nach meinen Regeln! Ich treffe die Entscheidungen, und ich erwarte von Ihnen eine diskussionslose Befolgung meiner Anordnungen! Schliesslich riskiere ich bei dieser Sache mein Leben und muss mich auch noch um Ihr Wohlergehen kümmern! Schon das allein ist fast mehr, als man von einem Mann wie mir erwarten kann!»

Es dauerte eine Weile, bis Ingrid Sommer fragte: «Wer garantiert mir, dass Sie mich nicht übers Ohr hauen und mit Ihrer Beute verschwinden, ohne mir diesen Kramer in einem Zustand zu übergeben, der es mir erlaubt, ihn der Polizei auszuliefern?»

«Niemand. Für gewisse Dinge im Leben gibt es nun

mal keine Garantie. Ich nehme an, dass Ihnen das in Ihrem nun auch nicht mehr gerade jugendlichen Alter nicht verborgen geblieben sein wird. Ausserdem wollten Sie mich ja unbedingt dabeihaben!» Er stoppte den Wagen mitten auf der Strasse und deutete nach links. «Von hier haben wir freie Sicht auf unser Zielobjekt. Können Sie gut zeichnen? In der Mappe hinter Ihrem Sitz finden Sie einen Notizblock und einen Bleistift.»

Quint angelte das Futteral mit seinem Fernglas vom Rücksitz und stieg ohne eine Antwort abzuwarten aus.

Kurz darauf erschien Ingrid Sommer mit dem Block neben ihm und begann, die Burg abzuzeichnen, während er sein Fernglas über die alten Mauern, Türme und Gebäude wandern liess.

Nach einiger Zeit liess Quint das Fernglas sinken. «Ich bin gespannt, wie unser Freund seine Beute unbemerkt von dort wegschaffen will. Vorausgesetzt natürlich, dass er sie tatsächlich irgendwo innerhalb dieser Mauern versteckt hat – und sie nicht schon längst von jemand anderem gefunden worden ist!»

«Tja, das ist Ihr Risiko! Für gewisse Dinge im Leben gibt es nun mal keine Garantie! Mich interessiert nur der Mörder meines Bruders!» Sie sah ihn grinsend an.

«Ich deute dies als Zeichen dafür, dass Sie mit meinen Bedingungen einverstanden sind.»

«Würde ich sonst den Steinhaufen dort unten abzeichnen?»

Er warf einen Blick auf die Zeichnung und zog erstaunt die Augenbrauen hoch. Diese Frau überraschte ihn immer wieder!

Nach der Rückfahrt zum Gasthof, die im Wesentlichen schweigend verlief, trafen sie sich zum gemeinsamen

Abendessen. Da sonst keine Gäste da waren und die Bedienung weit genug entfernt war, konnten sie sich ungestört unterhalten.

«Wie ich das sehe, haben wir zu zweit keine Chance gegen diesen Kramer», bemerkte Quint zwischen zwei Bissen. «Einmal davon abgesehen, dass ich nicht mehr der Jüngste bin, sehen Sie ja, was mit meiner linken Hand los ist. Wenn die Dinge wirklich so liegen, wie Sie glauben, dann wird er bestimmt nicht allein hier aufkreuzen! Immerhin hatte er ja mehr als genug Zeit, sich auf seinen grossen Tag vorzubereiten!»

«Was schlagen Sie vor? Wollen Sie zur Verstärkung die Kavallerie anfordern?»

«So könnte man es fast bezeichnen», antwortete er lachend. «Ich werde einen alten Bekannten, dessen momentaner Aufenthaltsort mir praktischerweise bekannt ist, um seine freundliche Unterstützung bitten.»

«Und wenn er nicht will? Vielleicht ist ihm die Sache ja zu gefährlich!», gab Ingrid Sommer mit besorgter Stimme zu bedenken.

«Er will, verlassen Sie sich darauf! Er ist mir nämlich noch einen grossen Gefallen schuldig! Ausserdem ist Jack Sentence immer für einen Auftrag am Rande der Legalität zu haben, wenn für ihn dabei genug herausspringt. Der Name passt übrigens wie die Faust aufs Auge, aber bisher konnte ihm noch niemand ein Verbrechen nachweisen.»

«Vertrauen Sie ihm?»

Quint lachte. «Diesem Halunken? Ganz bestimmt nicht! Aber ich kann mich dann etwas im Hintergrund halten und muss nicht alles selber machen. Wichtig ist, dass ich mich im entscheidenden Moment nicht von ihm übertölpeln lasse!»

«Aber wenigstens mir vertrauen Sie doch jetzt, oder?», fragte sie mit einem gewinnenden Lächeln, das aber sogleich wieder verschwand, als sie Quints Antwort vernahm.

«Nein. Aber ich stufe Sie als nicht besonders gefährlich ein. Ausserdem sind Sie ja gewissermassen mein Partner und Auftraggeber.»

«Aber wie können Sie mir nach dem Anschlag auf mich noch misstrauen?»

«Das könnte genauso gut eine Inszenierung gewesen sein, um mich umzustimmen.»

Fassungslos liess sie ihr Besteck in den Teller fallen. «Trauen Sie mir das wirklich zu?»

«Ich traue grundsätzlich jedem alles zu. Ausserdem kenne ich Sie ja kaum.»

«Was wollen Sie wissen?»

«Nichts. Sie interessieren mich nicht.»

«Interessieren Sie sich überhaupt für etwas anderes als für sich selbst und das Gold?»

«Kaum. Wozu auch?»

«Wie ist das mit Ihrer Hand passiert?»

«Eine Panne bei meinem letzten Einsatz als Geheimagent. Aber das ist jetzt fast auf den Tag genau fünfundzwanzig Jahre her. Alte Geschichten. Lassen wir es dabei bewenden!» Er mochte es nicht, wenn jemand in seiner Seele herumstocherte.

Wütend knallte der beleibte Mann hinter dem Schreibtisch den Telefonhörer auf den Apparat. «Harry!», schrie er mit zorngerötetem Gesicht.

Fast augenblicklich wurde die Tür geöffnet, und sein

Untergebener betrat das Arbeitszimmer.

«Stöger hat gerade angerufen! Diese unfähigen Deppen haben es vermasselt! Das neugierige Miststück ist noch am Leben!»

«Soll ich mich selbst drum kümmern?», fragte der mittelgrosse Mann mit der langen Narbe auf der rechten Wange hoffnungsvoll.

Sein Chef winkte ab. «Dafür haben wir jetzt keine Zeit! Wie weit bist du mit den Vorbereitungen?»

«Nur noch ein paar Kleinigkeiten, die bis morgen Mittag erledigt sind. Dann kann es von mir aus losgehen!»

«Gut. Aber pass auf, dass uns die beiden Stümper nicht im letzten Moment noch alles versauen!»

3. Kapitel

Quint hatte entschieden, dass sie den Gasthof als Basis für das bevorstehende Unternehmen nutzen würden, und die Zimmerreservationen entsprechend verlängert. Die Lage war ideal; das Gebäude befand sich ausserhalb des erwarteten Rummels, war aber trotzdem nicht zu weit von der Burg entfernt.

Am Vortag war viel Schnee gefallen, aber heute schien die Sonne und liess die Eiskristalle der weissen Decke glitzern.

Es klopfte an die Tür, und als Quint öffnete, stand Ingrid – sie hatte darauf bestanden, dass er sie ab sofort bei ihrem Vornamen nannte, da sie ja jetzt Geschäftspartner waren – gutgelaunt wie meistens vor ihm und wedelte mit einer Zeitung vor seinem Gesicht herum.

«Es scheint endlich loszugehen!», verkündete sie aufgeregt, als sie im Zimmer stand und Quint die Tür hinter ihr zugemacht hatte. «Die Ankunft des Filmteams wird für morgen erwartet! Und wissen Sie, wer die Hauptrolle hat? Clint Eastwood! Da staunen Sie, was? Na ja, die zweite Hauptrolle. Eigentlich ist Richard Burton der Hauptdarsteller; Sie wissen schon, der Spion, der angeblich aus der Kälte kam. Der ist ja auch wirklich ein ganz hervorragender Schauspieler, aber Clint Eastwood sieht so wahnsinnig gut aus!»

Sie unterbrach ihren Redeschwall, als sie Quints verständnislosen Blick bemerkte. «Ich bin eine leidenschaftliche Kinogängerin, müssen Sie wissen!»

«So? Dann kennen Sie bestimmt auch James Bonds Moskauer Liebesgrüsse, oder?»

«Natürlich! Das ist zwar schon ein paar Jahre her, aber ich habe den Film tatsächlich gesehen!»

«Erinnern Sie sich auch an den Gegenspieler von Bond? Diesen Grant?»

Sie schien angestrengt nachzudenken. «Dunkel. Wie hiess denn der Darsteller?»

«Vergessen Sie's!», knurrte er.

Ingrid setzte sich auf einen Stuhl am kleinen Tisch und sah Quint erwartungsvoll an. «Wie sieht unser heutiges Tagesprogramm aus, Chef?» Der Schalk blitzte aus ihren grünen Augen.

«Das Spotten wird Ihnen schon noch vergehen! Bald ist fertig mit lustig, dann wird es bitterernst!» Er setzte sich ihr gegenüber an das Tischchen und las aufmerksam den Zeitungsartikel.

«Ganz schöner Aufwand, nur um ein paar Kinogäste zu erfreuen», bemerkte er anschliessend. «Das kommt uns sehr zugute! Bei dreihundert Leuten dürften wir kaum auffallen, wenn wir uns nicht gerade wie die grössten Idioten aufführen.»

«Was sehen Sie mich an?»

«Ich überlege gerade, was ich Ihnen für eine Aufgabe geben soll.»

«Eine, bei der ich nicht auffalle, auch wenn ich mich wie der letzte Idiot aufführe? Das meinten Sie doch wohl, oder?»

Quint grinste sie an. «Langsam werden Sie mir unheimlich. Ihnen kann man wirklich nichts verheimlichen.»

«Sie sind ein Scheusal!» Ingrid lachte. Doch dann

wurde sie ernst. «Haben Sie schon einen konkreten Plan, wie wir vorgehen werden?»

«Vage. Sagen wir, ich habe ein paar ganz interessante Ideen, aber noch keinen wirklich guten Plan. Aber ich arbeite daran. Ausserdem lässt sich bei so einem Vorhaben nicht alles im Voraus bis ins kleinste Detail planen. Das funktioniert nur in Ihren Kinofilmen. Wichtig ist, möglichst auf alle Eventualitäten und Ereignisse angemessen und schnell reagieren zu können.»

«Das heisst im Klartext, dass wir improvisieren und flexibel sein müssen!»

Quint nickte bedächtig. «So ist es. Betrachten Sie das Ganze einmal als Kartenspiel: Sie sind die Dame, dieser Kramer der Spitzbube, Sentence unser Joker und ich das As. Allerdings pokern wir mit sehr hohem Einsatz!»

«Und wer ist der König? Den haben Sie vergessen!»

«Der Gewinner in unserem Spiel. Derjenige, der am Schluss noch am Leben ist und den grossen Pott einstreicht. Wer das sein wird, wird sich zeigen.»

«Vielleicht sollten wir es besser mit Schach versuchen», sagte Ingrid leise und machte ein bekümmertes Gesicht. «Mir scheint, dass dort die Dame weitaus bessere Chancen hat, nach Spielende noch auf dem Brett zu stehen!»

«Sie können immer noch aussteigen!»

Energisch schüttelte sie den Kopf. «So kurz vor dem Ziel ganz bestimmt nicht! Dafür …!»

Mitten im Satz brach sie ab. Vom Gang waren die Stimmen und Schritte zweier Personen zu hören. Kurz darauf wurde eine Tür geschlossen, und die Schritte einer einzelnen Person entfernten sich wieder.

«Da zieht offenbar gerade jemand im dritten Zimmer

ein», stellte Ingrid leise fest. «Sieht so aus, als ob Sie sich an einen neuen Nachbarn gewöhnen müssten.»

Mit finsterem Gesicht nickte Quint. «Ich denke, wir sollten unsere Einsatzzentrale ab sofort in Ihr Zimmer verlegen! Wer weiss, wem die Ohren gehören, die meine rechte Zimmerwand gerade bekommen hat!»

«Was sollen bloss die Leute denken, wenn Sie sich heimlich ins Zimmer einer fast dreissig Jahre jüngeren Frau schleichen?», flötete Ingrid augenzwinkernd.

«Die können meinetwegen denken, was sie wollen, solange sie nicht das Richtige denken. Ausserdem übertreiben Sie masslos! Laut Ihrem Pass sind Sie knapp vierzig, nicht zwanzig!»

Ihre Augen wurden gross. «Sie haben in meinen Sachen herumgeschnüffelt? Was fällt Ihnen ein! Als Nächstes werden Sie noch meine Unterwäsche durchwühlen! Ich überlege mir ernsthaft, ob ich der Verlegung unserer Kommandozentrale zustimmen soll!»

«Ihre Unterwäsche interessiert mich nicht; ich bin mit meiner zufrieden. Ausserdem haben wir eine Abmachung, in der die Hierarchie ganz klar geregelt ist, wie Sie sich vielleicht erinnern!» Er sah auf die Uhr und stand auf. «Nach dem Essen treffen wir uns mit unserem Joker. Vorher möchte ich aber noch etwas bei Ihnen deponieren, bis wir vom Essen zurück sind.» Seine rechte Hand symbolisierte eine Pistole.

Ingrid nickte verstehend. «Also doch! Wie ich befürchtet habe! Meine Unterwäsche kommt wieder ins Spiel!»

«Wenn Sie glauben, dass Ihre Körbchengrösse dafür ausreicht – meinetwegen», konterte Quint trocken und ging zum Bett, um die SIG unter dem Kissen hervorzuholen.

Als sie nach dem Essen die Treppe hochstiegen, um vor der Fahrt ihre Jacken, Quints Pistole und die Zeichnung der Burg zu holen, bekamen sie zum ersten Mal den neuen Gast zu Gesicht, der ihnen freundlich zunickte. Die Begegnung bewirkte bei Quint einen kleinen Adrenalinschub. Das war mit Sicherheit kein Tourist!

«Sie hatten recht!», begann Quint, als sie im Auto sassen, und startete den Motor.

«Womit?»

«Ich glaube, wir spielen wirklich Schach! Möglicherweise sind wir gerade einer gegnerischen Figur begegnet, und das war bestimmt kein Bauer! Das war eine Schwerfigur! Ich tippe auf Turm, wenn nicht sogar Dame! Und wie Sie vermutlich wissen, sind die Russen ganz hervorragende Schachspieler!»

«Falsch!», entgegnete sie. «Beim Schach gibt es nur zwei Parteien! Wenn Sie mit Ihrer Vermutung richtig liegen, sind es in unserem Fall aber schon drei!»

Beide hingen während der Fahrt ihren Gedanken nach, bis Ingrid plötzlich fragte: «Wie kommen Sie darauf, dass der Mann Russe ist?»

Quint zögerte einen Moment mit der Antwort. «Ich weiss es eigentlich auch nicht. Es ist mehr ein Gefühl, eine Ahnung. Vielleicht irre ich mich ja auch. Aber wenn wir es tatsächlich mit einem Sowjetagenten zu tun haben, dann können wir uns auf etwas gefasst machen! Mit den Burschen ist nicht zu spassen!»

«Hatten Sie schon einmal das zweifelhafte Vergnügen?»

«Bisher glücklicherweise nicht! Das wäre dann sozusagen meine Premiere.» Er grinste zu ihr hinüber, um sie etwas zu beruhigen. «Wird ja vielleicht ganz interessant.

Ausserdem weiss er ja nicht, wer wir sind und was wir vorhaben.»

Ein paar Kilometer weiter hielten sie vor einem kleinen Wirtshaus, an dem sie bei ihrer Anreise vorbeigefahren waren.

«Verhalten Sie sich möglichst unauffällig und überlassen Sie das Reden mir!», ordnete Quint vor dem Aussteigen an. «Grundsätzlich hätte ich Sie lieber nicht zu diesem Treffen mitgenommen, damit Sentence gar nichts von Ihrer Existenz gewusst hätte. Aber es ist wichtig, dass Sie wissen, wie er aussieht!»

«Lassen Sie sich deswegen keine grauen Haare wachsen!», beruhigte ihn Ingrid. «Ich habe ja meine verschiedenen Perücken dabei und kann mein Aussehen innert kürzester Zeit verändern, wenn wir es für erforderlich halten.»

«Sie haben mehrere davon?»

«Ich sammle die Dinger! Nennen Sie es meinetwegen eine Marotte, aber die Schauspielerei fasziniert mich nun mal!»

In der Schankstube war zu dieser Zeit nicht viel los, und Quint steuerte direkt auf den allein an einem Tisch sitzenden Mann zu, der sich bei Ingrids Anblick von seinem Platz erhob und ihr ein leicht spöttisches Lächeln schenkte.

«Donnerwetter, Quint, Sie fahren diesmal ja ganz schön schweres Geschütz auf! Scheint sich ja um eine wirklich heisse Sache zu handeln!»

«Hallo, Sentence», begrüsste ihn Quint kühl, ohne auf die Anspielung einzugehen. «Kommen wir gleich zum Geschäftlichen und sparen uns die Belanglosigkeiten!» Er setzte sich auf den links von Sentence stehenden Stuhl, während sich Ingrid ihm gegenüber niederliess und den schnauzbärtigen Mann mit der Hakennase und den hohen Wangenknochen im hageren Gesicht verstohlen von der Seite musterte.

«Einverstanden! Wie hoch ist mein Anteil?» Sentence fixierte Quint mit seinen schmalen, stechenden Augen. Es war auch in seinem Interesse, wenn sie die Angelegenheit so rasch wie möglich hinter sich brachten. Immerhin war er ja nicht ganz freiwillig hier. Aber Quint hatte ihm vor einiger Zeit aus einer misslichen Lage geholfen, und so war es nicht mehr als recht, diese Schuld zu begleichen; was allerdings nicht hiess, seinen eigenen Vorteil aus den Augen zu lassen.

Quint zog eine Augenbraue hoch. «Wer sagt denn, dass es etwas zu verdienen gibt?»

Sentence lachte. «Sie wollen mir doch nicht weismachen, dass Sie einen Auftrag erledigen, bei dem Sie offenbar dringend auf meine Unterstützung angewiesen sind, ohne dass dabei ordentlich was rausspringt? Kommen Sie, Quint, das nehme ich Ihnen nicht ab! So uneigennützig handeln auch Sie nicht!»

Quint wartete, bis die Bedienung ihre Bestellung aufgenommen hatte, bevor er antwortete: «In Anbetracht dessen, dass sich Ihnen hier eine ausgezeichnete Gelegenheit bietet, sich für damals zu revanchieren, halte ich zehn Prozent für angemessen.»

«Zehn Prozent wovon?»

«Von meinem Anteil. Aber natürlich nur, wenn Sie genau das tun, was ich Ihnen sage, und wenn ich den Auftrag unbeschadet überstehe! Also versuchen Sie nicht, mich reinzulegen!»

«Und worin genau besteht dieser Auftrag?», fragte

Sentence misstrauisch.

«Wir sollen einen Mörder kidnappen und ihn danach der Polizei übergeben.»

«Das ist jetzt nicht Ihr Ernst, oder? Arbeiten Sie neuerdings für Justitia?»

«So könnte man es tatsächlich sehen», antwortete Quint grinsend und vermied es, Ingrid anzusehen. «Das wäre doch eine ganz neue Erfahrung für Sie, Sentence.»

Schweigend warteten die drei Gäste, bis die Bedienung ihre Getränke serviert hatte und wieder ausser Hörweite war.

«Und wie hoch ist Ihr Anteil? Vor Abzug des jämmerlichen Unkostenbeitrags, den Sie mir abgeben wollen?»

«Das weiss ich selbst noch nicht so genau. Aber wenn alles rund läuft, dürfte da ein ganz schöner Batzen zusammenkommen.»

«Was soll das heissen, Sie wissen es nicht?»

«Wir müssen erst abwarten, bis der Mörder uns zu dem Versteck geführt hat.»

Sentence starrte ihn ungläubig an. «Das klingt ja gerade so, als seien wir hinter einem Schatz her!»

«Erraten.»

Ein Blick in Quints ernstes Gesicht genügte. Nachdenklich trank Jack Sentence einen Schluck Kaffee, bevor er lauernd fragte: «Und wenn dieser sagenhafte Piratenschatz nur aus Glasperlen und farbigen Bändern besteht? Oder wenn ihn sich schon längst jemand anders unter den Nagel gerissen hat?»

«Unser Risiko! Aber es deutet alles darauf hin, dass unser Mann vorhat, das Gold endlich zu holen.» Das Funkeln in den kleinen Augen verriet Quint, dass der Halunke angebissen hatte.

«Für zehn Prozent von nichts riskiere ich nicht mein Leben! So tief in Ihrer Schuld stehe ich nun auch wieder nicht! Und wenn, dann will ich mindestens vierzig Prozent!»

«Vergessen Sie's! Mehr als zwanzig liegt nicht drin!»

«Dreissig, oder wir müssen die Begleichung meiner Schuld vertagen!»

«Fünfundzwanzig! Das ist mein letztes Wort! Aber vergessen Sie unsere Vertragsbedingungen nicht!»

«Einverstanden.» Wenn es sich bei dem Schatz tatsächlich um Gold handelte, dann hatte er vermutlich gerade einen ausgezeichneten Deal gemacht! «Welche Rolle spielt eigentlich unsere hübsche Dame hier?»

«Sie ist unsere Auftraggeberin. Seien Sie also vorsichtig!»

Niemand bemerkte den Mann, der durch den Hintereingang des Gasthofs hereinschlüpfte und angestrengt horchend an der Treppe zum ersten Stock verharrte. Als oben alles ruhig blieb, schlich er die Treppenstufen hinauf.

Auf dem Gang zögerte er kurz und schien zu überlegen, welches Zimmer wohl das richtige war. Er entschied sich für jenes ganz links. Hinter der Tür herrschte Totenstille, und so zog er sein Werkzeug aus der Manteltasche und steckte den Dietrich ins Schloss.

Noch bevor er im Raum stand, wurde ihm offenbar klar, dass es der falsche war. Der Parfümgeruch deutete unverkennbar darauf hin, dass hier eine Dame logierte. Ebenso leise, wie er sie geöffnet hatte, verschloss er die Zimmertür wieder und ging zur nächsten. Dort wiederholte er den Vorgang.

Mit zwei raschen Schritten war er im Zimmer und machte die Tür leise hinter sich zu. Hier roch es nach Rasierwasser. Aufmerksam sah er sich um. Der Notizblock auf dem kleinen Tischchen weckte sein Interesse. Er ging hin, hob ihn auf und drehte ihn langsam nach allen Seiten, bis er die Abdrücke erkennen konnte, die der Stift auf dem leeren Blatt hinterlassen hatte. Es handelte sich offenbar um eine Zeichnung, die ein Gebäude mit Türmen darstellte. Darüber stand in kleinen, zierlichen Buchstaben: Der Steinhaufen. Es war eindeutig die Schrift einer Frau.

Seine Lippen formten sich zu einem lautlosen Fluch. Er war immer noch nicht im richtigen Zimmer. Sorgfältig legte er den Block wieder so hin, wie er ihn vorgefunden hatte. Ohne noch mehr Zeit zu verlieren, verliess er den Raum, nachdem er sich vergewissert hatte, dass der Gang davor noch immer leer war.

Eine halbe Minute später stand er im letzten der drei Gästezimmer. Und hier wurde er fündig. Auf dem Bett mit der zurückgeschlagenen Decke lag ein brauner Reisekoffer, dessen Verschlüsse der heimliche Besucher behutsam öffnete. Ganz vorsichtig klappte er den Deckel auf. Der dabei entstehende leichte Druck auf den Koffer reichte aus, um den schmalen Zwischenraum zwischen den beiden Kontakten des unter dem Bettlaken versteckten Fernauslösers zu schliessen. Ohne es zu bemerken, wurde der Eindringling von einer kleinen, zwischen Fenstersims und Vorhang angebrachten Spezialkamera fotografiert.

Zwischen der sorgfältig zusammengelegten Wäsche fand er einen Pass, den er aufschlug. Als er das Foto sah, zuckte der KGB-Agent zusammen. Sekundenlang starrte er reglos auf das Bild. Dann klappte er den Ausweis zu, legte ihn genau dorthin zurück, wo er ihn entdeckt hatte, und schloss den Kofferdeckel. Als er der Meinung zu sein schien, alles so zurückzulassen, wie er es vorgefunden hatte, machte er, dass er fortkam.

4. Kapitel

«Haben Sie das gesehen?», überfiel Ingrid Quint, kaum dass sie im Wagen sassen. «Diese Galgenvogelvisage, das spöttische Grinsen – die Ähnlichkeit ist verblüffend! Sind Sie sicher, dass der Mann Jack Sentence heisst?»

«Was heisst schon sicher. Ich habe Ihnen ja bereits gesagt, wie ich zu Namen stehe.»

«Er erinnert mich an einen Schauspieler aus Sergio Leones Dollar-Trilogie …!»

«Verschonen Sie mich damit! Konzentrieren Sie sich lieber auf unseren Film hier! Ich denke, dass da mehr Nervenkitzel auf uns zukommt, als Sie bei allen Ihren Kinobesuchen zusammen erlebt haben!»

«Glauben Sie, dass wir uns auf ihn verlassen können?», fragte Ingrid zweifelnd.

«Nun, er wird zumindest alles daransetzen, Kramer, oder wie auch immer der Schurke sich jetzt nennen mag, am Abtransport des Goldes zu hindern. Gier ist eine sehr starke Motivation, und auf seinem Gebiet ist er wirklich gut, auch wenn er manchmal etwas Pech hat.»

«Und was für ein Gebiet ist das?»

«Fragen Sie lieber nicht! Bei Ihrem Gerechtigkeitssinn könnte die Antwort möglicherweise zu Gewissensbissen führen. Jedenfalls ist er kein heimtückischer Mörder, und das ist im Moment die Hauptsache!»

«Haben Sie denn keine Angst, dass er bei der erstbesten Gelegenheit mit dem Gold abhaut, statt sich nur mit einem Viertel zu begnügen?»

Quint lachte. «Natürlich wird er genau das versuchen, daran zweifle ich keine Sekunde! Aber das heisst ja noch lange nicht, dass es ihm auch tatsächlich gelingt! Wir beide sind ja schliesslich auch noch da, oder?»

«Wir? Habe ich eben richtig gehört? Wie könnte ich Ihnen dabei helfen, wo Sie mich doch als ungefährlich klassiert haben? Eine wehrlose Frau, bei der man ständig darauf achten muss, dass Sie sich nicht wie ein Tollpatsch anstellt?»

«Machen Sie sich keine Sorgen, vielleicht reicht es ja trotzdem – oder gerade deswegen. Man sagt ja, dass auch ein blindes Huhn erfolgreich sein kann. Vielleicht ist es sogar von Vorteil, wenn Sie sich im richtigen Moment dämlich anstellen!» Beide lachten.

Als sie wieder in ihrer «Zentrale» waren, hielten Quint und Ingrid Kriegsrat.

«Ich zerbreche mir immer noch den Kopf darüber, wie ich diesen Kramer im Gewühl frühzeitig erkennen soll. Schade, dass Sie ihn nicht auch zeichnen können! Wollen Sie es nicht doch versuchen?»

«Tut mir leid, aber das kann ich wirklich nicht!», wehrte Ingrid entschieden ab. «Ausserdem würde Sie das nur irreführen. Es ist viel schwieriger, ein Gesicht zu zeichnen als eine alte Burg zu skizzieren; und schliesslich sollte man bei einem Phantombild die Person ja erkennen können. Aber ich weiss etwas viel Besseres!»

«Und das wäre?»

«Ganz einfach: Ich komme mit! Wenn ich diesen Mörder sehe, erkenne ich ihn sofort wieder!»

Quint schüttelte energisch den Kopf. «Kommt nicht in Frage! Das ist viel zu gefährlich! Ausserdem würde eine Frau, die nicht zum Team gehört, sofort auffallen!»

«Oh, sagte ich das nicht? Ich habe auch Männerperücken in meinem Sortiment. Mit der entsprechenden Kleidung würde kein Mensch die Maskerade bemerken, glauben Sie mir!»

«Trotzdem! Sie warten unten auf mein Zeichen, wie wir es mit Sentence besprochen haben! Es reicht, wenn er und ich in der Burg sind! Es wird so schon schwierig genug, da kann ich nicht auch noch auf Sie aufpassen! Ausserdem habe ich Ihnen damit ja bereits einen wichtigen Auftrag erteilt!»

«Schon gut, Sie sind der Boss!», beschwichtigte ihn Ingrid gutgelaunt. «War ja nur ein Vorschlag, um Ihnen Ihre Aufgabe zu erleichtern.»

Quint nickte lächelnd. «Sie haben mich gerade auf einen Gedanken gebracht. Vielleicht kann mir dabei jemand anders helfen. Einer, dessen Aussehen wir kennen. Angenommen, es handelt sich bei unserem neuen Zimmernachbarn tatsächlich um einen Sowjetagenten, dann stellt sich die Frage, was er hier will. Für mich gibt es eigentlich nur zwei Erklärungen: Entweder hat es etwas mit der Filmcrew zu tun, oder aber er ist aus demselben Grund hier wie wir! Dies wiederum würde bedeuten, dass er im Gegensatz zu mir vermutlich weiss, wie Kramer aussieht.»

«Sie meinen, dass er sich auch in die Burg einschleichen will, und dass er Sie dort sozusagen direkt zu Kramer führen könnte, ohne es zu merken?»

«Möglicherweise schon. Davon abgesehen, dass er mir damit die Suche abnehmen würde, könnte man ihn vielleicht sogar heimlich für unsere Zwecke einspannen und einen Teil der Arbeit erledigen lassen. Sozusagen ein Verbündeter, von dem ausser uns niemand etwas weiss;

nicht einmal er selbst!»

Ingrid sah ihn erschrocken an. «Aber Sie halten den Mann doch für sehr gefährlich! Was, wenn er bemerkt, dass wir ebenfalls hinter Kramer und dem Schatz her sind? Vielleicht sollte ich mein Vorhaben doch aufgeben und Ihnen den Auftrag entziehen! Das Ganze erscheint mir jetzt mindestens eine Nummer zu gross für uns!»

«Ganz wie Sie wollen; ich habe Ihnen ja von Anfang an gesagt, dass Sie besser die Finger davonlassen sollen. Ihr Bruder wird ohnehin nicht mehr lebendig, und vom Gold wollen Sie ja sowieso nichts wissen. Wozu also wollen Sie sich unnötig in Gefahr begeben? Hat Ihnen der Anschlag vor meinem Haus noch nicht gereicht?»

Sie sah ihn ein paar Sekunden lang unsicher an, bevor sie langsam feststellte: «Sie werden das Ding trotzdem durchziehen, nicht wahr? Es ist Ihnen im Grunde völlig egal, wenn ich aussteige, und was mit Kramer geschieht. Aber Sie werden keinesfalls auf das Gold verzichten!»

«Sie haben es erfasst, Lady! Genauso ist es!» Quint sah ihr geradewegs in die Augen.

«Stört es Sie denn nicht, dass es den Nazis gehört hat? Dass es sich dabei um Raubgold handeln könnte?», fragte sie leise.

«Nein. Wieso auch? Das Gold kann ja nichts dafür. Es ist weder gut noch schlecht. Das sind nur die Taten, für die man es verwendet. Wissen Sie denn, was oder wen man mit dem Geld in Ihrer Tasche schon alles bezahlt hat? Lebensmittel für hungernde Menschen? Oder Massenvernichtungswaffen für machtbesessene Psychopathen? Wohltäter oder Kriegstreiber? Der Verwendungszweck ist immer ausschlaggebend, nicht der Gegenstand an sich.» Quint lehnte sich auf seinem Stuhl zurück.

«Darf ich fragen, was Sie mit dem Gold vorhaben, wenn es Ihnen – wenn Sie es haben?»

Quint hatte den Eindruck, dass es ihr peinlich war, die Frage gestellt zu haben. Er sah die Frau ernst an, bevor er ihr antwortete. Was erwartete sie von ihm? Dass er auf den Schatz verzichtete, dessen Verbleib ihn seit Jahren beschäftigte?

«Macht Ihnen Ihr Gerechtigkeitssinn zu schaffen?», fragte er schliesslich leise. «Weil der Schatz nicht mir gehört und Sie denken, dass er mir deshalb auch nicht zusteht?»

Ingrid senkte verlegen den Blick und schwieg.

«Wem sollte ich ihn denn Ihrer Meinung nach geben? Wer hat Ihrer Ansicht nach Anspruch darauf? Kramer ganz sicher nicht, denn er hat ihn gestohlen und dafür gemordet! Die Bundesbank als Nachfolgeinstitution der Reichsbank? Vielleicht, wenn es tatsächlich Reichsgold ist. Ich bin kein Jurist. Aber wenn die Nazis das Gold – oder zumindest einiges davon – zusammengestohlen und umgeschmolzen haben? Ihren eigenen Landsleuten und Nachbarn abgeknöpft? Den Bewohnern oder Regierungen der überfallenen und besetzten Länder geraubt? Wenn dafür Menschen getötet oder misshandelt wurden? Wem steht die Beute dann zu? Ich weiss es wirklich nicht. Ich kenne den oder die rechtmässigen Besitzer nicht. Folglich ist es für mich herrenlos und daher gleichbedeutend mit dem Fund eines glücklichen Goldgräbers. Und glauben Sie mir: Keine Regierung der Welt würde anders handeln und das Gold freiwillig wieder herausrücken! Nicht eine einzige!»

«So habe ich das eigentlich gar nicht gemeint», erwiderte Ingrid mit leiser Stimme und gesenktem Kopf. «Mir ging es mehr darum, zu verstehen, was Sie antreibt. Verzeihen Sie bitte, ich wollte nicht taktlos sein.»

«Das sind Sie nicht», entgegnete Quint mit weicher Stimme. «Deshalb werde ich Ihnen antworten. Als ich neun Jahre alt war, verlor ich meinen Vater. Er starb bei einem Arbeitsunfall. Da meine Mutter schon zwei Jahre zuvor an einer Lungenentzündung gestorben war, kam ich zu meinem Onkel. Er behandelte mich sehr schlecht. Wegen jeder Kleinigkeit schlug er mich mit einem Rohrstock windelweich. Als mich der Mistkerl wieder einmal völlig grundlos beinahe totschlug, wehrte ich mich. Ich schubste ihn weg, und er fiel rückwärts die Treppe hinunter. Dabei brach er sich das Genick. Den Rest meiner Kindheit verbrachte ich in einem Waisenhaus. Es war kein Traumheim, und es gab auch dort Prügel, aber es war trotzdem um Welten besser als bei meinem bösen Onkel.»

Er schluckte, als er den feuchten Schimmer in Ingrids Augen bemerkte, und stand auf. Langsam ging er zum Fenster und sah hinaus, ohne wirklich etwas wahrzunehmen.

«Falls ich tatsächlich schwer beladen mit Gold von diesem Ausflug heimkehre, werde ich den grössten Teil dazu verwenden, Kindern zu helfen, denen es schlecht geht», fuhr er leise fort. «Dafür sorgen, dass ihr Leben ein kleines bisschen besser und lebenswerter wird. Dass sie eine schönere Kindheit haben, als ich sie hatte.»

«Wollen Sie irgendwann wieder zurück nach England?», fragte Ingrid mit belegter Stimme.

Quint wandte sich vom Fenster ab. «Nein», antwortete er kopfschüttelnd und setzte sich wieder zu ihr an das kleine Tischchen, «damit habe ich längst abgeschlossen.

Sehen Sie sich meine Hand an! Ich habe für mein Vaterland mein Leben riskiert und dabei Glück gehabt, nur vier Finger zu verlieren. Ich bin England nichts schuldig; und England mir nicht.»

«Sie reden nicht gern über sich selbst, nicht wahr? Weshalb?»

«Ich war Geheimagent! Schon vergessen?» Er grinste sie an. «Und nun Schluss mit der Gefühlsduselei, ich muss mich auf meinen Einsatz vorbereiten!»

«Wir», korrigierte ihn Ingrid sanft. «Wir müssen uns auf unseren Einsatz vorbereiten.»

Quint sah sie überrascht an. «Haben Sie mich nicht vor ein paar Minuten gefeuert?»

«Von wegen gefeuert, das könnte Ihnen so passen!» Sie grinste nun ebenfalls. «Ich wollte nur testen, ob ich auf Sie zählen kann! Und ausserdem, wie wollen Sie ohne mich zurechtkommen? Ganz auf sich allein gestellt, mit einem Komplizen, dem Sie offenbar nicht über den Weg trauen, und einem ahnungslosen Gehilfen von der anderen Seite des Eisernen Vorhangs!»

Sie lachten beide, doch dann fragte Quint leise mit todernstem Gesicht: «Sind Sie wirklich sicher, dass Sie nicht passen wollen? Nachher ist es vielleicht zu spät, und ich nehme es Ihnen wirklich nicht übel, wenn Sie vernünftig sind und jetzt aussteigen! Es wäre mir sogar lieber, denn ich möchte nicht, dass Ihnen etwas zustösst! Ich habe schon genug Kameraden und Freunde verloren, und was wir vorhaben, ist wirklich gefährlich! Sie wissen ja selbst am besten, wie skrupellos dieser Kramer ist!»

«Machen Sie sich keine Sorgen, ich bin mir darüber voll und ganz im Klaren! Trotzdem bleibe ich dabei! Wir ziehen das gemeinsam durch!»

«Ganz sicher?»

«Ganz sicher!»

«Dann an die Arbeit! Wir haben noch viel zu besprechen! Ich hole nur schnell den Notizblock aus meinem Zimmer.»

Quint verliess den Raum und kam kurz darauf mit dem Block und zwei Stiften zurück. Ingrid hatte in der Zwischenzeit ihre Zeichnung mit der Burg hervorgeholt und vor sich auf dem Tischchen liegen.

«Benutzen Sie ein neues Rasierwasser?», fragte sie beiläufig, als er sich wieder hingesetzt hatte, und studierte die Burgskizze.

«Nein, wie kommen Sie darauf?»

«Ich dachte nur», antwortete sie abwesend, ohne aufzusehen. «Etwas riecht anders als sonst.»

«Sie haben Sorgen! Zu Ihrer Information: Ich rasiere mich nur einmal am Tag, und zwar morgens. Und das ist somit auch der einzige Zeitpunkt, zu dem ich Rasierwasser verwende.»

Ingrid schien gar nicht zuzuhören. «Wo genau soll ich auf Ihr Signal warten?»

Quint deutete auf das erste Torhaus. «Achten Sie darauf, dass Sie freie Sicht auf dieses Tor haben! Ich werde versuchen, Ihnen von dort entweder mit einer Taschenlampe oder mit einem Stofffetzen oder Kleidungsstück ein Zeichen zu geben. Ausserdem haben Sie dann das letzte Stück der Zufahrt im Blickfeld und sehen, wenn Kramers Leute dort mit einem Fahrzeug für den Abtransport des Schatzes auftauchen.»

«Ein guter Platz wäre dort, wo sich das Anwesen des alten Mannes befindet. Aber es ist etwas auffällig, wenn ich dort ohne plausiblen Grund stundenlang herumlungere», murmelte Ingrid nachdenklich und beugte sich etwas vor. «Der Block!», sagte sie unvermittelt. «Der Notizblock riecht nach Rasierwasser, aber nicht nach Ihrem! Deshalb ist es mir erst aufgefallen, nachdem Sie in Ihrem Zimmer waren!»

Erschrocken sah sie Quint an, als ihr die Bedeutung ihrer eigenen Worte bewusst wurde. Jemand musste sich während ihrer Abwesenheit in Quints Zimmer aufgehalten und den Block in die Hand genommen haben. Und es war mit Sicherheit kein Zimmermädchen gewesen!

Quints Augen verengten sich zu Schlitzen. «Wir müssen ab sofort noch vorsichtiger sein!», warnte er leise, aber eindringlich. «Es scheint, dass unser Freund aus dem Osten mit einer ungesunden Neugierde gesegnet ist!»

«Glauben Sie, dass er es war?»

Quint zuckte mit den Schultern. «Ich wüsste im Moment nicht, wer sonst. Dass Kramer uns hier aufgestöbert hat, halte ich für eher unwahrscheinlich.»

«Aber der Mann hat doch das Haus vor uns verlassen und scheint auch noch nicht zurück zu sein», wandte Ingrid ein. «Jedenfalls stand kein fremdes Auto draussen, als wir von unserem Treffen mit Sentence zurückgekommen sind.»

«Das besagt gar nichts!», entgegnete Quint. «Vielleicht war er in der Zwischenzeit nochmals kurz hier und ist dann wieder verschwunden. Und im Übrigen haben wir sein Fahrzeug noch gar nicht zu Gesicht bekommen – sofern er überhaupt eins hat, wovon ich allerdings ausgehe. Er wird kaum mit dem Zug angereist sein.»

Das Geräusch von sich nähernden Schritten liess sie aufhorchen. Gleich darauf wurde eine Tür geöffnet und wieder geschlossen.

«Unser Mitbewohner scheint gerade von seinem Ausflug zurückgekehrt zu sein», bemerkte Quint leise mit
finsterem Gesicht. «Öffnen Sie von jetzt an die Tür nur,
wenn Sie sicher sind, dass ich davorstehe! Wir werden
ständig wechselnde Klopfzeichen vereinbaren! Und stellen Sie zur Sicherheit einen Stuhl unter die Klinke, wenn
Sie allein im Zimmer sind!»

Fedor Prochorow sah sich prüfend in seinem Zimmer
um. Auf den ersten Blick sah alles noch genauso aus, wie
er es zurückgelassen hatte. Auch der Koffer auf dem Bett.
Doch das wollte nichts heissen. Der KGB schickte bestimmt keinen Stümper hinter einem Angestellten der
Russischen Botschaft in Wien her, der mitten in der
Nacht aufbrach und mit gefälschten Nummernschildern
am Wagen durch halb Österreich fuhr. Erst recht nicht,
wenn es sich dabei möglicherweise um einen Offizier des
militärischen Geheimdienstes GRU handelte!

Obwohl die Angehörigen der GRU seit dem Skandal
um den Verräter Penkowskij vom KGB überwacht wurden, ging Prochorow davon aus, dass man das Geheimnis um seine Identität noch nicht gelüftet hatte. Deshalb
hatte er sich auch den kleinen Scherz erlaubt, einen gefälschten Pass mit dem Bild des Generalstabschefs der
Roten Armee, der gewissermassen sein höchster Vorge-
setzter war, im Koffer zu deponieren. Falls sein Schatten,
den er zwar ausgemacht, jedoch noch nicht aus der Nähe
zu Gesicht bekommen hatte, während seiner Abwesenheit in seinen Sachen herumgeschnüffelt hatte, so war er
mit grosser Wahrscheinlichkeit noch genauso schlau wie
vorher.

Gespannt griff Prochorow nach seiner Spezialkamera und betätigte einen Knopf an der Gehäuserückseite. Im Gegensatz zum völlig lautlos funktionierenden Auslöser verursachte der dadurch in Gang gesetzte Prozess einen Heidenlärm. Seine Fotofalle war offensichtlich zuge-schnappt, was bedeutete, dass sich tatsächlich jemand im Zimmer aufgehalten und an seinem Koffer zu schaffen gemacht hatte.

Als der Geheimdienstoffizier schliesslich das fertig entwickelte Schwarz-Weiss-Bild im Passfotoformat in der Hand hielt, lächelte er. Im Gegensatz zu dem Mann auf dem kleinen Foto, der nur ein wertloses Dokument mit dem Bild des obersten GRU-Chefs gefunden hatte, kannte er nun das Gesicht seines Verfolgers.

5. Kapitel

Am nächsten Morgen schneite es. Träge fielen die grossen Flocken vom grauen Himmel und vereinigten sich mit der weissen Decke, die in der Nacht um ein paar Zentimeter dicker geworden war. Mehr denn je glich die vom oberen Stock des Gasthofs teilweise zu erkennende Burg einem verwunschenen Märchenschloss. Nur, dass dort keine schlafende Prinzessin auf ihren Prinzen wartete. Stattdessen würde schon bald ein Ungeheuer seine Krallen nach seinem vor langer Zeit versteckten Schatz ausstrecken.

Quint hatte wie gewohnt gut geschlafen und fühlte sich frisch und ausgeruht. Bei Ingrid sah das etwas anders aus. Der Gedanke, dass der Mann am anderen Ende des Flurs womöglich in der Nacht vor ihren Zimmern herumschlich, hatte sie lange nicht einschlafen lassen. Einmal war sie sogar aufgestanden, um nachzusehen, ob er auch in ihrem Zimmer sein Unwesen getrieben hatte, allerdings ohne dabei etwas Verdächtiges festzustellen. Alles schien unverändert an seinem Platz zu sein. Erst kurz vor Tagesanbruch hatte der Schlaf sie schliesslich doch noch übermannt und eine Zeit lang von ihren Sorgen befreit.

Als Quint auf Ingrids Klopfen hin seine Zimmertür öffnete, um mit ihr frühstücken zu gehen, schaute er in ein übernächtigt wirkendes Gesicht mit dunklen Ringen unter müde blickenden Augen. Auch ihr schwaches Lächeln konnte ihn nicht darüber hinwegtäuschen, dass sie praktisch nicht geschlafen hatte.

«Guten Morgen! Ich frage Sie jetzt nicht, wer Ihnen den Schlaf geraubt hat. Aber Sie mit Ihrem Aussehen können auch einmal eine Nacht ohne Schönheitsschlaf auskommen», versuchte er sie aufzumuntern. Er würde sie später notfalls dazu zwingen, sich ein paar Stunden hinzulegen. Niemand konnte sagen, wie lange ihre riskante Mission dauern würde, aber viel Schlaf würden sie dabei bestimmt nicht bekommen. Umso wichtiger war es, dass sie wenigstens einigermassen ausgeschlafen an den Start gingen und nicht schon vor Müdigkeit umkippten, bevor der Wettkampf überhaupt begonnen hatte.

Beim Frühstück erzählte ihnen die Bedienung aufgeregt, dass das Filmteam bald eintreffen würde; ihre Schwester hätte sie angerufen und ihr mitgeteilt, dass sie die Fahrzeugkolonne gesehen habe. Allzu lange könne es also nicht mehr dauern!

«Dann wird Kramer bestimmt auch nicht mehr weit sein», sagte Quint leise, als sie wieder für sich waren. «Ab sofort werden Sie dieses Gebäude nur noch verkleidet verlassen! Er darf Sie unter gar keinen Umständen erkennen, wenn unser Plan nicht schon zu Beginn scheitern soll! Ganz zu schweigen natürlich von der Gefahr eines erneuten Attentatsversuchs!»

Ingrid nickte stumm. Mit Befriedigung registrierte Quint, dass die Frau sehr gefasst und keineswegs ängstlich wirkte.

Nachdem sie in Ingrids Zimmer noch einmal Punkt für Punkt ihres Plans besprochen hatten, stand Quint auf und streckte sich.

«Ich fahre jetzt zu Sentence und gebe ihm Bescheid», verkündete er. «Auf dem Rückweg halte ich an der

Tankstelle und mache den Tank randvoll. Dann sehe ich nach, was sich bei der Burg tut. Bis Mittag bin ich zurück. Schliessen Sie gleich hinter mir ab!»

«In Ordnung.» Ingrid erhob sich ebenfalls. «Ich bereite inzwischen meine Verkleidung vor. Bis später!»

Beim Verlassen des Gasthofs machte Quint einen Rundgang um das grosse Haus, weil er hoffte, das Fahrzeug seines Zimmernachbarn zu Gesicht zu bekommen. Tatsächlich parkte ein schneebedeckter Kombi mit Salzburger Kennzeichen gleich um die Ecke. Da der Gasthof über eine Garage verfügte, war anzunehmen, dass es sich dabei tatsächlich um den Wagen des neugierigen Russen handelte.

Als Quint sein eigenes Auto vom Schnee befreit hatte und zum vereinbarten Treffpunkt kam, wartete Sentence bereits auf ihn, obwohl Quint fast eine Viertelstunde zu früh war. Nach einem kurzen Gespräch trennten sich die beiden wieder, und Quint fuhr zurück zur Tankstelle und anschliessend weiter in Richtung Burg.

Der Schneefall hatte inzwischen nachgelassen, und Quint kam trotz der schneebedeckten Fahrbahn gut voran, so dass er für die Fahrt nach Werfen nicht lange brauchte. Er parkte ein gutes Stück vom Burghügel entfernt und schlenderte zum Platz, von dem die schmale Strasse zur alten Festung hinaufführte.

Als er dort ankam, herrschte reges Treiben. Die Filmcrew war inzwischen eingetroffen und hatte unter dem Beifall und Geschnatter der aufgeregten Zuschauermenge bereits damit begonnen, Material aus verschiedenen Fahrzeugen auf einen kleinen Lieferwagen mit montierten Schneeketten umzuladen.

«Achtung!», dröhnte die durch ein Megaphon verzerrte Stimme eines rundlichen Mannes blechern über den Platz. «Wir benötigen für unseren Film noch etliche Männer als Komparsen und Statisten! Wenn Sie interessiert sind, melden Sie sich dort drüben!» Er wies mit der freien Hand zu einem Tisch hinüber, hinter dem drei dick eingepackte Gestalten unter grossen Regenschirmen sassen. «Informieren Sie auch Ihre Familienangehörigen, Nachbarn und Bekannten! Sie erhalten hier die einmalige Gelegenheit, in einem Film mit Staraufgebot mitzuspielen! Davon werden noch Ihre Enkel und Urenkel voller Stolz erzählen!»

Augenblicklich strömte ein beträchtlicher Teil der Menge zum Tisch hinüber. Andere schienen noch zu überlegen, um sich dann ebenfalls zögernd in Bewegung zu setzen. Bald standen fast alle männlichen Zuschauer in der Warteschlange.

Ohne Hast ging auch Quint über den Platz und stellte sich an. Genau darauf hatte er spekuliert. In der entsprechenden Ausstaffierung würde er sich mehr oder weniger frei in der Burg bewegen können, ohne Verdacht zu erregen.

Unauffällig musterte er die Männer vor ihm. Ein baumlanger Kerl mit Händen wie Baggerschaufeln beugte sich gerade über den Tisch und griff nach dem Stift, den ihm eine der vermummten Figuren hinhielt. Die meisten machten auf ihn den Eindruck rechtschaffener Leute, die sich auf das Spektakel freuten. Nur der mittelgrosse Mann mit der Narbe auf der Backe und sein etwas korpulent wirkender Nebenmann wollten nicht so recht in dieses Bild passen. Ihre ernsten, konzentriert wirkenden Gesichter fielen in der fröhlichen Masse regelrecht auf. Die beiden schienen nicht zu ihrem Vergnügen hier zu sein.

«Tut mir leid», sagte der mittlere Mann hinter dem Tisch mit einem vielsagenden Blick auf Quints linke Hand, als er endlich an der Reihe war, «aber Sie können wir nicht gebrauchen! Wie wollen Sie mit einer Maschinenpistole in der Gegend herumrennen? Ausserdem ist ein Krüppel als Soldat unglaubwürdig!»

Quint setzte eine enttäuschte Miene auf, sagte aber nichts. Er vergrub die Hände tief in den Taschen und drehte sich langsam um. Mit gesenktem Haupt trottete er los und wäre um ein Haar mit einem Mann zusammengestossen, der während des Gehens einen Blick zurückwarf. Beide konnten gerade noch rechtzeitig ausweichen und blickten einander direkt in die Augen.

«Noch ein Turm!», schoss es Quint durch den Kopf, während sich ihm die Nackenhaare sträubten. Das waren eindeutig slawische Gesichtszüge! Er musste sich zusammennehmen, um sich nicht umzudrehen und dem Fremden nachzuschauen. Was ging hier vor? Interessierte sich etwa der ganze Ostblock für den Schatz?

Nachdenklich ging er weiter, bis ihn eine keuchende Stimme aus seinen Gedanken riss: «Können Sie mir bitte helfen?», fragte ein junger Mann mit Brille, der sich offenbar vergeblich mit der Kiste vor seinen Füssen abmühte.

«Aber gern!» Quint zog die Hände aus den Taschen. «Wo soll das gute Ding denn hin?»

«Auf den Stapel da.» Als er Quints Hände sah, wurde der Mann rot. «Tut mir leid», stotterte er verlegen.

«Alles in Ordnung», sagte Quint mit einem freundlichen Lächeln. «Kommen Sie, ich helfe Ihnen!»

Der andere sah ihn mit grossen Augen an. «Ich will Sie

ja nicht kränken, aber ich glaube kaum, dass Sie das mit einer Hand schaffen.»

«Ich muss es ja nicht allein machen, oder? Also, fassen Sie mit an, versuchen wir es!» Quint packte mit der rechten Hand den Griff auf seiner Seite und wartete, bis der Jüngling ebenfalls bereit war. «Und los!»

«Donnerwetter! Sie haben ja praktisch das ganze Gewicht allein gehoben!», stellte der junge Mann verblüfft fest, als die Kiste an ihrem neuen Platz stand. «Noch dazu mit einem Arm! Sie müssen über Bärenkräfte verfügen!»

Quint winkte ab. «Das war einmal. Ausserdem haben Sie mir ja geholfen.»

«Trotzdem! Wahrscheinlich hätten Sie die Kiste auch dort hinauf gehievt, wenn ich mich nicht daran festgehalten hätte! Vielen Dank!»

«Kein Problem. Gehören Sie zum Filmteam?»

«Ja. Wir drehen einen Agententhriller, und die Burg ist das Hauptquartier unserer Bösewichte. Wollen Sie auch mitmachen?»

«Das hatte ich eigentlich vor. Aber einer Ihrer Kollegen wollte mich nicht dabeihaben. Sie wissen schon …» Quint hob den linken Arm etwas an.

«Welcher der drei war es denn?»

«Der in der Mitte.»

«Wilson», nickte der junge Mann verstehend. «Das wundert mich nicht. Möchten Sie trotzdem noch dazugehören?»

«Ich brenne darauf! So eine Gelegenheit bietet sich einem schliesslich nicht alle Tage!»

«Das kriegen wir hin! Kommen Sie am Nachmittag nochmal! Ich bin dann wahrscheinlich oben.» Er deutete mit dem Daumen in Richtung Burg. «Falls man Sie fragt, wohin Sie wollen, sagen Sie einfach, dass Sie mit Herkules verabredet sind!»

«Herkules?»

Der junge Mann grinste. «So nennen sie mich. Weshalb, das haben Sie ja eben selbst gemerkt!» Er hob den angewinkelten rechten Arm und zeigte auf die Stelle, wo sich irgendwo unter seiner dicken Jacke der Bizeps befinden musste.

Quint lachte. «Freut mich, Herkules! Ich bin Bob! Also, dann bis später! Und vielen Dank!»

«Ich habe zu danken! Bis dann, Bob!»

Zufrieden ging Quint zu seinem Wagen. Wenn ihm dieser Herkules sozusagen die Eintrittskarte verschaffte und er erst mal drin war, dann würde man ihm wohl keine allzu grosse Beachtung mehr schenken. Und um Sentence brauchte er sich ohnehin keine Sorgen zu machen. Der würde seinen Weg in die Burg finden und sich dann mehr oder weniger unsichtbar machen.

Bei seiner Ankunft im Gasthof warf Quint einen Blick um die Hausecke. Der Kombi stand immer noch da, aber der Schnee war entfernt worden und lag nun um den Wagen herum auf dem Platz, der mit Fussspuren übersät war. Es machte ganz den Anschein, dass der Fahrzeugbesitzer bald aufzubrechen gedachte.

Auf das vereinbarte Klopfzeichen hin öffnete Ingrid ihre Zimmertür und liess Quint herein.

«Und?», fragte sie, nachdem sie abgeschlossen hatte, und sah ihn erwartungsvoll an. «Haben Sie Ihre Rolle als bester Nebendarsteller?»

Er schüttelte den Kopf. «Noch nicht. Einer der Burschen ist der Ansicht, dass man nur mit zwei gesunden

Händen schiessen kann. Aber ich bin nah dran. Spätestens heute Abend bin ich in Position!»

«Dann geht es jetzt also wirklich richtig los», stellte Ingrid sachlich fest, während sie ihm die Jacke abnahm.

Quint sah sie ernst an. «Ja, in ein paar Stunden stecken wir mitten in unserem Abenteuer. Ich schlage deshalb vor, dass wir uns jetzt ein gutes Mittagessen gönnen. Wer weiss, wann es die nächste warme Mahlzeit gibt, gerade für Sie! Es kann gut sein, dass Sie mehr als eine Nacht im Wagen ausharren müssen, und es ist Winter!»

«Ich bin darauf vorbereitet», bemerkte Ingrid gelassen. «Nach dem Essen werde ich mich hinlegen und etwas Schlaf nachholen. Danach bin ich wieder munter wie ein Fisch im Wasser!»

«Unbedingt! Es reicht vollkommen, wenn Sie nach Einbruch der Dämmerung losfahren! Und denken Sie daran, die Wagentüren abzuschliessen! Schalten Sie alle elektrischen Verbraucher aus, wenn Sie nicht fahren! Wenn Ihnen kalt ist, lassen Sie den Motor von Zeit zu Zeit laufen, damit Sie die Heizung benutzen können! Es nützt nichts, wenn Sie halb erfroren und kaum noch in der Lage sind, den Wagen zu lenken!»

Ingrid nickte.

«Und vor allem: Gehen Sie kein Risiko ein, das Ihnen zu hoch erscheint! Wenn Sie aus irgendeinem Grund zur Ansicht gelangen, dass unser Plan gefährdet ist oder die ganze Sache aus dem Ruder läuft, setzen Sie sich ab!», schärfte Quint ihr ein. «Kehren Sie dann auch nicht mehr hierher zurück! Wir haben im Voraus bezahlt, und es gibt nichts, wofür es sich lohnen würde, etwas zu riskieren, um es zu holen! Nehmen Sie mein Auto und fahren Sie dorthin, wo Sie sich sicher fühlen! Sie können es behalten! Kümmern Sie sich nicht um mich, ich komme schon zurecht! Aber passen Sie gut auf sich auf!»

Ingrid hätte ihre helle Freude an ihm gehabt, wenn sie gesehen hätte, wie Jack Sentence sich den schwarzen Filzhut aufsetzte, nachdem er aus dem Wagen gestiegen war. Weit weniger erfreut wäre sie allerdings darüber gewesen, dass er sich mit einem kleinen, unsympathischen Mann traf und sich mit ihm über seinen abgefeimten Plan unterhielt, mit dem er Quint ausbooten wollte.

«Hast du alles erledigt, was ich dir aufgetragen habe?»

«Klar, Boss! Alles bereit!» Die tückischen kleinen Augen blickten an Sentence vorbei.

«Gut. Ich fahre jetzt los. Du hältst dich wie besprochen bereit! Wenn ich dir mit der Lampe das Signal gebe, fährst du so schnell es geht den Hügel hoch und wartest vor dem Tor, bis ich komme, klar?»

«Alles klar! Du kannst dich auf mich verlassen, Boss!»

Wortlos drehte sich Sentence um und ging zu seinem Auto zurück. Er würde höllisch aufpassen müssen, dass ihm diese kleine, schmierige Ratte nicht von hinten ein Messer zwischen die Rippen jagte! Wenn er es sich recht überlegte, befand er sich fast in der gleichen Situation wie Quint. Aber nur fast! Im Gegensatz zu ihm musste Quint wenigstens nicht befürchten, von seinem Komplizen hinterrücks abgemurkst zu werden!

6. Kapitel

Mit würdevoll anmutenden Schritten stapfte Quint langsam zwischen den Spuren des Lieferwagens den schneebedeckten Weg zur Burg hinauf. Von Zeit zu Zeit blieb er stehen wie jemand, der kurz verschnaufen musste. Man konnte nie wissen, ob man nicht beobachtet wurde, und er hatte die Erfahrung gemacht, dass es von Vorteil sein konnte, wenn man unterschätzt wurde. Es reichte schon, dass der schmächtige Herkules ihn für einen ehemaligen Gewichtheber zu halten schien.

Da noch längst nicht alles Material nach oben gekarrt worden war, standen die Tore einladend weit offen. Ohne zu zögern, ging Quint unter dem ersten Torhaus hindurch und sah sich dabei aufmerksam nach allen Seiten um. Bei Tageslicht war es wesentlich einfacher, sich einen Überblick zu verschaffen, als später in der Dunkelheit unter Zeitdruck und mit einer Horde Gegner im Nacken.

Beim Betreten der ersten Vorburg registrierte Quint links von sich eine Bewegung und Stimmen. Ohne sich etwas anmerken zu lassen, ging er weiter.

«He! Wo wollen Sie denn hin? Schaulustige haben hier keinen Zutritt!»

Quint blieb stehen und wandte sich der Stelle zu, von wo der scharfe Zuruf gekommen war. Die beiden Männer, die dort standen und ihn anstarrten, trugen Uniformen der Bundesgendarmerie. Offenbar hatte man eine kleine Kerntruppe zurückgelassen, die während der Anwesenheit der Filmcrew für Ordnung sorgen sollte. Das

68

war zwar nicht unbedingt von Vorteil für sein Vorhaben, musste aber auch nicht zwingend ein Nachteil sein, sofern er die Burschen dazu brachte, künftig einen grossen Bogen um ihn zu machen.

«Ich will zu Herkules», gab Quint freundlich Auskunft. «Wir sind verabredet.»

«Warum nicht gleich zu Zeus? Sie wollen mich wohl auf den Arm nehmen, Sie Witzbold, was?» Der schnauzbärtige Mann schien über die Antwort richtig erbost zu sein. Mit drohendem Gesichtsausdruck kam er näher.

«Keineswegs, Herr Offizier!», entgegnete Quint mit fast ehrfürchtiger Miene, obwohl er anhand der Gradabzeichen auf der Uniform sehr wohl erkannte, dass er es mit einem einfachen Gendarmen zu tun hatte. «Er hat mir heute Vormittag gesagt, dass ich ihn hier finden würde!»

«Wie sieht Ihr Herkules denn aus?», fragte der zweite Gendarm den offensichtlich eingeschüchterten Mann, der mit vor der Brust gekreuzten Armen dastand und verlegen seine behandschuhten Hände in den Achselhöhlen versteckte.

«Nun ja, er trägt eine Brille und ist eher schmächtig – halt eben ein junger Mann von heute!»

Die beiden Gendarmen warfen sich vielsagende Blicke zu.

«Kommen Sie, ich helfe Ihnen, Herkules zu suchen!», sagte der freundlichere der beiden in einem Tonfall, der keinen Zweifel daran liess, dass er Quint für etwas zurückgeblieben hielt.

«Das ist sehr nett von Ihnen, Herr Offizier! Vielen Dank! Sie spielen Ihre Rolle übrigens sehr gut!» Mit strahlendem Gesicht hielt Quint dem verdutzten Ordnungshüter die rechte Hand hin, bis dieser sie ergriff und es augenblicklich bereute, als er den Händedruck des seltsamen Besuchers zu spüren bekam. «Herkules wird sich bestimmt freuen, Sie kennenzulernen! Kommen Sie!»

Ohne den schnauzbärtigen Gendarmen noch eines Blickes zu würdigen, drehte sich Quint um und marschierte los. Sein Begleiter musste sich beeilen, um zu ihm aufzuschliessen.

Während sie schweigend nebeneinander auf dem niedergetrampelten Schnee zum Tor des zweiten Sperrbogens gingen, liess Quint wieder seinen Blick umherschweifen. Eins stand für ihn bereits jetzt fest: Das unbemerkte Eindringen in diese alte Festung stellte bei geschlossenen Toren für ungebetene Besucher selbst heute noch eine nur schwer zu bewältigende Herausforderung dar. Eine bessere Gelegenheit als diese konnte man sich wirklich nicht wünschen!

Die zweite Vorburg war erfüllt von geschäftigem Treiben. Während sich der Fahrer in seinen soeben fertig entladenen Lieferwagen setzte, um die nächste Fuhre zu holen, mühten sich mehrere Männer damit ab, das Material zur Burg hinauf zu transportieren.

«Können Sie Herkules schon sehen?», fragte der Gendarm.

Quint, der sein anfängliches Marschtempo wieder deutlich verringert hatte und schwer atmete, schüttelte den Kopf und machte ein betrübtes Gesicht. «Nein, bis jetzt noch nicht!» Es klang sehr enttäuscht. «Lassen Sie mich bitte einen Augenblick verschnaufen, Herr Hauptmann, ich bin nicht so gut in Form wie Sie!»

«Ich bin kein Hauptmann!», belehrte ihn der Uniformierte barsch. «Ich bin nur ein ganz gewöhnlicher Gendarm! Unsere Offiziere sitzen jetzt irgendwo, wo es warm und gemütlich ist!»

Quint schien gar nicht richtig zugehört zu haben. Er nickte abwesend und murmelte: «Ist schon recht. Ja, die guten alten Zeiten, da war noch was los! Geht es wieder?»

«Was soll wieder gehen?»

«Ob wir weiterkönnen, meine ich! Wir müssen endlich Herkules finden! Ich habe ihm versprochen, dass ich heute Nachmittag komme!» Ungeduldig setzte sich Quint wieder in Bewegung und strebte direkt auf die zwei Männer zu, die ihnen entgegenkamen. Der Gendarm folgte ihm kopfschüttelnd.

«Wissen Sie, wo Herkules ist?», rief Quint den beiden schon von weitem zu.

«Oben, im Innenhof!», antwortete der Vordere mit über die rechte Schulter zeigendem Daumen. «Sie können ihn nicht verfehlen!»

«Vielen Dank!» Quint nickte den beiden im Vorbeigehen freundlich zu und überlegte, wo er an Kramers Stelle den Schatz versteckt hätte. Jedenfalls hätte er sich kaum die Mühe gemacht, irgendwelche Kisten hier hoch zu schleppen – ganz im Gegensatz zu diesen verrückten Filmleuten! Wenn man ausserdem bedachte, dass Kramer vermutlich in grosser Eile gewesen war und keine Zeit gehabt hatte, lange nach einem halbwegs sicheren Versteck zu suchen, dann schien es eigentlich viel naheliegender, dass er das Gold irgendwo verbuddelt hatte. Am ehesten in der ersten oder der zweiten Vorburg. Je näher am Ausgang dieser Festung, umso besser, da er es ja später wieder holen wollte.

Sie gingen durch ein weiteres Tor und wandten sich

nach links, wo eine lange Treppe zum Eingang der Hauptburg hinaufführte. Majestätisch ragten die Erkertürme der hohen Nordmauer über ihnen auf und schienen ihre Spitzen in den bleiernen Himmel bohren zu wollen.

«Sie möchten sicherlich noch einmal etwas verschnaufen, bevor wir die Treppe in Angriff nehmen», mutmasste der Gendarm, und Quint konnte sich des Eindrucks nicht erwehren, dass es sich dabei um puren Eigennutz handelte.

«Danke, junger Mann! Sie brauchen sich nicht weiter zu bemühen! Den Rest schaffe ich auch allein!»

Der Gendarm schien noch zu überlegen, ob er das verlockende Angebot annehmen sollte oder ob es nicht doch klüger war, den seltsamen Kauz nach oben zu begleiten, als in der Öffnung ein junger Mann mit Brille erschien. Als er die beiden Männer am Fuss der Treppe sah, stutzte er kurz, um gleich darauf zu rufen: «Hallo Bob! Schön, dass Sie da sind! Warten Sie, ich komme runter!»

«Hallo Herkules!», schrie Quint so laut zurück, dass der Gendarm neben ihm zusammenzuckte. «Hier steckst du also! Euer General hier war so freundlich, mir bei der Suche nach dir behilflich zu sein!»

Er drehte sich zu seinem Begleiter um und streckte ihm die Hand hin, die dieser aber wohlweislich ignorierte. «Nochmals vielen Dank für Ihre Hilfe! Mit dieser schmucken Uniform und Ihrer hilfsbereiten Art werden Sie bestimmt die Hauptrolle bekommen!»

Nach diesen Worten liess er den mit offenem Mund dastehenden Gendarmen sprichwörtlich links liegen und wandte sich Herkules zu, der leichtfüssig die letzten Stufen hinter sich brachte. Herzlich schüttelte Quint seinem jungen Freund zur Begrüssung die Hand.

«Kommen Sie, ich zeige Ihnen alles!» Herkules strahlte vor Freude.

«Gern! Aber du kannst mich ruhig duzen, sonst fühle ich mich so alt!»

Der Gendarm, der die Begrüssung der beiden noch mitverfolgt hatte, tippte sich murmelnd mit dem Zeigefinger an die Stirn und war froh, dass er zu seinem Kameraden zurück konnte.

«Worum genau geht es denn eigentlich in dem Film?», erkundigte sich Quint, als sie den Aufstieg zum Eingang bewältigt hatten und die nächste Treppe in Angriff nahmen.

«Das weiss ich auch noch nicht genau. Irgendetwas mit Spionen, die heimlich in die Burg eindringen, um einen Gefangenen zu befreien, glaube ich. Aber wie ich unseren Regisseur kenne, wird er es bestimmt ordentlich knallen lassen! Für Action ist also gesorgt!»

Quint hatte schon einen passenden Kommentar auf der Zunge, überlegte es sich dann aber anders und schluckte ihn hinunter.

«So, da sind wir!», verkündete Herkules stolz, als sie im Burghof standen. «Wir stellen uns am besten dort drüben hin, damit wir nicht im Weg sind!»

Hier ging es zu wie in einem Ameisenhaufen. Nicht weit von ihnen entfernt, waren ein paar Männer damit beschäftigt, Sandsäcke um eine täuschend echt aussehende Flak-Attrappe aufzutürmen. Auf der gegenüberliegenden Seite übte eine als deutsche Soldaten verkleidete Gruppe das Exerzieren, während direkt neben ihnen eine andere Abteilung in Formation über den halben Platz rannte und sich in Linie mit Blick zur Platzmitte aufstellte. Die meisten von ihnen trugen Maschinenpistolen aus Plastik mit sich, wie Quint mit einem dünnen Lächeln registrierte. Dazwischen flitzten immer wieder Leute in Zivilkleidung hin und her.

«Na, was sagst du dazu, Bob?»

«Ich bin beeindruckt», antwortete Quint, bei dem die Wehrmachtsuniformen gemischte Gefühle hervorriefen, diplomatisch. Als er das letzte Mal mit deutschen Soldaten zu tun gehabt hatte, waren sie seine Feinde gewesen. Aber das war lange her, und hier handelte es sich ja glücklicherweise nur um einen Film. «Eigentlich wollte ich ja auch so eine Uniform tragen.»

Herkules grinste ihn an. «Weiss ich doch! Komm mit, wir besorgen dir eine! Smitty hat noch jede Menge davon. Er wird dir eine in der passenden Grösse heraussuchen. Ich hab's dir doch versprochen!»

Sie schlängelten sich zwischen gestressten Filmleuten und aufgeregten Laiendarstellern hindurch zu einer Tür, die in einen mit Material vollgestopften, dämmrigen Raum führte.

«He, Smitty, wo steckst du? Dein Typ wird verlangt! Wach auf, es gibt zu tun!»

«Nun mach mal halblang, Grünschnabel!» Ein gutmütig aussehender, glatzköpfiger Mann mit der Körperform einer Kanonenkugel erschien zwischen zwei hohen Stapeln. Erst bei genauerem Hinsehen bemerkte Quint, dass er zwei verblüffend echt aussehende, lebensgrosse Puppen in Wehrmachtsuniform hinter sich her schleifte.

«Das sind Franz und Fritz», stellte Herkules die Puppen vor. «Und der athletisch gebaute Kerl dazwischen ist Smitty, mein bester Kumpel! Smitty, das ist Bob!»

Behutsam legte Smitty seine beiden Spielzeuge auf den

Boden und richtete sich ächzend wieder auf. «Willkommen in der Requisitenkammer, Bob! Ich darf Sie doch Bob nennen, oder?»

«Natürlich, Smitty!», antwortete Quint grinsend und schüttelte die fleischige Hand, die ihm der Requisiteur hinhielt. «Sofern Sie mich so einkleiden, dass ich hier nicht auffalle!» Er hob die linke Hand so, dass die leeren Futterale seines Fingerhandschuhs herunterhingen.

Smitty nickte verstehend. «Herkules hat mir schon von Ihnen erzählt. Kommen Sie ans Licht, damit ich Mass nehmen kann!»

Nachdem Smitty ihn von oben bis unten mit einem Blick gemustert hatte, der Quint unwillkürlich an einen Sargmacher erinnerte, verschwand der kleine Mann mit einer für seine Körperfülle erstaunlichen Behändigkeit zwischen dem ganzen Krempel.

Kurz darauf kam er mit den über die Schulter geworfenen Kleidungsstücken zurück und schleuderte sie mit einem eleganten Schwung auf einen kleinen Tisch. «Probieren Sie die Lumpen am besten gleich hier an, dann können wir bei Bedarf den einen oder anderen auswechseln!»

Zögernd zog Quint seine Jacke aus und legte sie behutsam neben den Uniformstücken auf den Tisch, während Smitty mit ausdruckslosem Gesicht danebenstand und geduldig wartete. Herkules hatte sich diskret ein paar Schritte entfernt und blickte nach draussen.

Als Quint die Uniformhosen angezogen hatte und nach dem aufgeknöpften Rock griff, sagte Smitty zu seinem jungen Freund: «Herkules, hol mir doch bitte ein Paar Stiefel! Grösse 44! Und eine Mütze aus dem mittleren Fach!»

Etwas umständlich schlüpfte Quint in den Uniformrock und deutete mit einer Kopfbewegung auf einen säuberlich gefalteten, dunkelgrauen Overall. «Der muss wohl irgendwie dazwischen gerutscht sein.»

«Ich weiss», murmelte die Kanonenkugel. «Damit werden Sie in diesen Gemäuern bei schlechten Lichtverhältnissen praktisch unsichtbar und sind erst noch viel beweglicher als in der scheusslichen Uniform. Ausserdem hat das Teil genügend Taschen, in denen sich die Gegenstände verstauen lassen, die Sie in Ihren ausgebeulten Jackentaschen mitschleppen. Übrigens habe ich davon auch eine Ausführung in schneeweiss, falls Sie Bedarf haben.»

Als er Quints forschenden Blick wahrnahm, fügte Smitty leise hinzu: «Sie sind nicht wegen einer Nebenrolle hier, das sehe ich Ihnen an. Sie spielen eine Hauptrolle. Aber das geht mich nichts an. Herkules' Freunde sind auch meine Freunde. Der Grünschnabel verfügt über eine für sein Alter erstaunlich gute Menschenkenntnis, deshalb vertraue ich Ihnen. Nehmen Sie sich vor dem Narbengesicht und seinem finsteren Chef in Acht!»

7. Kapitel

«Na, habe ich dir zu viel versprochen? Passt doch wie angegossen! Smitty braucht nur jemanden anzusehen, um seine Kleider- und Schuhgrösse zu erkennen! Klasse, nicht?»

Quint nickte lachend. «Dein Kumpel Smitty scheint wirklich schwer in Ordnung zu sein! Kennst du ihn schon lange?»

«Seit meiner Kindheit. Wir stammen aus demselben Ort, und mein Vater ist seit vielen Jahren mit Smitty befreundet. Er hat mir auch den Job hier verschafft.»

Herkules bereitete es sichtlich Spass, seinem nunmehr uniformierten Begleiter alle Räume und verborgenen Winkel zu zeigen, die er selbst in der kurzen Zeit seiner Anwesenheit auf der Burg ausgekundschaftet hatte. Voller Stolz führte er Quint durch verwinkelte, schmale Gänge und über zahlreiche Treppen.

Aufmerksam folgte Quint seinem jungen Helfer und prägte sich das düstere Labyrinth ein, so gut es ging. Ihm kam diese Führung sehr gelegen. Smitty hatte ihm eine alte Umhängetasche aus Leder geschenkt, in der er seine eigenen Kleider und Schuhe bequem mittragen konnte, ohne dafür eine Hand zu gebrauchen. Die SIG und zwei volle Ersatzmagazine hatte Quint in den Taschen seines Waffenrocks verschwinden lassen.

Vor einer breiten Holztür mit zwei Flügeln blieb Herkules stehen und zeigte auf eine Ritterrüstung, die in der Ecke zwischen Tür und Treppe stand. «Der alte Schrotthaufen sieht aus, als würde er schon seit Jahrhunderten hier friedlich vor sich hin rosten.»

«Darin konnte man sich wahrscheinlich kaum bewegen. Die Dinger sind bestimmt sehr unbequem und schwer», stellte Quint fachmännisch fest.

«Diese hier nicht!», entgegnete Herkules feixend. «Sie ist nämlich aus Kunststoff!» Triumphierend versetzte er der Rüstung einen leichten Stoss gegen die Brust. Beinahe geräuschlos wippte der hohle Plastikkrieger einmal auf seinen starren Füssen zurück und wieder vor.

«Der Streich ist dir gelungen! Ich hätte darauf gewettet, dass die Rüstung echt ist!»

«Tja, so kann man sich täuschen! Aber das ist noch nicht alles!» Herkules zwängte sich in die dunkle Nische dahinter, und gleich darauf tönte es dumpf aus der Plastikrüstung: «Wer wagt es, diesen denkwürdigen Ort zu entweihen? Rache! Rache!»

«Ist der Kerl hinten offen?» Erstaunt blickte Quint hinter den gefährlichen Krieger. Tatsächlich fehlte die Rückseite der Figur, so dass man sich problemlos in die Form stellen konnte.

«Echt gut, nicht? Wir nennen ihn Lanzelot.»

«Habt ihr für alle personenähnlichen Requisiten Namen?», erkundigte sich Quint lachend, als Herkules den Arm um seinen Lieblingsritter legte.

«Für die meisten. Es ist einfacher für uns. Wir wissen dann genau, was gemeint ist.»

Von oben waren Stimmen zu hören. «Passt auf, dort vorn ist eine Treppe!» warnte jemand. «Hoffentlich kriegen wir die Möbel überhaupt da hinunter!»

«Komm, lass uns verschwinden!», sagte Herkules leise. «Das ist der unangenehme Wilson, der dir keine Rolle geben wollte!»

Rasch verschwanden sie um die nächste Ecke und setzten ihren Rundgang fort.

«Sind die Schauspieler eigentlich auch schon hier? Die richtigen, meine ich.»

«Nein, die kommen erst morgen, wenn die Dreharbeiten beginnen. Bis dahin gibt es noch einiges vorzubereiten. Vielleicht sollte ich mich allmählich auch mal wieder oben blicken lassen und mitanpacken. Aber du kannst dich ja auch allein noch etwas umsehen. Es sei denn, du beteiligst dich lieber an den Soldatenspielen im Hof!» Herkules grinste Quint herausfordernd an.

«Meine Begeisterung hält sich in Grenzen! Dieser Wilson hat mich ja für dienstuntauglich erklärt! Da erscheint es mir klüger, ihm möglichst aus dem Weg zu gehen. Sonst erkennt er mich womöglich noch und will mich drillen! Danke für die Privatführung! Es war sehr interessant!»

«War mir ein Vergnügen! Viel Spass noch, Soldat Bob!» Lachend verschwand Herkules.

Ohne Eile setzte Quint seinen Erkundungsrundgang fort. Er kam sich dabei vor wie ein Tourist. Aber je besser er sich in der Festung auskannte, desto grösser waren seine Erfolgschancen. Ausserdem war es von Vorteil, wenn man ihn möglichst wenig zu Gesicht bekam. Sehen und nicht gesehen werden, lautete die Devise.

Am Ende des Gangs, auf dem er sich gerade befand, versperrte ihm ein quer über die unterste Treppenstufe gespanntes Stück Tau den Aufgang zum oberen Geschoss. «Zutritt verboten!», stand auf einem davor aufgestellten Holzschild. Die Gendarmerie schien nicht gewillt, der wilden Horde aus Filmleuten und Einwohnern zu allen Räumen freien Zugang zu gewähren.

Ohne sie zu berühren, schlüpfte Quint unter der primitiven Absperrung hindurch und stieg geräuschlos die gewundene Treppe hinauf.

Hier oben waren die Lichtverhältnisse noch erbärmlicher als unten. Keine der ohnehin nicht sehr zahlreichen Lampen brannte. Nur durch die kleinen Öffnungen in der meterdicken Mauer rechts von ihm drang an einigen Stellen etwas Tageslicht herein.

Schritt für Schritt tastete sich Quint vorsichtig vorwärts, sorgsam darauf bedacht, mit seinen schweren Soldatenstiefeln kein unnötiges Geräusch zu verursachen. Die Absperrung am Treppenfuss war keine Garantie dafür, dass sich hier ausser ihm niemand aufhielt.

Vor der ersten Tür zu seiner Linken blieb er stehen und lauschte. Abgesehen vom entfernten Geschrei des Mannes, der die Hobbysoldaten über den Platz im Innenhof hetzte, war alles ruhig. Behutsam drückte er die Klinke herunter und versuchte, die oben abgerundete Holztür zu öffnen, die tatsächlich nachgab.

Der helle Schein, der durch den schmalen Spalt aus dem kleinen Raum drang, blendete ihn fast nach der auf dem Gang herrschenden Dunkelheit. Direkt gegenüber der Tür, die Quint nun vollends aufstiess, befand sich ein Fenster, durch das die schneebedeckten Berge zu erkennen waren.

Der Raum schien schon lange nicht mehr benutzt zu werden. Eine dicke Staubschicht hatte sich im Laufe der Zeit auf die überall unordentlich verteilten Gegenstände gelegt, um sie gnädig vor den verwöhnten Blicken ordnungsliebender Menschen zu verbergen. Wie es schien, diente dieses Zimmer schon seit der Einführung des gregorianischen Kalenders als Rumpelkammer. Doch als Quint den Blick senkte, fuhr seine rechte Hand blitzschnell in die Rocktasche und umfasste den Griff der SIG. Schuhabdrücke! Und sie führten nur in eine Richtung! Wer auch immer diese Spur hinterlassen hatte, musste sich noch im Raum befinden, sofern er sich keinen Scherz erlaubt und das Zimmer rückwärtsgehend wieder verlassen hatte!

Einen kurzen Moment dachte er an Herkules, aber die Abdrücke waren entschieden zu gross! Das waren mit an Sicherheit grenzender Wahrscheinlichkeit Stiefel von der Sorte, wie er sie selbst gerade trug! Jemand musste sich hinter dem Schrank dort drüben versteckt halten!

Ganz langsam zog Quint mit der linken Hand die Tür wieder zu, bereit, notfalls sofort das Feuer zu eröffnen. Seine Gedanken wirbelten. Wer mochte sich dort drinnen aufhalten? Und wozu? War es Kramer oder einer seiner Gehilfen, der auf seinen Einsatz wartete? Konnte es gar Sentence sein? Oder nur ein einfacher Dieb, der in der Nacht aktiv werden würde?

Mit einem leisen Klicken glitt die Falle in die Öffnung im Türrahmen, als Quint die Klinke losliess. Er trat einen Schritt zur Seite, um aus der Schusslinie zu sein, und lauschte. Doch nichts rührte sich. Der Unbekannte schien nicht auf eine Konfrontation erpicht zu sein.

Nach einer Weile nahm Quint seine Schleichtour wieder auf, wenn auch mit einem unangenehmen Kribbeln im Nacken. Immer wieder blieb er stehen und sah sich um. Aber der Gang hinter ihm blieb leer.

Die nächsten beiden Türen waren verschlossen. Quint vermutete, dass die Räume von der Gendarmerie benutzt wurden und verzichtete darauf, den Dietrich in seiner

Umhängetasche zu bemühen. Er war als Schatz- und Verbrecherjäger hier, nicht als Schnüffler.

Als er sich der vierten Tür näherte, vernahm er eine murmelnde Stimme. Augenblicklich blieb er stehen.

«Glaubst du, ich bin hergekommen, um in der dämlichen Verkleidung eines Gebirgsjägers über den Platz zu rennen und mich von so einem kleinen Möchtegerngeneral schleifen zu lassen?», begehrte im nächsten Moment jemand auf. «Wenn es dunkel ist und die Idioten da unten verschwunden sind, fangen wir an! Aber bis dahin bleiben wir hier drin und lassen uns nicht blicken! Verstanden?»

Es folgte erneut ein unverständliches, kurzes Murmeln, dann herrschte wieder Ruhe.

Quint beschloss, seine Schleicherei auf diesem Stockwerk einzustellen und den Rückzug anzutreten. Für ihn bestand kein Zweifel, dass er soeben den Aufenthaltsort von Kramer ausfindig gemacht hatte. Und das Letzte, was er jetzt gebrauchen konnte, war eine Begegnung mit diesem Schurken. Schliesslich sollte der ihn zum Versteck des Goldes führen, ohne es zu merken.

Er drehte sich um und ging den Weg ebenso leise zurück, wie er gekommen war. Nichts war ärgerlicher, als wenn man sich durch sein eigenes leichtsinniges Verhalten selbst in eine unangenehme Situation brachte! Und ausserdem musste er wieder an der Rumpelkammer mit dem unsichtbaren Stiefelträger vorbei! Wenn er nur wüsste, wer der Kerl war! Kramer schied jetzt ja aus. Vielleicht war es wirklich Sentence. Zuzutrauen war es ihm. Aber falls ja, was versprach er sich davon? War er Kramer und seinem Komplizen heimlich hier herauf gefolgt und wartete nun darauf, dass sie wieder an ihm vorbeigingen, damit er ihnen heimlich folgen konnte?

Am liebsten hätte sich Quint sofort Klarheit verschafft und nachgesehen. Aber wenn er dadurch Kramer warnte, hatte er nichts gewonnen. Falls es tatsächlich Sentence war, würde er es noch früh genug erfahren. Und wenn es sich um einen Unbeteiligten handelte, spielte es sowieso keine Rolle.

Nur noch wenige Meter trennten ihn jetzt von der Tür des Abstellraums. Quint blieb stehen und horchte angestrengt. Hinter ihm war alles ruhig, und auch aus dem Raum vor ihm war kein Geräusch zu vernehmen. Der geheimnisvolle Antiquitätenliebhaber schien seine Sache sehr ernst zu nehmen und verhielt sich mucksmäuschenstill. Der Kerl war nicht nur unsichtbar, sondern auch noch leise wie ein ertrunkener Fisch. Vielleicht war er ja tatsächlich tot? Im Staub dort drin erstickt oder einfach vor lauter Langeweile gestorben?

Quint rief sich innerlich zur Ordnung und setzte sich vorsichtig wieder in Bewegung. Jetzt war nicht der richtige Zeitpunkt für alberne Witze, auch wenn sie unausgesprochen blieben! Er musste sich darauf konzentrieren, unbemerkt an diesem Raum vorbeizukommen und die Treppe zu erreichen. Alles andere war im Moment nebensächlich.

Wie erstarrt hielt er mitten in der Bewegung inne, als direkt vor seinen Füssen ein schmaler Lichtstreifen erschien und an der Wand gegenüber der Rumpelkammer seine Fortsetzung fand. Der Kerl dort drin war offenbar lebendiger als ihm lieb war!

Die schemenhaft erkennbare Gestalt zuckte zusammen, als sie den regungslos dastehenden Soldaten auf dem Gang bemerkte. Sekundenlang starrten sich die beiden Männer durch den schmalen Türspalt an, ohne dass einer von ihnen eine feindselige Handlung vornahm.

Langsam zog Quint seine rechte Hand aus der Rocktasche, als er seinen Zimmernachbarn aus dem Gasthof erkannte, und legte den Zeigefinger auf die Lippen. Dann deutete er mit dem Daumen über die Schulter.

Der Russe nickte verstehend und reckte seinen linken Daumen hoch. Ohne ein Wort zu sagen, zog er die Tür wieder zu.

8. Kapitel

Jack Sentence war kurz vor Mittag auf dem offiziellen Weg in die Burg gelangt. Seinen sorgfältig gestutzten Schnurrbart hatte er sich vorsorglich abrasiert, und so hatte niemand etwas gegen sein Mitwirken in diesem Film einzuwenden.

Jetzt stand er in der zweiten Reihe direkt hinter dem Hünen mit den furchteinflössenden Pranken, der bereits Quint aufgefallen war und den man aufgrund seiner überragenden Argumente ganz nach militärischer Gepflogenheit ganz rechts in die vorderste Linie der Formation gestellt hatte.

Dadurch war seine Sicht nach vorn zwar erheblich eingeschränkt, aber er fiel dafür auch nicht gross auf, und das war gut so. Nach dem Kleidungswechsel hatte er seinen Smith & Wesson Model 29 gezwungenermassen mit dem Griff nach unten in die linke Rocktasche gesteckt und die daraus hervorragenden letzten Zentimeter des 6½ Zoll langen Laufes unter dem Uniformgürtel versteckt.

Der Verkäufer hatte ihm zwar wegen «Grösse, Gewicht und extremem Schussverhalten» dringend vom Kauf abgeraten, aber Sentence hatte eine Vorliebe für Waffen, die nicht erst entsichert werden mussten und dazu noch im Umkreis von zehn Metern die Patronenhülsen in der Gegend verstreuten.

Es kam nicht oft vor, dass er von seiner Schusswaffe Gebrauch machte, und noch viel seltener, dass er auf einen Menschen anlegte. Wenn immer möglich, ging er einer direkten Konfrontation aus dem Weg und zog es vor, gar nicht bemerkt zu werden. Aber wenn er schoss, dann wollte er die Einschusslöcher auf eine Distanz von mindestens dreissig Metern ohne Fernglas erkennen können.

Mit zusammengekniffenen Augen liess er die lächerliche Posse über sich ergehen. Wenigstens hatte man ihn mit einer Mütze und einer Spielzeug-MP ausgestattet und nicht wie die vorgeblichen, behelmten Wachsoldaten dort drüben mit einem unhandlichen Gewehr.

Einmal hatte er Quint in Begleitung eines schmächtigen Jünglings mit Brille gesehen, aber die beiden waren wenig später in einem der Gebäude verschwunden und seither nicht wiederaufgetaucht. Immerhin wusste er jetzt, dass Quint sich ebenfalls bereits innerhalb der Burgmauern aufhielt.

Ein neuer Befehl des Wichtigtuers, der die Kommandos gab, riss Sentence aus seinen Gedanken: «Alle zurück in ihre Ausgangspositionen! Und dann das Ganze noch einmal! Los, los, bitte etwas schneller die Herrschaften! Morgen muss jede Bewegung perfekt sitzen! Bis dahin gibt es noch viel zu tun!» Er klatschte in die Hände.

«Ich muss mal pinkeln, Kamerad», sagte Sentence zu seinem Nebenmann. «Übernimm du inzwischen meine Position, damit die anderen auch nachrücken und die Witzfigur sich nicht künstlich aufregt!» So konnten sie schon mal üben, denn morgen würden sie auch ohne ihn auskommen müssen.

Gemeinsam mit seinen neuen Spielgefährten kam Sentence der Anweisung des Schleifers nach. Diesmal stellte er sich jedoch ganz hinten an, und als der neue Befehl geschrien wurde und die Gruppe wieder losrannte, drehte er sich um und verschwand im Innern des grossen Gebäudes, in das er Quint hatte gehen sehen.

Er brauchte einen Moment, bis sich seine Augen nach dem langen Aufenthalt im schneebedeckten Hof an das Halbdunkel gewöhnt hatten. Obwohl er sich mit der an einem Tragriemen neben seiner rechten Hüfte hängenden MP-Imitation etwas kindisch vorkam, hielt er es für klüger, das Ding vorerst zu behalten. Es machte sich nicht gut, wenn man ihn ohne antraf und die Knarre später irgendwo herumliegen sah. Er wollte seine Uniform vorerst noch nicht abgeben müssen.

Mit sorglosem Gesichtsausdruck näherte sich Sentence einer Gruppe von Leuten, die altertümlich aussehende Sessel durch die Gegend schleppten und dabei trotz der erfrischenden Raumtemperaturen ordentlich schwitzten. Die Plackerei schien die armen Kerle derart stark in Anspruch zu nehmen, dass sie ihn nicht weiter beachteten. Körperliche Ertüchtigung war eine gute Sache.

In respektvollem Abstand folgte er der Gruppe eine gewundene Treppe hinunter. Neben einer Ritterrüstung blieb er stehen und wartete, bis alle Möbelträger durch die doppelflügelige Tür daneben verschwunden waren.

Im Vorbeigehen warf er einen Blick in den von einem riesigen offenen Kamin beherrschten Raum. Um einen langen Tisch waren bereits mehrere Stühle gruppiert, deren hohe Lehnen rot mit schönen Verzierungen gepolstert waren. Es schien fast so, als ob die Ritter der Tafelrunde erwartet würden; nur, dass der Tisch nicht rund war.

Mit jedem Schritt, den er sich vom vermeintlichen Rittersaal entfernte, wurden die Stimmen hinter ihm leiser und waren nach der nächsten Ecke gar nicht mehr zu hören.

Sein Ausflug führte ihn wenig später in einen mehrstöckigen Turm, in dem sich ein altes Verlies und eine Folterkammer befanden. Vom obersten Stock konnte Sentence durch die vergitterten Öffnungen den Grossteil der zweiten Vorburg überblicken, die der Lieferwagen gerade wieder in langsamer Fahrt verliess.

Nachdenklich liess er seinen Blick über die Mauern und Türme schweifen. Er hielt es für am wahrscheinlichsten, dass der Schatz irgendwo dort unten versteckt war. Kein halbwegs vernünftiger Räuber hätte sich die Mühe gemacht, die Beute noch weiter hinauf zu transportieren, wenn er sie später wieder holen wollte.

Die seltsame Abdeckung der Mauer, durch welche die zweite Vorburg von der ersten getrennt war, erregte seine Aufmerksamkeit. War die Mauer womöglich hohl und stellte eine geschützte Verbindung zwischen dem zweiten Sperrbogengebäude und dem Bereich innerhalb der hohen Wehrmauer vor der Hauptburg dar? Er konnte es nicht mit absoluter Sicherheit sagen, da er von seinem Standort keinen Eingang erkennen konnte. Aber er würde der Sache auf den Grund gehen.

Er wandte sich ab und verliess seinen Aussichtsturm. Ohne Hast ging er den Weg, den er gekommen war, zurück und kam gerade rechtzeitig zu einer Verpflegungspause für die Laiendarsteller, an der er mit gutem Gewissen teilnahm.

Während er dankbar seinen heissen Tee schlürfte und überlegte, wo sich wohl der Zugang zur möglicherweise hohlen Mauer befinden mochte, bemerkte Sentence hinter dem an das grosse Gebäude angebauten Turm eine weitere Tür, die ihm bisher nicht aufgefallen war. Unauf-fällig ging er darauf zu und blickte sich um. Niemand schien ihn zu beachten.

Mit zwei raschen Schritten betrat er den etwas tiefer liegenden Raum, der sich wenig später als Teil einer schmucken Kapelle entpuppte. Langsam ging er zwischen den beiden Bankreihen hindurch auf den Altar zu, vor dem sich auf der linken Seite eine Tür befand, die in ein Nebenschiff führte. Von dort gelangte er durch eine weitere Tür in die Bastion, die er vom Gefängnisturm aus gesehen hatte und an deren linker Wand sich die Öffnung befand, die ihn zum Eingang der Mauer führen musste. Sofern es ihn denn überhaupt gab.

Als Sentence die niedrige, aber breite Holztür öffnete, sah er in einer Entfernung von etwa fünfundzwanzig Metern seinen Turm. Er betrat den Bereich zwischen der Burg und der hohen Wehrmauer und wandte sich nach rechts, wo sich nach seiner Einschätzung der Zugang zur Mauer befinden musste. Und tatsächlich: Da war er auch! Mit einem Lächeln, das bei Jack Sentence immer etwas höhnisch wirkte, stapfte er durch den unberührten Schnee auf sein Ziel zu.

Leise quietschend drehte sich die Tür in ihren rostigen Angeln, als er den Eingang der breiten Mauer öffnete und am Anfang des vor neugierigen Blicken verborgenen Gangs stand. Ohne lange zu überlegen, zog er den grossen Schlüssel, der aussen steckte, aus dem Schloss und liess ihn in der Uniform verschwinden. Er liebte es nicht, eingeschlossen zu werden, auch wenn sein Revolver mit den 44er Magnum Patronen dann aus der Tür Holzmehl machen würde.

Langsam betrat er den Geheimgang und zog die Tür

hinter sich zu, nachdem er sich mit seiner Taschenlampe einen kurzen Überblick über den ersten Teil der vor ihm liegenden Strecke verschafft hatte. Die Spuren im Schnee waren zwar trotzdem noch zu sehen, aber eine sperrangelweit offene Tür war noch viel verdächtiger.

Um die Batterie zu schonen, knipste er kurz darauf die Lampe wieder aus und steckte sie in die Tasche neben der MP zurück. Er würde sie später noch brauchen, und sei es nur, um seinem widerlichen Komplizen das Startsignal zu geben.

Seine linke Hand tastete die Wand ab, während er sich vorsichtig durch die lediglich von ein paar Schiessscharten in ihrer Vollkommenheit beeinträchtigte Finsternis bewegte. Der kurze Blick im Schein seiner Lampe hatte ihm bestätigt, dass er einen langen Weg und viele Stufen vor sich hatte.

Als Sentence glaubte, dass er nun nicht mehr weit vom anderen Ende der Mauer und dem damit verbundenen Torgebäude mit dem angebauten Turm entfernt sein konnte, blieb er stehen und lauschte. Von draussen waren Stimmen zu vernehmen, die aber leiser wurden und schliesslich nicht mehr zu hören waren. Er wartete noch einen Moment, bevor er seine Lampe aus der Rocktasche zog und sie anmachte. Wie vermutet, trennten ihn nur noch wenige Meter von einer Tür. Er verzichtete darauf, sie zu öffnen, da es ihm unnötig erschien, dieses Risiko einzugehen. Die alten Türschlösser stellten nun wirklich keine Herausforderung für ihn dar.

Mit einem zufriedenen Nicken drehte er sich um und schickte sich an, den Aufstieg mit den nach seiner groben Schätzung über zweihundert Treppenstufen aus der anderen Richtung in Angriff zu nehmen. Vor der ersten

Stufe machte er die Lampe aus.

Vielleicht würde sich die Erkundung später als überflüssig herausstellen, aber das machte nichts. Wenn Jack Sentence bei einem gefährlichen Spiel mitmischte, wollte er möglichst gut vorbereitet sein. Und Quint übers Ohr zu hauen und um seinen Anteil betrügen zu wollen, war zweifellos ein sehr riskantes und schwieriges Vorhaben! Ganz besonders dann, wenn man wie er auf die zweifelhafte Unterstützung einer hinterhältigen Ratte wie Louis Leconte angewiesen war!

Und was diesen ehemaligen SS-Führer betraf, so konnte man davon ausgehen, dass er seine Beute ohne Rücksicht auf Verluste verteidigen würde. Nachdem er so lange gewartet hatte, würde er sich seinen Schatz bestimmt nicht so ohne Weiteres abjagen lassen. Wie viele Spiessgesellen der Kerl hatte, stand ebenfalls in den Sternen.

Er musste höllisch aufpassen, dass ihm das Ganze nicht um die Ohren flog!

Kramer winkte Lechner, den Mann mit der Narbe, zu sich ans Fenster. «Sieh dir das an!», wisperte er. «Dort unten kommt gerade einer der Filmsoldaten aus einer Mauer! Was der dort wohl verloren hat?»

Gemeinsam beobachteten sie den Unbekannten dabei, wie er die Tür des Mauereingangs zumachte, sich umdrehte und gleich darauf unter ihnen durch eine Öffnung der Bastion aus ihrem Sichtfeld verschwand.

«Vielleicht ein Dieb oder Einbrecher, der sich auf die Nacht vorbereitet und auf lohnende Beute hofft», flüsterte Lechner.

«Hoffentlich kommt uns der Kerl nicht in die Quere!»,

zischte Kramer. «Ich will möglichst unbemerkt mit dem Gold von hier verschwinden! Nicht, dass uns der Idiot noch die Gendarmen aufweckt!»

9. Kapitel

Der Himmel war noch immer wolkenverhangen, und die Dunkelheit brach früh herein. Laut schwatzend verliessen die Laiendarsteller die Burg, begierig darauf, ihren Angehörigen und Freunden zu erzählen, was sie alles erlebt hatten. Auch die Leute der Filmcrew schickten sich an, bald Feierabend zu machen und ihre provisorischen Unterkünfte unten im Dorf und in der näheren Umgebung aufzusuchen. Ein anstrengender Drehtag lag vor ihnen.

Nach und nach wurde es ruhig auf Hohenwerfen. Die Gendarmen verschlossen die Tore der ersten Vorburg und verschwanden in ihrem Quartier, um sich von den Strapazen dieses ereignisreichen Tages zu erholen. Sie hatten keine Ahnung, dass sich ausser ihnen noch fünf Männer innerhalb der mächtigen Mauern aufhielten, die alle dasselbe Ziel verfolgten: Den seit fast dreiundzwanzig Jahren versteckten Schatz von hier wegzubringen.

«So, das sollte reichen!», raunte Kramer seinem Gehilfen zu. «Wir fangen an! Ich will endlich aus dieser Festung raus! Allmählich komme ich mir hier vor wie ein Gefangener!» Er griff nach einer kleinen Umhängetasche, in der sich zwei Klappspaten befanden, und legte sich den Riemen über die linke Schulter. Leise ging er zur Tür und öffnete sie vorsichtig.

Auf dem Gang herrschte undurchdringliche Dunkelheit, und die Stille war vollkommen. Lechner knipste seine Lampe an und ging voraus, dicht gefolgt von Kramer, der seine Pistole schussbereit in der Hand hielt. Langsam stiegen sie die Treppe hinunter und duckten sich unter der Absperrung hindurch.

Am oberen Ende der gewundenen Treppe öffnete Prochorow leise die Tür der Rumpelkammer und folgte den beiden in gebührendem Abstand. Im Gegensatz zu den Männern vor ihm verzichtete er darauf, seine Lampe zu benutzen, und verliess sich stattdessen ganz auf seine Sinne. Die leisen Geräusche, die Kramer und Lechner trotz ihrer Bemühungen verursachten, sowie ihre gelegentlich im Licht ihrer eigenen Lampe zu erkennenden Silhouetten genügten ihm vollkommen.

Als die beiden vor der verschlossenen Eingangstür stehenblieben, war der GRU-Agent bereits in einer Nische verschwunden und wartete, bis sie das Gebäude verlassen hatten. Erst als die Tür wieder geschlossen war, ging er weiter und schlüpfte kurz darauf ebenfalls ins Freie, wo er sofort stehenblieb und lauschte. Das Knirschen des Schnees verriet ihm, dass sich die beiden Männer in Richtung Westen bewegten, dorthin, wo sich der grosse Glockenturm befand. Prochorow stellte sich in eine Ecke und wartete geduldig.

Zum Ärger der beiden Männer vor ihm war die Tür des Turms abgeschlossen, und Lechner musste erst das Schloss knacken, während Kramer danebenstand und ungeduldig wartete.

«Nun mach schon!», zischte er. «Wie lange soll das denn noch dauern? Das kann doch nicht so schwierig sein!»

Wortlos öffnete Lechner die Tür und übernahm wieder die Führung. Stufe um Stufe stiegen sie die Treppen im Innern des markanten Turms hoch, bis sie den alten

Trompeterbalkon erreichten, wobei sie sich bei weitem nicht mehr so viel Mühe gaben, leise zu sein.

«Hoffentlich pennen die beiden Pfeifen nicht!», knurrte Kramer, während Lechner seine Lampe in regelmässigen Abständen aufblitzen liess, um Stöger und Panhuber zu signalisieren, dass es losging. «Los, weiter! Das muss reichen! Sonst steht womöglich plötzlich noch jemand anders vor dem Tor!»

Sie verliessen den Turm und gingen quer über den Hof zur Treppe, die aus der Hauptburg führte. Prochorow folgte ihnen wie ein Schatten, stets bereit, beim geringsten Anzeichen dafür, dass die beiden vor ihm stehenblieben, bewegungslos zu erstarren. Auf dem von den vielen tagsüber hier anwesenden Menschen niedergetrampelten Schnee war fast nichts zu hören.

Vor dem offenen Tor der innersten Vorburg blieben Kramer und Lechner stehen. Im ehemaligen Gesindehaus, wo die in der Burg zurückgebliebenen Gendarmen hausten, brannte noch Licht.

«Sollten wir nicht besser warten, bis die Gendarmen schlafen?», flüsterte Lechner. «Wenn wir Pech haben, latscht uns noch einer über die Füsse, während wir vorbeischleichen.»

Kramer überlegte eine Weile.

«Nein, wir gehen weiter!», entschied er schliesslich. «Wer weiss, wie lange es noch dauert, bis die das Licht löschen – falls überhaupt. Aber wir müssen uns bücken, wenn wir an den Fenstern vorbeigehen!»

Ganz langsam näherten sie sich dem Gebäude und schlichen der Wand entlang tief geduckt unter den hell erleuchteten Fenstern vorbei. Aus dem Innern waren Stimmen und Gelächter zu hören. Im nächsten Augenblick wurde eine Tür aufgerissen. Schlagartig schwoll der Lärm an.

Erschrocken blieben Kramer und Lechner dicht vor der Ecke stehen, hinter der sich ein Gendarm befinden musste.

«Nein, es schneit nicht! Du hast die Wette verloren, Wilmar!»

Das ärgerliche Brummen aus dem Gebäude wurde von schadenfrohem Gelächter übertönt, bevor die Tür zugeknallt wurde.

Kramer bedeutete seinem Kumpan, noch abzuwarten. Es konnte ja sein, dass sich der Verlierer selbst von seiner Niederlage überzeugen wollte. Doch nichts dergleichen geschah.

«Weiter!» Die beiden setzten sich wieder in Marsch und passierten die heikle Stelle mit grösster Vorsicht. Als sie auch den dicht danebenstehenden Turm hinter sich hatten, schienen sie sich wieder sicherer zu fühlen und gingen etwas schneller.

Keiner bemerkte die Gestalt, die sich mit dem Rücken in den Winkel zwischen Turm und Mauer presste und sich keinen Millimeter rührte. Auch Prochorow nicht. Er warf zwar einen Blick in die Richtung, aber in seinem grauen Overall verschmolz Quint förmlich mit der dunklen Ecke aus Stein.

«Hier muss es sein! Gleich unter dem Strauch! Das Gestrüpp ist ganz schön gewachsen seit damals!» Kramer liess den Lichtstrahl seiner Lampe über den Schnee unterhalb des Wegs wandern. Er streifte sich den Riemen seiner Tasche von der Schulter und liess sie vor sich in den Schnee fallen. Eilig zog er den Reissverschluss auf und holte die beiden Klappspaten hervor. Der grosse

Moment, auf den er all die Jahre gewartet hatte, stand kurz bevor!

Abwechslungsweise gruben Kramer und Lechner im Licht ihrer auf dem Boden liegenden Lampen zuerst im Schnee und dann in der Erde, deren oberste Schicht gefroren war. Mit den kleinen Spaten kamen sie nicht sehr schnell voran, aber mit Pickel und Schaufel bewaffnet, hätte man sie wohl kaum in die Burg gelassen. Und da sie wussten, wonach sie gruben, nahmen sie den Aufwand gern in Kauf.

«Da ist etwas!», keuchte Lechner aufgeregt, als er auf einen harten Gegenstand stiess, der grösser war als nur ein Stein. Eifrig grub er weiter und legte kurz darauf den Deckel der ersten Kiste frei, während Kramer sich mit der zweiten beschäftigte.

Hin und wieder warfen die beiden Schatzgräber einen Blick zu den hell erleuchteten Fenstern hinauf, ohne von dort ernsthafte Schwierigkeiten zu erwarten. Solange die Tür zu war und sich keiner der Gendarmen blicken liess, war alles in Ordnung. Nicht mehr lange, und die Burg mit all ihren Steinen konnte ihnen gestohlen bleiben!

In ihrer Euphorie bemerkte keiner der beiden schwitzenden Männer die dunkle Gestalt, die dicht entlang der langen, hohlen Mauer zum zweiten Torgebäude schlich und von dort weiter in die erste Vorburg. Sie bemerkten auch nicht, dass keine Minute später der falsche Soldat, den sie wenige Stunden zuvor als Dieb oder Einbrecher eingestuft hatten, vorsichtig eine Tür ein paar Zentimeter weit öffnete. Und auch der von Kopf bis Fuss in grauen Stoff gekleidete Mann, der sich inzwischen vor einem Turm in ihrem Rücken befand, blieb ihnen verborgen.

Schwer atmend richtete sich Kramer auf, um einen

Moment zu verschnaufen. Er war seit Jahren keine körperliche Arbeit mehr gewohnt. Die gefälschten Pfundnoten, die er damals als Startkapital hatte mitgehen lassen, hatten ihren Zweck erfüllt. Er liess seither andere für sich arbeiten.

Ein paar Minuten später waren beide Kisten so weit freigelegt, dass sie geborgen werden konnten. Mit vereinten Kräften zerrten Kramer und Lechner ihre Beute aus dem Loch.

«Dem Gewicht nach zu urteilen, scheint sich die Schufterei ja wenigstens zu lohnen!» Lechner lachte leise und wischte sich mit dem Uniformärmel den Schweiss von der Stirn. «Die Dinger wiegen mindestens vierzig, fünfzig Kilo! Wenn da wirklich Gold drin ist, dann sind das an die hunderttausend US-Dollar!»

«Mindestens!», bestätigte Kramer. «Wir müssen sie nur noch hier raus und in Sicherheit bringen! Auf diesen Augenblick habe ich fast ein Vierteljahrhundert gewartet! Und jeden Tag diese nagende Ungewissheit, ob nicht jemand das Versteck entdeckt und geplündert hat! Aber das ist jetzt endlich vorbei!»

Sie fassten die erste Kiste an den Griffen und trugen sie im Abstand von wenigen Metern an Sentence vorbei in die erste Vorburg. Dort stellten sie ihre schwere Last ab, um sich kurz auszuruhen. Aber der Drang, so schnell wie möglich mit dem kostbaren Schatz von hier zu verschwinden, war derart stark, dass die Pause nur sehr kurz ausfiel. Vor Anstrengung keuchend, schleppten sie die Kiste zum noch verschlossenen inneren Tor des ersten Torgebäudes.

Sentence, der unbeweglich an seinem Platz stand und sich fragte, wo Quint wohl stecken mochte, zuckte zusammen, als neben ihm eine Stimme flüsterte: «Wir warten noch, bis sie die andere Kiste raustragen! Dann schlagen wir zu!»

«Gut», war alles, was Sentence herausbrachte. Dieser Quint musste indianische Vorfahren haben! Vielleicht sollte er es sich nochmals überlegen, ob es wirklich ratsam war, sich mit diesem Mann anzulegen!

Quint stand bereits wieder auf der anderen Seite des Durchgangs. Geduldig wartete er auf die Rückkehr der beiden Gangster. Wenn sie sich mit der zweiten Kiste abmühten, war der ideale Zeitpunkt für einen Überraschungsangriff aus dem Hinterhalt. Dann war auch der Augenblick gekommen, ab dem er besonders gut auf Sentence aufpassen musste. Was ihm aber noch mehr Kopfzerbrechen bereitete, war der Russe. Hoffentlich kreuzte der Bursche nicht gerade im dümmsten Moment wieder auf.

Kramer richtete sich erleichtert auf, nachdem sie die Kiste abgesetzt hatten. «Öffne schon mal die Tore!», stiess er gepresst hervor. «Ich muss erst wieder zu Atem kommen! Hoffentlich sind Stöger und Panhuber auch wirklich da draussen!»

«Das will ich doch schwer hoffen! Sonst können die beiden was erleben!» Lechner fummelte bereits im Schein von Kramers Lampe an der Verriegelung des ersten Tors herum, und es dauerte nicht lange, bis er es offen hatte. Mit einem triumphierenden Grinsen bewegte er den Torflügel, der leise knarrend aufschwang. Als der Bereich ausserhalb des Tors im schwachen Licht sichtbar wurde, verschwand das Grinsen schlagartig aus seinem Gesicht. Fassungslos stand er da und starrte auf das heruntergelassene Fallgitter.

«So ein verfluchter Mist!», stiess Kramer halblaut mit erregter Stimme hervor. «Wieso ist das Scheissgitter unten?»

10. Kapitel

Wütend versetzte Kramer dem unerwarteten Hindernis einen Fusstritt. «Wozu soll das gut sein? Reichen denn die Tore nicht? Erwarten unsere Helden von der Gendarmerie etwa einen Angriff?»

«Wir müssen da rauf und die Antriebswalze für das Gitter finden und es hochziehen!» Lechner deutete nach oben, wo sich über ihnen das Pförtnerhaus befand. Er drehte sich um und stürmte los.

Als Kramer schnaufend neben ihm erschien, hatte sein Gehilfe das Schloss bereits mit einem Dietrich gefügig gemacht und drückte auf die Klinke. Aber die liess sich keinen Millimeter bewegen.

«Die Klinke ist blockiert! Da ist jemand drin!», zischte Lechner aufgebracht. «Sag, was du willst, aber da arbeitet jemand gegen uns! Das Gitter wurde absichtlich runtergelassen, und jetzt hat sich der Kerl da drin verbarrikadiert!»

«Das ist bestimmt der Mistkerl, den wir durchs Fenster beobachtet haben! Dieses dreckige Schwein!» In einem Anflug von Jähzorn hämmerte Kramer mit den Fäusten gegen die Tür, aber er hatte sich sogleich wieder unter Kontrolle. «Es hat keinen Zweck! Wenn wir uns mit Gewalt Zutritt zu verschaffen versuchen, können wir ebenso gut gleich die Gendarmen rufen! Wir müssen abwarten! Nach all den Jahren kommt es jetzt auf ein paar Stunden auch nicht mehr an! Irgendwann muss er da wieder rauskommen, oder die Gendarmen holen ihn!

Spätestens wenn morgen die Filmleute kommen, muss das Gitter wieder oben sein, wenn er sich nicht verraten und den Ärger der Gendarmen zu spüren bekommen will!»

«Aber was machen wir mit den Kisten?», wollte Lechner besorgt wissen, während sie sich wieder zum Tor hinunterbegaben. «Nochmals verscharren?»

Kramer liess sich mit der Antwort Zeit.

«Nein», begann er schliesslich langsam, «ich glaube, ich weiss etwas Besseres! Wir verstecken sie in der hohlen Mauer! Dann können wir selbst auch gleich dortbleiben und darauf aufpassen. Ausserdem wird der Kerl, der uns in die Suppe gespuckt hat, vermutlich auch wieder auf diesem Weg verschwinden wollen. Dann ist er fällig! Wir müssen nur den Eingang finden! Irgendwo müssen Spuren sein, die an der Stelle von der Mauer wegführen, wo sich die Öffnung befindet!»

«Aber das Loch müssen wir wieder notdürftig zuschütten und so gut es geht die Spuren verwischen, wenn wir die andere Kiste geholt haben!», gab Lechner zu bedenken. «Schade, dass es nicht schneit!»

«Irgendwie werden wir das schon hinkriegen! Ich hoffe nur, dass Stöger und Panhuber rechtzeitig merken, dass etwas dazwischengekommen ist, und bald wieder verschwinden! Sofern sie überhaupt da draussen sind und auf uns warten!» Kramer bückte sich nach der Kiste.

Die unerwartet grosse Zeitspanne bis zur Rückkehr der beiden Männer sorgte bei Quint für Stirnrunzeln. Wieso dauerte das so lange? Hatten die beiden etwas bemerkt? Dann vernahm er das Keuchen, das immer näher kam, und gleich darauf fluchte jemand halblaut.

«Wenn ich den in die Finger kriege, mache ich das

Schwein fertig, das garantiere ich dir!»

Es klang abgehackt. Die Worte schienen unter grosser körperlicher Anstrengung hervorgepresst worden zu sein. Sollten Kramer und sein Komplize etwa tatsächlich die Kiste wieder zurückbringen? Wer war mit der Drohung gemeint? Ein Helfer, der nicht erschienen war? Oder etwa … der Russe! Das musste es sein! Offenbar war der Weg aus der Burg für die beiden Schurken versperrt! Das warf auch seine Planung über den Haufen!

«Wir lassen sie hier stehen, bis wir den Mauereingang gefunden haben! Kann ja nicht lange dauern, bis wir seine Spur haben! Wahrscheinlich auf der anderen Seite, im inneren Vorhof! Aber pass auf, dass uns die Gendarmen nicht bemerken, falls sie wieder nach dem Wetter sehen!»

Die Worte wurden nicht besonders laut gesprochen, aber Sentence verstand sie deutlich und wusste sofort, von welchem Eingang die Rede war, auch wenn er keine Ahnung hatte, wofür ihn die beiden verantwortlich machten. Wenn sie die Tür entdeckten, dann hatten sie auch ihn!

Leise schlüpfte er zurück in die hohle Mauer und nahm zum zweiten Mal an diesem Tag den verborgenen Aufstieg zur Hauptburg in Angriff. Er glaubte nicht, dass man auf ihn schiessen würde, falls man ihn auf der Treppe bemerkte; das Risiko einer Entdeckung würden sie wohl kaum eingehen. Und wenn er erst einmal oben war, würde er einfach die Tür hinter sich abschliessen.

Quint, der jeden Moment das Auftauchen der beiden Männer im Torbogen erwartete, überlegte fieberhaft, wie er Sentence warnen sollte. Sie mussten ihren Überfall verschieben, denn wenn Kramer im Augenblick nicht von hier wegkam, dann stellte sich das Problem mit grösster Wahrscheinlichkeit auch für ihn selbst und Sentence.

Gerade als er sich dazu durchgerungen hatte, das Wagnis einzugehen und zu Sentence hinüber zu schleichen, hörte er die beiden Männer näherkommen. Kurz darauf wurden die Lichtkegel zweier Lampen sichtbar, die sich zunächst über den Schnee neben dem Weg tasteten, um dann am Fuss der Mauer entlang zu huschen.

«Da! Das muss es sein!» Der Lichtstrahl von Kramers Lampe blieb an der Stelle hängen, wo Sentence sich vor kurzem noch aufgehalten hatte. Doch davon zeugte jetzt lediglich noch der niedergetrampelte Schnee vor einer nur angelehnten Tür des Sperrbogens.

«Komm, wir holen die Kisten! Mir ist nicht wohl, solange die ungeschützt in der Gegend rumstehen!»

Sie eilten zurück zu der Stelle, an der sie die erste Kiste abgestellt hatten, und trugen sie zur Tür, wo sie ihre Last erneut absetzten. Lechner betrat den Geheimgang und leuchtete neugierig um sich. Da der Gang nicht kontinuierlich anstieg, sondern auch über eben verlaufende Abschnitte verfügte, konnte er Sentence, der stehengeblieben war, nicht sehen.

«Und?», wollte Kramer ungeduldig wissen.

«Sieht gut aus. Aber wir sollten die Kisten ein paar Meter vom Eingang entfernt deponieren, damit er nicht gleich Lunte riecht, wenn er hier aufkreuzt!» Lechner trat wieder ins Freie, um mit Kramer die Kiste hineinzutragen, die sie anschliessend am Fuss der ersten Treppe abstellten.

Erleichtert nahm Quint zur Kenntnis, dass Sentence sich offenbar rechtzeitig unsichtbar gemacht hatte. Andernfalls würden sich ihre beiden Gegenspieler jetzt wesentlich hektischer verhalten! Einigermassen gelassen verfolgte er die Anstrengungen der beiden Gestalten beim Abtransport der zweiten Kiste. Solange sich der Schatz innerhalb der Burgmauern befand, war nichts verloren. Jetzt ging es in erster Linie darum, nicht die Geduld zu verlieren und ruhig und überlegt zu agieren. Für ihn stellte das kein allzu grosses Problem dar. Er war es gewohnt, improvisieren zu müssen.

Keuchend wuchteten Kramer und Lechner die zweite Kiste auf die erste.

«Ist das eine Schufterei!», murrte Lechner. «Wenn das verfluchte Fallgitter nicht wäre, könnten wir schon längst weg sein und müssten die Kisten nur noch in unserem Versteck abladen!»

«Halt den Mund!», zischte Kramer böse. «Man weiss nie, wer zuhört!»

«Wer soll uns hier schon hören», brummte Lechner beleidigt. «Die Gendarmen hocken in der Wärme und amüsieren sich, und der Schweinehund, der uns das hier eingebrockt hat, bewacht das Gitter und lacht sich ins Fäustchen!»

«Trotzdem! Ich habe dir gesagt, dass darüber ausserhalb unseres Hauptquartiers nicht gesprochen wird! Also halt dich gefälligst daran! Und jetzt komm, wir müssen noch das Loch zuschütten und halbwegs tarnen!» Kramer wandte sich ab und wollte sich eben wieder in den Hof begeben, als ihn ein polterndes Geräusch mitten in der Bewegung innehalten liess. Irgendwo weit hinter ihnen schien ein Gegenstand eine lange Treppe herunterzupurzeln.

«Was war das?», flüsterte Lechner, als der Lärm verstummt war.

«Keine Ahnung, aber dort oben muss jemand sein!», gab Kramer ebenso leise zurück. «Das ist bestimmt unser Freund! Offenbar gibt es hier unten irgendwo noch einen weiteren Zugang zum Innern dieser Mauer! Sieh nach, ob die Türklinke beim unteren Torhaus sich jetzt wieder bewegen lässt! Oder ob allenfalls ein Fenster offen ist, durch das wir reinkommen! Aber beeil dich!»

Lechner verschwand. Angestrengt lauschte Kramer in die Schwärze, die ihn umgab. Er hütete sich, seine Lampe, die er vorhin ausgemacht hatte, wieder anzuknipsen. Falls der andere sich noch irgendwo hier drin aufhielt, wollte er ihm nicht als Zielscheibe dienen.

Als Lechner endlich wiedererschien, brachte er keine erfreulichen Nachrichten mit. «Alles wie gehabt», raunte er seinem Chef zu. «Klinke blockiert, kein offenes Fenster! Der Mistkerl scheint immer noch dort drin zu sein. Entweder sind die zu zweit, oder bei dem, der hier sein Unwesen treibt, handelt es sich tatsächlich um einen gewöhnlichen Dieb.»

«Na schön», liess sich Kramer nach einer kurzen Pause leise vernehmen. «Du gehst raus und bringst die Umgebung in Ordnung, so gut es geht! Die Spaten wirfst du am besten über die Mauer, wenn du sie nicht mehr brauchst! Ich bleibe hier und passe auf, dass uns keiner die Kisten unter dem Hintern weg klaut. Ausserdem muss ich nachdenken, wie wir mit der neuen Situation am besten umgehen.»

Nachdem zum zweiten Mal jemand versucht hatte, in die Räume des Torhauses zu gelangen, wartete Fedor Prochorow noch zehn Minuten. Als alles ruhig blieb, öffnete er leise eines der zum vorgeschobenen, äussersten Tor gelegenen Fenster und liess das um eine geschmiedete, in die Mauer eingelassene Angel der gegenüberliegenden Tür verknotete Seil hinunter.

Nachdem er sich in den kleinen Hof abgeseilt hatte, ging er leise zur etwas höher gelegenen Holztür neben dem Tor. Das charakteristische Knacken eines abkühlenden Motors drang an sein Ohr. Wie vermutet, wartete dort draussen jemand mit einem Fahrzeug darauf, die wertvolle Ladung in Empfang zu nehmen und abzutransportieren. Wer auch immer es war, würde sich mit einer längeren Wartezeit abfinden müssen.

Millimeter um Millimeter schob Prochorow den Riegel zurück und drückte die alte Tür vorsichtig so weit auf, dass er hinausspähen konnte. Vor dem verschneiten Hintergrund hoben sich undeutlich die schwarzen Umrisse eines grossen Wagens ab, den der Fahrer freundlicherweise bereits gewendet hatte.

Der Agent öffnete die Tür etwas weiter und schlüpfte durch die schmale Öffnung nach draussen. Tief geduckt näherte er sich dem Heck des Wagens. Dort angelangt, zog er einen kleinen, magnetischen Peilsender aus der Tasche und befestigte ihn vorsichtig an der Unterseite der Karosserie.

Gerade als er sich zurückziehen wollte, wurde die Beifahrertür geöffnet. Ohne lange zu überlegen, hielt sich Prochorow an der Stossstange fest und verschwand mit den Beinen voran unter dem Auto, dem im selben Moment jemand entstieg. Eine Lampe wurde angeknipst, und gleich darauf stieg auch der Fahrer aus.

Auf beiden Seiten gingen die für ihn unsichtbaren Personen an dem regungslos auf dem Rücken liegenden

Russen vorbei und blieben hinter dem Fahrzeug stehen. Der Schnee war hier draussen glücklicherweise den ganzen Tag derart stark beansprucht worden, dass es unmöglich war, seine zum Wagen führende Spur zu erkennen. Lediglich im Bereich der Tür, die er dummerweise nicht ganz geschlossen hatte, waren seine Abdrücke zu sehen. Aber das war nicht von Belang.

«Sieh mal, die Tür steht ein Stück weit offen!», flüsterte eine Stimme. «Das ist mir vorhin gar nicht aufgefallen! Komm, wir sehen mal nach! Vielleicht hat die dämliche Warterei ja endlich ein Ende!»

Die beiden unbekannten Komplizen schienen sich zu entfernen. Vorsichtig drehte sich Prochorow auf den Bauch. So war es viel besser! Unter einem Fahrzeug fühlte er sich auf dem Rücken immer hilflos wie eine gestrandete Schildkröte.

Nach einer Weile kehrten die ungeduldigen nächtlichen Besucher flüsternd von ihrem Ausflug zurück. Prochorow hörte sie schon von weitem und sah sich in seiner Einschätzung bestätigt: Stümper!

Nachdem beide wieder eingestiegen waren, kroch der GRU-Agent unter dem Auto hervor und entfernte sich in gebückter Haltung, ohne bemerkt zu werden. Die Tür liess er zur Sicherheit so weit geöffnet, wie sie die beiden Amateure zurückgelassen hatten. Notfalls konnte er sie am nächsten Morgen noch verriegeln, wenn er es für erforderlich hielt.

Gewandt kletterte er am Seil die Fassade hoch und verschwand im Gebäudeinnern. Als das Seil wieder eingeholt und das Fenster geschlossen war, setzte sich Prochorow in einen alten, aber bequemen Sessel, um auf den Morgen zu warten – und über den Mann nachzudenken, der im Gasthof sein Zimmernachbar gewesen war und dem er heute im grossen Gebäude sozusagen Auge in Auge gegenübergestanden hatte.

11. Kapitel

Verärgert sass Sentence auf dem obersten Treppenabsatz und wartete ab, wie sich die Situation gut zweihundert Stufen tiefer entwickeln würde. Seit er im Dunkeln mit dem Fuss gegen die dämliche Spielzeugknarre gestossen war, die er zuvor extra hier deponiert hatte, musste er damit rechnen, dass man sich möglicherweise etwas näher mit ihm befassen wollte.

Wenigstens waren die Männer, die er mit seinem Lärm aufgeschreckt hatte, durch einen langen und beschwerlichen Aufstieg von ihm getrennt. Da er sich nach seinem Missgeschick vollkommen ruhig verhalten hatte, bestand auch die Chance, dass man ihn bereits wieder ausserhalb der Mauer vermutete.

Doch Jack Sentence sollte schon bald eines Besseren belehrt werden. Als Lechner seine Arbeit im Hof verrichtet hatte und wieder bei seinem Chef erschien, hatte der bereits einen neuen Auftrag für ihn.

«Wir müssen uns die Störenfriede vom Hals schaffen, sonst kommen sie uns nachher wieder in die Quere», murmelte Kramer. «Da wir im Moment nicht an das Schwein beim Tor unten rankommen, fangen wir mit dem an, der hier rumschleicht. Geh da rauf und erledige den Burschen! Und zwar so, dass es niemand merkt und er nicht gefunden wird, bevor wir von hier verschwunden sind! Aber sei vorsichtig! Und mach keine halben Sachen, klar? Vielleicht taucht ja in der Zwischenzeit der andere hier auf, dann kann ich den auch gleich kaltma-

110

chen!»

«Was ist, wenn der Kerl da oben nur darauf wartet, dass wir ihm folgen? Wenn er mich kommen hört und einfach blind drauflos ballert, sehe ich alt aus!» Lechner zeigte wenig Begeisterung.

«Das halte ich für äusserst unwahrscheinlich», erwiderte Kramer. «Abgesehen davon, dass er vielleicht nicht einmal bewaffnet ist, wird er wohl kaum an einem offenen Kampf interessiert sein, sondern viel eher die Flucht ergreifen und sich irgendwo verstecken. Aber meinetwegen kannst du auch aussen rum gehen. Nur musst du dann den Weg zum oberen Eingang dieser Mauer erst mal finden!»

«Gut, ich gehe da rauf!», zischte Lechner wütend. «Aber wenn auf mich geschossen wird, dann schiesse ich sofort zurück, egal, was das dann für Konsequenzen hat! Ich bin nicht scharf darauf, mich abknallen zu lassen! Auch nicht für eine ganze Lastwagenladung Gold, merk dir das!»

«Reg dich ab!», beschwichtigte ihn Kramer. «Niemand verlangt von dir, dass du dich umnieten lässt! Wenn du dich nicht traust, dann mach ich es eben selbst, und du wartest hier! Aber lass dir gesagt sein, dass ich den Mistkerl am Tor unten für gefährlicher halte!» Er machte Anstalten, seinen Worten Taten folgen zu lassen und forderte mit einem eindringlichen Flüstern: «Los, gib mir dein Messer!»

«Lass gut sein, Chef!», brummte Lechner wieder etwas versöhnlicher. «Du weisst genau, dass du kein Nahkämpfer bist. Überlass das besser mir und sorg dafür, dass uns die Kisten nicht abhandenkommen! Ich regle das!»

«Wie du meinst. Gib dich frühzeitig zu erkennen, wenn du zurückkommst!»

Vorsichtig tastete sich Lechner durch den finsteren Gang, darauf bedacht, kein Geräusch zu verursachen, um seinen möglicherweise dort oben lauernden Gegner nicht vorzeitig zu warnen. Stufe um Stufe stieg er die erste Treppe hinauf, mit der linken Hand immer der Wand entlang tastend, während seine Rechte den Griff der Pistole umklammerte, als wollte sie aus einer Frucht den Saft herauspressen. Schweissperlen bedeckten seine Stirn, und das, obwohl er ein trainierter Mann im besten Alter war.

Als er den ersten Treppenabsatz erreichte und sein Fuss wider Erwarten keinen weiteren Tritt vorfand, hätte er beinahe das Gleichgewicht verloren. Das Aufsetzen seines Stiefels aus der übermässigen Höhe war deutlich zu hören.

Mit angehaltenem Atem stand er da, während seine vor Anspannung zusammengepressten Zähne leise knirschten. Mehrere Minuten lang wagte er nicht, seine unbequeme Körperhaltung zu verändern, obwohl sich in seinem linken Bein ein Muskelkrampf ankündigte. Erst als der Schmerz stetig grösser wurde, verlagerte er sein Gewicht und versuchte vorsichtig, seine Muskeln zu lockern.

Da ein zu befürchtender Kugelhagel weiterhin ausblieb und sich vor ihm nichts rührte, setzte er schliesslich seinen unangenehmen Weg ins Ungewisse fort. Ohne Probleme meisterte er den Übergang zur nächsten Treppe, und diesmal klappte auch die anschliessende, umgekehrte Variante ohne Zwischenfall. Allmählich kehrte sein Selbstvertrauen zurück, und er kam wieder etwas schneller voran. Doch als er auf den Lauf der Plastik-MP trat, hätte er wohl vor Wut am liebsten laut aufgeheult.

Sentence konnte das Geräusch sofort richtig einordnen. Seine Attrappe war gerade einem anderen zum Verhängnis geworden. Das nannte man dann wohl ausgleichende Gerechtigkeit. Da ihm das blöde Ding vermutlich bis auf den ersten Treppenabsatz hinuntergefallen war, blieb ihm genügend Zeit, um sich langsam zurückzuziehen.

Leise erhob er sich und ging auf den Ausgang zu. Sein Verfolger würde wohl nicht sonderlich erfreut sein, wenn er anstelle des Besitzers der Spielzeugknarre nur eine verschlossene Tür vorfand.

Aufatmend zog Sentence den Schlüssel von aussen ab, nachdem er ihn zweimal im Schloss umgedreht hatte. Er verspürte keine grosse Lust, sich mit diesen Banditen herumzuschlagen, zumal er immer noch keinen blassen Schimmer hatte, weshalb sie sich so sehr um ihn bemühten.

Während Sentence überlegte, ob er noch etwas hier oben warten oder sich aussen herum wieder in die zweite Vorburg begeben und Quint suchen sollte, schaltete Lechner seine Lampe ein und stürmte die Treppe hinauf. Das klickende Geräusch des Türschlosses deutete darauf hin, dass der Mann vor ihm floh.

Lechners Jagdtrieb war jetzt geweckt. Kaum war er bei der Tür angelangt, hantierte er bereits mit seinem Dietrich an dem alten Schloss herum.

Diesmal stellten die Geräusche eine Warnung für Sentence dar, der nur wenige Meter entfernt auf der anderen Seite stand und sich noch nicht über sein weiteres Vorgehen im Klaren war. Jetzt nahm ihm der Mann hinter der

Tür die Entscheidung ab.

Mit schnellen, langen Schritten strebte Sentence mit der Lampe in der linken Hand dem Durchgang entgegen, der ihn über die vertraute Route in den Innenhof der Hauptburg führte. Dabei liess er bewusst alle Türen weit geöffnet hinter sich zurück. Der Bursche hinter ihm sollte ruhig glauben, dass er es mit einem kleinen, verängstigten Strauchdieb zu tun hatte.

Im Burghof blieb Sentence stehen und lauschte. Von seinem Verfolger war nichts zu hören, was zumindest bedeutete, dass er nicht wie ein Schnellzug angerast kam und blindlings in eine Falle rannte. Dies verschaffte ihm etwas Zeit, um einen geeigneten Ort für einen kleinen Hinterhalt zu finden.

Er wollte schon weitergehen, da fiel sein Blick auf den Eingang eines Raums, den er noch nicht kannte. Mehr aus Gewohnheit ging er hin und drückte die Klinke herunter. Zu seinem Erstaunen war die Tür nicht verschlossen, und so warf er einen neugierigen Blick hinein. Das Licht seiner Lampe erfasste allerlei Krempel, der den relativ kleinen Raum komplett auszufüllen schien. Hier war er genau richtig!

Rasch trat er ein und machte die Tür zu. Auch ein ängstlicher Mensch auf der Flucht liess den Eingang zu seinem Versteck nicht sperrangelweit offen. Es schadete auch nichts, wenn der Jäger die Spur seines Wildes kurzzeitig verlor und erst wieder suchen musste; ganz im Gegenteil!

Sentence verschwand zwischen zwei Kistenstapeln, damit er von der Tür aus nicht mehr gesehen werden konnte, und liess den Lichtstrahl über die verschiedensten Utensilien wandern: Wehrmachts- und SS-Unifor-

114

men, Mützen, Helme, Gewehre, Pistolen und die Dinger, von denen er bis vor kurzem selbst eines mit sich herumgetragen hatte und die er bald nicht mehr sehen konnte, zwei erstaunlich echt aussehende Soldatenpuppen … Halt! Für einen solchen Puppensoldaten hatte er Verwendung!

Er wusste nicht, dass es sich dabei um Franz und Fritz handelte, aber es hätte ihn vermutlich auch nicht im Geringsten interessiert. Wichtig war nur, dass Puppen gegen Messerstiche und Kugeln resistent waren.

Mit einer schnellen Bewegung packte er den näheren der beiden stumm in sich zusammengesunken dasitzenden Kameraden am Kragen und schleifte ihn zu einem kleinen Regal im hinteren Teil des Raums. Dort quetschte er die Puppe zwischen den untersten und den zweituntersten Regalboden, so dass es aussah, als ob sich ein Soldat in zusammengekauerter Haltung versteckte, um sich vor dem Latrinendienst zu drücken.

Mit dem für ihn typischen Lächeln betrachtete Sentence zufrieden sein Werk. Der schlappe Bursche trug zwar einen Helm, aber das war jetzt eher nebensächlich. Der Kerl, für den er das Theater hier veranstaltete, konnte jeden Moment aufkreuzen. Wie auf Kommando war vom Eingang ein leises, schabendes Geräusch zu vernehmen. Da kam er ja schon!

Lautlos glitt Sentence hinter einen weiteren Berg aus Kisten, nachdem er die Lampe ausgemacht hatte. Während er auf den Eindringling wartete, zog er vorsichtig seinen Revolver am Lauf aus der Rocktasche und strich liebevoll über den Griff. Seine Waffe ließ sich bei Bedarf auch als Keule einsetzen.

Nur der schwache Schimmer einer Taschenlampe verriet Sentence, dass sein anhänglicher Verehrer bereits irgendwo zwischen den zahllosen, im ganzen Raum verteilten Hindernissen nach ihm suchte. Allem Anschein nach hatte er dazugelernt und verhielt sich hier geschickter als zuvor in der hohlen Mauer.

Geduldig wartete er darauf, dass sich das unruhige Licht dem Regal vor seinem Versteck näherte. Doch der Jäger schien sich seiner Beute sicher zu sein und liess sich Zeit mit dem Fangschuss. Sentence hatte allmählich den Verdacht, dass es dem gemeinen Schwein grossen Spass machte, sein vermeintlich wehrloses Opfer noch ein wenig zappeln zu lassen. Die Ratte würde bald ihr blaues Wunder erleben!

Dann schien sich der Schleicher endlich zu nähern. Ganz langsam hob Sentence seinen Revolver auf Schulterhöhe, um ihn im entscheidenden Moment auf den Kopf seines Gegners niedersausen zu lassen.

«Stirb, elender Hurensohn!», zischte plötzlich eine Stimme irgendwo hinter ihm. Blitzschnell fuhr Sentence herum. Aber da waren nur die Kisten. Das Geräusch, das so klang, als ob jemand mehrmals auf etwas einstach, kam von weiter vorn.

«Die andere Puppe!», durchfuhr es Sentence. Der Mistkerl musste den zweiten Spielzeugsoldaten für ihn gehalten und angegriffen haben!

Plötzlich herrschte wieder vollkommene Stille. Nervös huschte der Lichtstrahl durch den Raum. Der erfolglose Killer schien seinen Irrtum erkannt zu haben. Das bedeutete, dass der Überraschungseffekt verpufft und damit die Aussicht auf ein lärmarmes Überwältigen des Gegners gleich Null war.

Sentence beschloss, die Übung abzubrechen. Er nahm

seinen Revolver richtig in die Hand und spannte geräuschvoll den Hahn. Die Wirkung war verblüffend.

12. Kapitel

Wie von tausend Furien gehetzt, rannte Lechner aus dem Raum und den ganzen Weg zurück zum Eingang der Finsteren Stiege. Dort knallte er die Tür hinter sich zu und legte die Strecke nach unten in rekordverdächtigem Tempo zurück. Mehr als einmal konnte er einen Sturz gerade noch knapp vermeiden.

Schweissgebadet blieb er vor Kramer stehen, der seinen Gehilfen noch nie derart verstört erlebt hatte. «Die elende Mistsau hat mich in eine Falle gelockt!», stiess er erregt hervor und fuchtelte mit dem Messer, das er immer noch in der rechten Hand hielt, vor Kramers Gesicht herum. «Das ist kein harmloser Dieb, das ist ein ganz ausgebuffter Profi! Der wollte mich hinterrücks abmurksen!»

«Schrei hier nicht so rum, du Idiot!», zischte Kramer wütend. «Willst du uns unbedingt alles versauen? Reiss dich gefälligst zusammen, Harry! Wir sind schon mit ganz anderen Problemen fertiggeworden!» Er legte Lechner beruhigend die Hand auf den linken Oberarm. «Komm, setz dich erst mal hin, du bist ja völlig fertig! Und steck endlich das Messer weg!»

Erschöpft liess sich Lechner auf den Kisten nieder. Allmählich beruhigte er sich wieder etwas.

«So etwas möchte ich nie wieder erleben müssen!», murmelte er und wischte sich mit dem Ärmel seiner Uniform den Schweiss vom Gesicht.

«Jetzt erzähl mal der Reihe nach, was eigentlich los

ist!», sagte Kramer leise und versuchte, sich seine Besorgnis nicht anmerken zu lassen. Wenn Harry Lechner derart neben der Spur war, dann war das kein gutes Zeichen. Etwas schien ihm einen gehörigen Schreck eingejagt zu haben.

«Kurz bevor ich dort oben ankam, hat er sich aus dem Staub gemacht! Er ist vor mir geflohen, aber nur zum Schein! Dann hat er mich in einen Raum gelockt und mir aufgelauert! Als ich merkte, dass ich auf seinen Trick mit der Puppe hereingefallen war, spannte er irgendwo hinter mir den Hahn seiner Waffe!» Beim Gedanken daran erschauderte Lechner.

«Puppe?»

«Eine Soldatenpuppe, in Lebensgrösse! Er hat sie absichtlich so platziert, dass ich sie sehen und für ihn halten musste! Sah genauso aus, wie ein echter Mann in einer dieser Uniformen!» Er zupfte aufgebracht am Kragen seines Waffenrocks. «Ich habe ein paarmal zugestochen, bis ich merkte, dass er mich reingelegt hat! Als ich dann das Einrasten des Hammers hörte, bin ich weggerannt, so schnell ich konnte! Glaub mir, wir haben es hier mit einem eiskalten Killer zu tun!»

Draussen stand Quint dicht neben der Tür und folgte interessiert den aufschlussreichen Ausführungen. Obwohl das Gespräch leise geführt wurde, konnte er alles verstehen. Die Erwähnung der Puppe entlockte ihm ein schadenfrohes Grinsen. Das war typisch! Sentence schien sich nicht unwohl zu fühlen in seiner Rolle als Verbrecherschreck. Aber Smitty und Herkules würden wohl nicht sehr erfreut darüber sein, dass Franz oder Fritz einem Mordanschlag zum Opfer gefallen war.

«Aber wer kann das sein? Was macht der Kerl ausgerechnet jetzt hier?» Kramers nachdenklicher Blick verlor sich in der Dunkelheit hinter seinem immer noch sehr nervös wirkenden Komplizen.

«Vielleicht hat das Luder etwas damit zu tun, das dir nachschnüffelt! Ich habe dir gleich gesagt, dass wir sie beseitigen sollen! Aber du wolltest sie ja unbedingt zuerst beobachten und ihre Identität herausfinden! Und dann ist diese Niete Stöger unfähig, sie über den Haufen zu fahren und für immer zum Schweigen zu bringen! Bestimmt hat uns die Schlampe diesen Hurensohn auf den Hals gehetzt! Wer weiss, vielleicht hat sie ihm ja den Auftrag erteilt, dich zu ermorden!»

«Und wie passt der andere in dein Bild, der uns den üblen Streich mit dem Gitter gespielt hat? Ein Ersatzmann, der einspringt, falls der erste Attentäter versagt?»

«Sag du es mir, wenn du ja sowieso alles besser weisst!», fauchte Lechner.

Quint fand, dass die Begegnung mit Sentence dem armen Harry ganz schön zugesetzt hatte. Ob man eine wehrlose Frau oder einen durchtriebenen Halunken vom Kaliber eines Jack Sentence zum Gegner hatte, waren zwei Paar Schuhe, und dem Mann da drin waren die Stiefel, die er sich in dieser Nacht angezogen hatte, eindeutig ein paar Nummern zu gross. Dabei konnte man leicht stolpern und sich wehtun.

«Ich glaube, die beiden gehören nicht zum selben Team. Für mich sieht das eher nach zwei Einzelgängern aus, die unabhängig voneinander agieren. Und genau das könnte unser Vorteil sein!»

«Der grösste Vorteil für uns wäre, wenn beide verrecken würden! Und zwar gleich!»

«Geduld war noch nie deine Stärke. Und jetzt hör endlich mit dem Gejammer auf und lass mich überlegen, wie man die beiden aufeinanderhetzen könnte!»

Kramers Worten folgte eine längere Phase des Schweigens, die Quint ebenfalls zum Nachdenken nutzte. Abgesehen davon, dass Kramer nur von zwei Gegenspielern ausging, war seine Analyse richtig. Wenn man ausserdem noch eine zu erwartende Lumperei von Sentence in Betracht zog, dann waren es sogar drei Parteien, deren Rivalität sich der heimtückische Schurke theoretisch zunutze machen konnte. Und dann gab es da ja ausserdem noch die liebenswürdigen Freunde von der Gendarmerie, die man auch nicht völlig ausser Acht lassen durfte.

«Man müsste einen Zwischenfall inszenieren, bei dem die beiden aufeinandertreffen und sich ineinander verbeissen, weil sie feststellen, dass sie Konkurrenten sind.»

«Und wie willst du das machen? Dazu muss der andere erst einmal das Torgebäude verlassen!» Lechner schien nicht sehr überzeugt. Vielleicht war aber auch einfach sein Bedarf an gefährlichen Abenteuern gedeckt, bei denen ihm eine Schlüsselrolle zufallen sollte.

«Ich weiss es im Moment auch nicht, aber vielleicht fällt mir ja noch was ein; deshalb will ich ja in Ruhe nachdenken! Also halt jetzt die Klappe!»

Es wurde still dort drinnen, und Quint beschloss, selbst einmal einen kurzen Abstecher zum unteren Torhaus zu machen. Vorsichtig zog er sich zurück und verliess die zweite Vorburg.

Als er an der Stelle angekommen war, an der er bei seiner Ankunft von den beiden Gendarmen angehalten worden war, blieb er stehen und verharrte mehrere Minuten regungslos. Schliesslich schaltete er seine Lampe ein und richtete sie auf das innere Tor, dessen offener Flügel ihm freie Sicht auf ein geschlossenes Fallgitter gewährte. Hier also befand sich das Hindernis, das Kramer und auch ihm selbst einen dicken Strich durch die Rechnung gemacht hatte.

Er schaltete die Lampe wieder aus und überlegte, ob er nach dem Eingang des Raums suchen sollte, von dem aus sich das Gitter öffnen liess, sah dann aber davon ab. Wenn der Urheber dieses geschickten Schachzugs sich dort verschanzt hatte, wollte er ihn nicht unnötig nervös machen.

Langsam entfernte sich Quint und ging zurück zu seinem vorherigen Standort. Vielleicht gab es ja bereits Neuigkeiten in Bezug auf Kramers Idee, Sentence und den Russen in eine Konfliktsituation zu manövrieren.

Beim zweiten Sperrriegel reduzierte er sein Tempo auf Schleichgang, um keine böse Überraschung zu erleben. Aber sie kam trotzdem, wenn auch von unerwarteter Seite.

Gerade als Quint lautlos um die Ecke des Tors bog, erschien oben beim alten Gesindehaus ein Gendarm in der hell erleuchteten Tür und trat ins Freie. Im selben Moment riss die Wolkendecke auf, und die dünne Sichel des Mondes kam zum Vorschein. Im fahlen Licht erkannte Quint deutlich die uniformierte Gestalt, die keine drei Meter neben dem Gendarmen stand und sich nicht rührte. Das konnte nur Sentence sein!

Zunächst schien es, als ob der Gendarm seinen Nebenmann gar nicht bemerken würde. Fast eine Minute lang standen die beiden ungleichen Männer friedlich nebeneinander; der eine in unschuldiger Ahnungslosigkeit, der andere wie zur Salzsäule erstarrt.

Ein leises Geräusch schräg hinter Quint zeigte ihm an, dass auch Kramer und der Puppenmörder die veränderten Lichtverhältnisse wahrgenommen hatten und sich dafür interessierten. Dadurch befand er sich in einer ähnlichen Situation wie Sentence, auch wenn ihn sein grauer Anzug neben der Mauer selbst jetzt noch fast unsichtbar machte. Ein Mucks, und auch seine optische Tarnung würde ihn nicht mehr vor einer Entdeckung bewahren können.

«Verhalt dich ruhig, da steht wieder ein Gendarm vor der Tür!», wisperte eine Stimme, die Quint Kramer zuordnete. «Und gleich daneben einer unserer lästigen Freunde! Das gibt's doch gar nicht!»

«Das muss das verfluchte Schwein sein, das mich in einen Hinterhalt gelockt hat!» Auch Harry wollte sich das unerwartete Schauspiel offenbar nicht entgehen lassen. «Vielleicht nehmen uns die Gendarmen ja einen Teil der Arbeit ab und buchten den Mistkerl ein! Dann wäre zumindest schon mal einer aus dem Verkehr gezogen!»

«Hoffentlich rennt er nicht zu uns herunter, wenn ihn die Schlafmütze doch noch bemerkt! Das würde uns gerade noch fehlen!»

Gebannt verfolgten drei Augenpaare, wie der echte Gendarm und der falsche Soldat dort oben standen, als ob sie für ein Foto posierten und darauf warteten, dass der Fotograf endlich auf den Auslöser drückte und es blitzte.

Doch dann kam der Moment, der beim nicht vorhandenen Fotografen für Verärgerung gesorgt hätte. Langsam drehte der Gendarm seinen Kopf ein Stück weit nach links, zuckte zusammen und stiess einen gellenden Schrei aus, der einem durch Mark und Bein gehen konnte. Sogar dem noch dünnen, schwächlich wirkenden Mond schien es zu viel zu sein, und er verbarg sich eilig hinter der nächsten Wolke.

13. Kapitel

Zum zweiten Mal in dieser Nacht musste Sentence Reissaus nehmen. Heute war definitiv nicht sein bester Tag! Glücklicherweise war der Mond wieder verschwunden, wenn auch ein paar Sekunden zu spät, und da er den Weg inzwischen gut genug kannte, verschaffte ihm dies einen willkommenen Vorsprung vor den überraschten Ordnungshütern.

Während er die Stufen zum Eingang der Hauptburg hinaufrannte, überlegte er fieberhaft, wo er sich diesmal verstecken sollte. Im Gegensatz zu vorher würde er es jetzt mit mehr als nur einem Gegner zu tun bekommen, und die kannten sich hier bestens aus! Er musste daher ein Versteck finden, welches entweder über mehrere Fluchtwege verfügte, damit er es auch wieder unbemerkt verlassen konnte, oder das so gut war, dass seine Häscher ihn dort nicht vermuteten, geschweige denn fanden. Wo das sein sollte, war für ihn im Moment noch so klar wie Jauche.

Auf dem Exerzierplatz blieb er schnaufend stehen und sah sich im Licht des kurz zuvor wiedererschienenen Mondes suchend um. Türme, kleine Räume und dergleichen kamen nicht in Frage, und die hohle Mauer schied ebenfalls aus, da man sie leicht abriegeln konnte und sie sowieso schon bevölkert war. Wahrscheinlich blieb ihm nur das grosse Gebäude, obwohl es Sentence aus undefinierbaren Gründen widerstrebte, dort Zuflucht zu suchen.

Das unüberhörbare Herannahen seiner Verfolger, die sich wie auf einer Treibjagd durch laute Zurufe verständigten, bewirkte bei ihm ein leises, verächtliches Lachen. Sie hatten Angst! Die Bundesgendarmerie hatte bestimmt nicht ihre besten Leute zur Bewachung einer verlassenen Burg abgestellt, sondern viel eher die grossartige Gelegenheit genutzt, um die Problemfälle eine Zeit lang los zu sein, und das kam ihm sehr entgegen.

Sentence wandte sich der Tür zu, die ihm Zugang zu einem halbwegs sicheren Unterschlupf gewähren sollte. Sie war abgeschlossen, und nach einem kurzen Unterbruch von höchstens einer halben Minute blieb sie es auch weiterhin.

Ohne besondere Eile ging er im Licht seiner Lampe wieder dieselbe Strecke, die er schon bei seinem ersten Besuch gewählt hatte. Diesmal versperrten ihm keine Möbelträger den Weg, und so stand er schon bald ein Geschoss tiefer am Fuss der gewundenen Treppe, wo sich der Eingang zum grossen Raum mit dem langen Tisch und den alten Stühlen befand.

Nach kurzem Überlegen betrat er den Saal, der noch immer ohne Ritter auskommen musste, und sah sich um. Der grosse Kamin zog kurz seine Aufmerksamkeit auf sich, aber der Abzug war zu breit, um darin Weihnachtsmann zu spielen. Sentence war darüber keineswegs traurig.

Ansonsten war nichts da, was man als geniales Versteck hätte bezeichnen können. Zwar führte eine weitere gewundene Treppe nach oben, aber irgendwie konnte er sich trotzdem nicht so richtig für den grossen Raum erwärmen.

Etwas enttäuscht trat er wieder auf den Gang hinaus

und schloss die Tür sorgfältig hinter sich. Dabei fiel sein Blick auf die Ritterrüstung vor der dunklen Nische. Vielleicht konnte man sich hinter dem Alteisen verstecken. Grosse Hoffnungen machte er sich zwar nicht, denn das war auch nicht besonders originell, und falls sich unter den Gendarmen ein Liebhaber von Schundromanen befand, würde er ziemlich sicher dort nachsehen. Trotzdem warf er einen routinemässigen Blick hinter den Blechhaufen. Wie erwartet, war die Nische dahinter zwar stockdunkel, aber eben ein zu offensichtliches Versteck für einen einfallslosen Helden auf der Flucht.

Mit einem innerlichen Schulterzucken hakte Sentence das Thema ab. Fall erledigt, weitersuchen! Nach einem letzten, spöttischen Blick auf die im Licht seiner Lampe matt glänzende Rüstung drehte er sich um und entfernte sich.

Doch schon nach dem zweiten Schritt blieb er wie angewurzelt stehen. Von oben war das typische Geräusch eines sich in einem alten Türschloss drehenden Bartschlüssels zu vernehmen, aber das war es nicht, was ihn so abrupt gestoppt hatte. Wieso hatte die Vorderseite der Rüstung im Licht geglänzt, die Rückseite aber nicht?

Er machte auf dem Absatz kehrt und ging schnell zurück. Während sich die alte Tür über ihm leise quietschend in ihren rostigen Angeln drehte, liess Sentence seine Lampe hinter dem stummen Ritter kurz aufblitzen. Und tatsächlich! Der Kerl war innen hohl, wie es sich gehörte, aber er war ausserdem hinten offen!

Da ihm keine Gelegenheit blieb, seiner Verwunderung und Freude über diese seltsame Entdeckung gebührend Ausdruck zu verleihen, beschloss er, dies auf später zu verschieben. Leise rückte er die leichter als erwartete

Rüstung so zurecht, dass sie tiefer und auch etwas schräger in der Nische stand.

Nach einem erneuten Aufblitzen liess er die Lampe zufrieden in der rechten Rocktasche verschwinden. Wenn nun jemand auf der Suche nach einem nächtlichen Herumtreiber in die dunkle Ecke leuchtete, würde er schnell feststellen, dass sich dort niemand aufhielt, und zwar ohne das Geheimnis des sympathischen Ritters zu entdecken.

Rasch zwängte er sich wie ein paar Stunden zuvor Herkules auf seinem Rundgang mit Quint zwischen Lanzelot und der Mauer hindurch. Als er einigermassen bequem stand und durch den Sehschlitz des Helms in die Dunkelheit vor ihm starrte, waren bereits leise Schritte auf der Treppe zu hören. Die Meute war im Anmarsch, und wie es schien, hatte sie ihr Jagdverhalten geringfügig geändert, da noch unklar war, ob sie hinter einem scheuen Hirsch oder einem wütenden Keiler her war.

Das unruhige Licht einer Lampe, deren Träger in Bewegung war, glitt über die Wände und verharrte auf der Tür des grossen Raums.

«Meint ihr, er könnte da drin sein?», flüsterte eine Stimme direkt neben Lanzelot.

«Gut möglich», kam postwendend die gemurmelte Antwort. «Sieh doch mal nach, ob die Tür sich öffnen lässt! Ich gebe dir Feuerschutz!»

Die Lampe schwenkte herum. «Bist du verrückt geworden? Du zielst ja auf mich! Nimm sofort die Puffn weg, aber vorsichtig! Pass gefälligst auf, wenn du mit dem Ding herumhantierst! Deine Ergebnisse beim letzten Übungsschiessen waren nicht gerade berauschend!»

«Keine Angst, ist gesichert!»

«Aber ein volles Magazin hast du schon eingesetzt, oder? Wie willst du mir Feuerschutz geben mit einer gesicherten Waffe, du Depp?»

«Schon gut, ich dachte ja nur», brummte der Scharfschütze beleidigt. «So, jetzt bin ich schussbereit! Du kannst die Tür öffnen! Aber sei vorsichtig!»

Die Burschen waren ganz schön nervös. In ihrer Aufregung schienen sie gar nicht zu bemerken, dass sie wieder laut sprachen. Sentence konnte ihre Angst förmlich riechen. Das konnte gefährlicher sein, als wenn er es mit hartgesottenen Soldaten zu tun gehabt hätte. Ihm wäre es wesentlich lieber gewesen, wenn der Waffenträger seine Knarre nicht entsichert hätte, falls er plötzlich durchdrehte.

«Sollen wir nicht lieber bis morgen warten?» Der Dritte im Bunde, der noch auf der Treppe stehen musste, schien die Hosen bereits jetzt gestrichen voll zu haben. «Was kann er hier denn schon gross klauen? Ist ja nichts Wertvolles da, und der Ramsch, den die Filmleute hier angeschleppt haben, interessiert ihn bestimmt nicht!»

«Wir gehen da jetzt trotzdem rein!», entgegnete der mit der Lampe. «Wenn doch etwas wegkommt oder wenn er etwas kaputtmacht und Fischer merkt, dass wir gekniffen haben, kriegen wir bestimmt einen gehörigen Zusammenschiss! Und ausserdem haben wir es sehr wahrscheinlich nur mit einem kleinen, unbewaffneten Langfinger zu tun! Sonst wäre er ja wohl kaum vor Wilmar weggerannt! Vielleicht springt sogar eine Beförderung für uns raus, wenn wir den Strolch zu fassen kriegen!»

Sentence hatte den Eindruck, dass der Sprecher nicht bloss seine Kameraden zu überzeugen versuchte.

«Und wenn er uns da drin auflauert? Vielleicht lockt er uns ja absichtlich in einen Hinterhalt, um uns der Reihe nach zu erledigen! Ich gehe da bestimmt nicht rein, das garantiere ich euch!»

«Dann wartest du eben allein hier draussen, wenn dir das lieber ist! Aber beklag dich hinterher nicht, wenn wir Erfolg haben und ich dein Verhalten in meinem Bericht erwähne! Wir beide gehen jetzt jedenfalls da rein!»

Wenigstens einer schien zumindest etwas Mumm zu haben. Der Lichtkegel der Lampe schwenkte wieder um, und der rechte Türflügel wurde entschlossen aufgerissen, wodurch die beiden schattenhaften Gestalten augenblicklich aus dem nun um mindestens fünfzig Prozent reduzierten Blickfeld von Sentence verschwanden.

«Wartet, ich komme doch mit!» Von der Treppe waren eilige Schritte zu hören, und der dritte Schatten huschte verdächtig schnell an Lanzelot vorüber. Wenn die Rüstung nebst ihrem Sehschlitz im Helm auch mit einer Öffnung für den Mund ausgestattet gewesen wäre, dann hätte Lanzelot jetzt spöttisch lächelnd in seiner Ecke gestanden. So aber war es nur Sentence, der still vor sich hin grinste.

«Warum machen wir eigentlich kein Licht?», wollte der Nachzügler zaghaft wissen.

Sentence hätte beinahe laut gelacht, obwohl er die Frage durchaus berechtigt fand. Die drei Witzfiguren stellten sich aber auch zu dämlich an!

Die beiden anderen blieben ihrem Kameraden die Antwort schuldig. Stattdessen fiel kurz darauf ein schmaler Streifen gedämpften Lichts aus dem Raum.

Während sich seine Verfolger dort drin die Zeit mit der Suche nach ihm vertrieben, machte sich Sentence

Gedanken über seinen Standort. Bis jetzt war keiner auf die Idee gekommen, einen Blick hinter die Rüstung zu werfen, was wohl daran lag, dass der Eingang zum Saal ein zu verlockendes Ziel dargestellt hatte. Aber schon bald würden die drei Ruhmlosen enttäuscht zurückkehren, und womöglich fiel ihnen die Nische mit der Ritterrüstung in dem Moment auf, in dem sie die Tür wieder schlossen. Vielleicht war jetzt der richtige Zeitpunkt, um das Versteck zu wechseln.

Doch wohin sollte er verschwinden? Idealerweise dorthin, wo man bereits erfolglos nach ihm gesucht hatte. Oder noch besser, wo die Suche gerade lief! Also durfte er sich nicht allzu weit von hier entfernen. Am besten war es wohl, wenn er einfach die Treppe hinaufschlich und dort abwartete, ob sich der Suchtrupp in die andere Richtung entfernte. Falls nicht, würde er es früh genug hören, wenn die Pfeifen die Treppe hochkamen, so dass er sich noch rechtzeitig unbemerkt absetzen konnte. Aber er durfte jetzt keine Zeit mehr verlieren!

Vollkommen geräuschlos verliess er die Plastikrüstung und schlüpfte aus der Nische. Heikel waren die nächsten paar Schritte, da er das kurze Stück bis zur Treppe durch den Lichtstreifen zurücklegen musste, der aus dem Raum fiel.

Ohne sich umzusehen, aber mit gespitzten Ohren, brachte er die kritische Stelle zügig hinter sich. Als er auf der untersten Stufe und damit wieder im Dunkeln stand, atmete er auf. Das schwierigste Stück war geschafft! Auf leisen Sohlen stieg er die Stufen hinauf. Steintreppen hatten wenigstens den Vorteil, dass sie selbst unter den schwersten Soldatenstiefeln nicht knarrten.

Der Schrei ging in einem ohrenbetäubenden Knall unter, dessen Nachhall sich in den alten Gemäuern über mehrere Sekunden erstreckte. Sentence zuckte erschrocken zusammen. Der Schuss ging bestimmt auf das Konto des Meisterschützen! Immerhin wussten seine Kameraden jetzt, dass er seine Waffe tatsächlich richtig entsichert hatte. Fragte sich nur weshalb, und vor allem worauf er geschossen hatte. Dieser Trottel war ja gemeingefährlich!

«Bist du übergeschnappt?», schrie der Gendarm mit der Lampe, als der Lärm langsam abebbte. «Wieso ballerst du ohne Grund in der Gegend rum?»

«Ich dachte, ich hätte eine Bewegung gesehen!», verteidigte sich der Mann mit dem nervösen Zeigefinger. «Da wollte ich nachsehen, und da habe ich die Gestalt hinter der Tür gesehen!»

«Was für eine Gestalt?»

«Na, halt die Ritterrüstung hier», antwortete der arme Kerl kleinlaut. «Es war keine Absicht! Der Schuss hat sich einfach gelöst, weil ich so erschrocken bin!»

«Ritterrüstung? Was faselst du da für einen Blödsinn? Hier unten stand noch nie eine Ritterrüstung!»

«Sieh doch selbst! Auch wenn mir die Nerven durchgegangen sind, so bin ich doch deswegen noch lange nicht verrückt!»

Es folgte eine kurze Pause, in der sich die beiden Kameraden des mit einer Pistole ausgerüsteten Revolverhelden anscheinend selbst von der Wahrheit überzeugen wollten.

«Tatsächlich! Seit wann steht das blöde Teil denn hier? Ich denke, die wollen einen Agentenfilm drehen! Wozu braucht man da eine Ritterrüstung?»

«Die ist ja nicht mal echt!» Ein hohles Klopfen war zu

hören. «Das ist nur Plastik! Seht mal, da ist ja das Einschussloch!»

«Respekt! Sauber getroffen! Wenn anstelle der Rüstung unser Dieb hier gestanden hätte, wäre er jetzt tot! Aber du hättest uns wenigstens vorher warnen können! Mir ist beinahe das Trommelfell geplatzt!»

Dankbar richtete Sentence den Blick dorthin, wo sich über diesen altehrwürdigen Mauern der nächtliche Himmel befinden musste. Ein paar Minuten früher, und Jack Sentence wäre wohl bereits in die Ewigen Jagdgründe eingegangen.

«So, das reicht jetzt für heute! Wir brechen die Suche ab! Ich habe keine Lust, mich von meinem eigenen Kollegen abknallen zu lassen! Ausserdem bin ich müde und möchte endlich schlafen! Am liebsten würde ich die Filmheinis morgen gar nicht reinlassen! Wilmar, mach das Licht dort drin aus! Wieso läufst du denn so komisch? Hast du dir wehgetan?»

«Nein, es ist nur … ich habe vor Schreck eingenässt. Tut mir leid!»

«Muss es nicht, kann ja mal passieren. Ausserdem ist es ja deine Hose, nicht meine. Also, gehen wir! Das war heute wieder ein Tag zum Vergessen!»

Als die drei niedergeschlagenen Gendarmen mit müden Schritten die Treppe in Angriff nahmen, hatte Sentence das Gebäude bereits verlassen und drückte sich in eine besonders dunkle Ecke der Burg. Fast mitleidig sah er den jämmerlichen Figuren nach, die jegliches Interesse an ihrer Umgebung verloren hatten. Doch dann fiel ihm ein, dass sie im Gegensatz zu ihm jetzt in die Federn kriechen konnten, und Ärger stieg in ihm hoch. Er musste sich stattdessen die Nacht um die Ohren schlagen und war schon zweimal beinahe umgebracht worden! Worauf hatte er sich da bloss eingelassen?

14. Kapitel

«Was war das? Da hat doch jemand geschossen!» Lechner war aufgesprungen, und auch Kramer lauschte mit erhobenem Kopf und offenem Mund. Doch ausser dem einen Schuss, der weit entfernt abgegeben worden zu sein schien, war nichts mehr zu hören.

Quint, der es noch etwas besser gehört hatte, da er im Freien stand, blickte besorgt zum Palas hinauf, auf dessen Ostfassade sich die Schatten der langsam vorüberziehenden Wolken im Mondlicht abzeichneten. Sentence schien Ärger mit der Gendarmerie zu haben!

«Vielleicht haben die Gendarmen die elende Drecksau abgeknallt! Dafür würde ihnen ein Orden zustehen!» Die Stimme Lechners, der keine Veranlassung sah, leise zu sprechen, klang hasserfüllt.

«Oder er hat einen von ihnen erwischt! So, wie du ihn mir geschildert hast, wäre auch diese Möglichkeit denkbar! Immerhin sind sie zu dritt hinter ihm her, und wenn sie ihn in die Enge getrieben haben, kann es gut sein, dass er sich die Burschen mit Blei vom Hals hält! Wobei mir natürlich deine Variante auch um einiges lieber wäre, denn dann wären wir schon eine grosse Sorge los! Falls aber tatsächlich ein Gendarm getroffen worden sein sollte, wird hier bald die Hölle los sein! Und das dürfte uns vor weitere und vermutlich noch grössere Probleme stellen!»

Die Zeit der Ungewissheit schien sich für die drei mit teilweise völlig gegensätzlichen Hoffnungen und Wünschen erfüllten Männer endlos hinzuziehen. Erst die ungeduldig erwartete Rückkehr der unter lauten Rufen ausgeschwärmten Vertreter von Recht und Ordnung auf dieser Burg würde ihnen Aufschluss über die möglichen Auswirkungen des einzelnen Schusses geben.

«Da! Sie kommen!», flüsterte Kramer und beobachtete gespannt, wie dicht hintereinander drei Männer um die Ecke des alten Gesindehauses bogen und zum Eingang trotteten.

«Sie sind zu dritt!», frohlockte Lechner und stiess vor Freude eine Faust in die Luft, als hätte er soeben einen Sieg über seinen ärgsten Feind errungen. «Das ist das erste Mal, dass dieser Verein etwas Sinnvolles vollbracht hat!»

«Einen besonders glücklichen Eindruck machen die aber nicht, wenn du mich fragst», dämpfte Kramer die Euphorie seines rachsüchtigen Gehilfen. «Und einen Gefangenen haben sie auch keinen dabei!»

«Sollen sie ja auch nicht! Bei einem Schusswechsel gibt es nur Gefangene, wenn man nicht richtig trifft! Vielleicht sind das ja gute Schützen!»

«Mensch, Harry! Überleg doch mal logisch! Glaubst du, die Gendarmerie lässt einen Verletzten oder Toten nach einem Kampf einfach liegen? Ich sage dir, die haben eine Niederlage kassiert und aufgegeben! Sieh dir den traurigen Haufen doch mal an! Die lassen ja allesamt die Köpfe hängen! So sehen Verlierer aus, aber doch keine Sieger!»

«Dann treibt das Schwein also immer noch sein Unwesen!», konstatierte Lechner enttäuscht und stiess einen wüsten Fluch aus.

«Danach sieht es leider aus», räumte Kramer widerstrebend ein. «Vielleicht sollten wir einfach den Morgen abwarten und dann weitersehen. Die Gendarmen sind dann bestimmt müde, und die Lust auf Abenteuer dürfte ihnen inzwischen auch gründlich vergangen sein. Das erhöht unsere Chancen, irgendwann doch noch mehr oder weniger unbemerkt mit unserem Schatz von diesem verfluchten Felsen wegzukommen!»

Es dauerte nicht lange, bis die Lichter in der Unterkunft der Gendarmen erloschen. Auch bei Kramer und Lechner wurde es allmählich ruhig. Sie schienen ihre Kräfte ebenfalls für den nächsten Tag einzuteilen.

Nach einer Weile entfernte sich Quint lautlos von seinem Horchposten. Anstatt den Weg zu benutzen, machte er jedoch einen grossen Bogen, um vor dem Hintergrund der hohen Mauern den bestmöglichen Tarneffekt zu erzielen. Er musste wissen, wie es um Sentence stand! Zwar teilte er Kramers Auffassung in Bezug auf die Ethik der Gendarmen, aber vielleicht war ihr Gegner trotzdem verwundet, und sie hatten es einfach nicht mitbekommen.

Als er am Quartier der Gendarmen vorbeischlich, hörte er durch ein nicht ganz geschlossenes Fenster, aus welchem eine Uniformhose über das Sims hing, ein leises, gleichmässiges Schnarchen. Der Schlaf der Gerechten!

Nachdem Quint die dritte Vorburg betreten hatte und somit den Blicken der beiden Schurken und der ohnehin bereits schlafenden Gendarmen entzogen war, gab er sich keine sonderliche Mühe mehr, leise zu sein. Sentence sollte genügend Zeit haben, ihn zu bemerken und zu identifizieren.

Gemächlich stieg er die Stufen zum Innenhof hinauf

137

und schlenderte zur Mitte des Platzes, wo er stehenblieb und ruhig abwartete.

Nach einer guten Minute löste sich aus dem Schatten der alten Bauten vor ihm eine uniformierte Gestalt, die langsam auf ihn zukam.

«Wie ich sehe, leben Sie noch», begrüsste Quint seinen Mitstreiter, ohne sich die Erleichterung anmerken zu lassen, die er empfand.

«Dafür, dass man mich innert weniger Stunden bereits zweimal ins Jenseits befördern wollte, bin ich reichlich unterbezahlt!»

«Ihre verwegenen Versuche als Puppenspieler sind mir schon zu Ohren gekommen», spottete Quint grinsend. «Ihr Publikum wirkte sehr beeindruckt, schloss den Besuch einer weiteren Vorstellung jedoch kategorisch aus.»

Sentence schnaubte verächtlich. «Dabei hat der Idiot die falsche Puppe erwischt!»

«Wieso die falsche Puppe?»

«Weil ich extra für meinen unheimlichen Verehrer einen der Puppensoldaten schön vorbereitet hatte. Und dann sticht der Grobian doch tatsächlich auf dessen Zwillingsbruder ein! Danach war er so schnell weg, dass ich ihm mein Arrangement gar nicht mehr zeigen konnte. Dabei hatte ich mir solche Mühe gegeben!»

«Daran hat der arme Kerl jetzt noch zu kauen. Er war völlig durch den Wind, weil ihn ein markantes Geräusch so entsetzlich erschreckt hat. Haben Sie eine Ahnung, was das wohl gewesen sein könnte?»

«Vielleicht das hier?» Aus der rechten Rocktasche ertönte ein lautes Knacken. Beide lachten, und Sentence entspannte seinen Revolver wieder.

Dann wurde Quint ernst. «Was war mit den Gendarmen? Der Schuss war unten deutlich zu hören, und Kramer und sein Helfer Harry äusserten schon die Hoffnung, dass es Sie erwischt hat.»

«Viel hätte auch nicht gefehlt! Einer der drei Tölpel hat die Nerven verloren und auf eine Ritterrüstung geschossen, in der ich mich kurz davor noch versteckt hatte! Und die beiden anderen haben ihn auch noch für seine Treffsicherheit gelobt!»

«Lanzelot.»

«Was?»

«Der leere Ritter heisst Lanzelot. Und seine beiden Kameraden, von denen Sie ebenfalls einen auf dem Gewissen haben, sind Franz und Fritz. Man hat mich bereits mit ihnen bekannt gemacht. Die Requisition wird keine Freude an Ihnen haben.»

«Aber ich kann doch gar nichts dafür! Diese beiden Attentate lasse ich mir bestimmt nicht anhängen!», protestierte Sentence. «Aber nun zum Wesentlichen: Wie geht es jetzt weiter?»

«Wir müssen geduldig sein und abwarten. Irgendein Witzbold hat sich einen Scherz erlaubt und das Fallgitter heruntergelassen, und solange er es nicht wieder hochzieht, verlassen die Kisten diese Burg nicht. Wie es scheint, sind wir nicht die Einzigen hier, die Humor haben.»

«Warum machen wir es nicht selbst?»

«Weil er es nicht zulassen würde.»

«Und wer ist dieser Schuft?»

Quint zuckte die Achseln. «Was weiss ich? Vermutlich eine dritte Partei, die ebenfalls auf das Gold scharf ist.» Er hatte nicht vor, Sentence auf die Nase zu binden, was er über den selbsternannten Schlosswächter wusste. «Haben Sie eine Ahnung, wer das sein könnte?»

«Ich? Wie kommen Sie denn darauf?», fragte Sentence vorsichtig.

«Vergessen Sie's! War nur so ein Gedanke, da Sie sich ja bisweilen auch in zwielichtigen Kreisen bewegen.»

«Ich habe wirklich keinen blassen Schimmer!», beteuerte Sentence, während er sich insgeheim fragte, ob Quint etwas gespannt hatte.

«Jedenfalls sitzen wir hier im Moment fest, und da dies auch für Kramer und Harry gilt, reicht es im Moment, wenn wir die beiden im Auge behalten – und natürlich das Torhaus mit dem Fallgitter! Aber vor Tagesanbruch dürfte sich wohl kaum noch gross etwas ereignen.»

Dies mochte für die Burg zutreffen, nicht aber für die Gegend um den Felskegel, auf dem sie erbaut worden war.

In kleinen Schlucken trank Ingrid den lauwarmen Kaffee aus dem Becher ihrer Thermosflasche. Mitternacht war längst vorbei, und noch immer wartete sie vergeblich auf ein Zeichen von Quint. Aber er hatte sie ja ausdrücklich darauf hingewiesen, dass sich die Sache mitunter erheblich in die Länge ziehen konnte, ohne dass sie sich deswegen Sorgen zu machen brauchte.

Als vor ein paar Stunden der grosse Wagen zur Burg hinaufgefahren war und vor dem ersten Tor gewendet hatte, war sie trotzdem etwas unruhig geworden, denn eigentlich hatte Quint genau diese Aufgabe ihr zugedacht. Der Blick durch sein Fernglas hatte sie auch nicht schlauer gemacht, da ausser den Lichtern des Fahrzeugs, die wenig später erloschen waren, in der Dunkelheit nichts zu erkennen war. Und auch seitdem der Mond der Burg ein gespenstisches Aussehen verlieh, hatte sich daran kaum etwas geändert.

Jetzt sass Ingrid auf dem Beifahrersitz, um etwas mehr Platz für ihre Beine zu haben, und kämpfte gegen den stetig stärker werdenden Drang an, ihre Blase zu entleeren. Da sie wusste, dass sie diesen Kampf früher oder später ohnehin verlieren würde, entschloss sie sich, den Qualen endlich ein Ende zu bereiten.

Nach einem wachsamen Rundumblick zog sie seufzend den Verriegelungsknopf hoch und stieg aus. Die Autotür lehnte sie nur an, um keinen Lärm zu machen, und kurz darauf war sie zwischen ein paar Büschen ganz in der Nähe verschwunden. Von hier aus würde sie es sehen können, falls Quint ihr ein Signal geben sollte.

Während sie ihre Hose wieder zuknöpfte und den Reissverschluss hochzog, bemerkte sie auf der anderen Seite der Wildhecke ein Auto. Der Wagen musste schon vor ihrer Anwesenheit hier abgestellt worden sein, denn sonst wäre ihr seine Ankunft nicht verborgen geblieben. Den Umrissen nach handelte es sich um einen Kombi.

Erst bei genauerem Hinsehen fiel Ingrid die Gestalt mit dem Hut auf, die sich dem geparkten Fahrzeug vorsichtig von der Seite näherte. Erschrocken hielt sie den Atem an und wagte nicht, sich zu rühren.

Der Fremde zog eine Lampe aus der Manteltasche und leuchtete in den Wagen. Langsam ging er zum Heck und bückte sich. Ingrid konnte von ihrem Platz aus nicht genau erkennen, was er tat, aber es war offensichtlich, dass er nicht bloss seine Schnürsenkel band.

Endlich richtete sich der Mann wieder auf, schaltete

die Lampe aus und verschwand so lautlos, wie er gekommen war.

Kurz darauf war ein Motorgeräusch zu hören, das sich langsam entfernte und schliesslich ganz verstummte.

Ingrid eilte zum Opel zurück und stieg schnell ein. Kaum war die Tür zu, hieb sie auf den Knopf der Türverriegelung. Sicherheitshalber kontrollierte sie auch noch die Fahrerseite.

Ihre Finger zitterten ein wenig, als sie sich noch eine Tasse Kaffee eingoss. Als sie den Becher an die Lippen setzte, leuchtete das Scheinwerferpaar des vor dem Burgtor wartenden Wagens auf. Langsam rollte er die schmale Strasse herunter und verschwand aus ihrem Sichtfeld.

Erwartungsvoll blickte Ingrid zur Burg hinauf, während sie an ihrem Becher nippte. Doch ein Blinkzeichen von Quint blieb weiterhin aus. Mit einem leisen Seufzen beugte sie sich zur Fahrerseite hinüber, um den Anlasser zu betätigen und den Wagen ein wenig zu heizen, da es sie fröstelte. Sie hatte die Finger bereits am Zündschlüssel und wollte ihn gerade drehen, da näherte sich ein Fahrzeug und kam wenige Meter entfernt zum Stehen. Die Beleuchtung wurde ausgeschaltet, danach rührte sich nichts mehr.

Ganz langsam zog Ingrid die Hand zurück und versank im Sitz, so dass sie kaum noch zu sehen war. Sie wagte es nicht mehr, ihren Kaffee auszutrinken, und schon gar nicht, den Motor zu starten.

15. Kapitel

Als im Osten der Morgen graute, zog Prochorow das Fallgitter wieder hoch. Er hatte den Wagen mit seinem Peilsender am Heck wegfahren hören und wollte nun abwarten, wie sich die Dinge weiterentwickelten. Wenn die beiden Stümper wiederkamen, um die Ladung doch noch abzuholen, so konnte er ihnen bequem auf Distanz folgen.

Deutlich später, als er erwartet hatte, erschienen die Gendarmen, um die Tore für die Filmcrew und die Komparsen und Statisten zu öffnen. Da er gleich nach der Abfahrt der erfolglosen nächtlichen Besucher seine Kletterpartie wiederholt und die Tür in der äussersten Mauer verschlossen hatte, schöpfte der gähnende Gendarm keinen Verdacht.

Es dauerte nicht lange, da erschienen bereits die ersten Laiendarsteller, die es offenbar kaum erwarten konnten, dass es endlich richtig losging. Gestikulierend und fröhlich lärmend gingen sie nichtsahnend unter dem Fallgitter hindurch, das in der Nacht für einige Aufregung gesorgt hatte.

Bald darauf kam der kleine Lieferwagen in Sicht, der mit hoher Drehzahl und rasselnden Schneeketten die Steigung bewältigte, und gleich dahinter folgte ein Kleinbus. Die Bewölkung lockerte sich allmählich auf, und nichts schien einem prächtigen Filmtag im Wege zu stehen.

Ein Torgebäude weiter registrierten Kramer und

Lechner zufrieden die Ankunft der Filmleute. Das Fallgitter war also endlich wieder geöffnet!

«Na, was habe ich dir gesagt? Der Weg ist wieder frei!», triumphierte Kramer. «Jetzt müssen wir nur noch Stöger ein Zeichen geben und die dämlichen Gendarmen ablenken, damit sie uns nicht in die Quere kommen!»

«Und wie willst du das machen? Sie in ein Gespräch über das Wetter verwickeln? Oder über die Ereignisse der letzten Nacht?», stänkerte Lechner übelgelaunt.

Kramer ignorierte die Nörgelei seines Komplizen. «Wir müssen sie irgendwie vom Tor weglocken, damit Stöger unbehelligt passieren kann. Dann schnell die Kisten aufladen und nichts wie weg!»

«Und wenn der Mistkerl sich immer noch verbarrikadiert hat und uns nochmals das Gitter vor der Nase runterlässt? Dann sitzen wir in der Falle, und Stöger und Panhuber gleich mit! Dann braucht uns die Gendarmerie nur noch einzusammeln, und alles war vergebens!»

«Nein!», entgegnete Kramer grimmig. «Ab einem gewissen Punkt nehmen wir keine Rücksicht mehr und schiessen uns den Weg frei! Bevor das hier alles den Bach runter geht, knalle ich notfalls alle ab, die sich uns in den Weg stellen, das verspreche ich dir! Auch die Gendarmen!»

«Dann wird man uns jagen wie die Hasen! Wir werden nirgendwo mehr sicher sein!»

«Abwarten! Erst mal müssten sie uns dann auch kriegen und uns etwas nachweisen können! Ausserdem muss es ja gar nicht so weit kommen! Mit etwas Glück sind wir schon bald von hier verschwunden, ohne dass es überhaupt jemand mitbekommt! Aber wir warten noch etwas zu, damit möglichst alle diese Spinner da

144

draussen beschäftigt sind!»

Unter den von Kramer als Spinner bezeichneten Personen befanden sich zu diesem Zeitpunkt nebst den richtigen Schauspielern und praktisch der gesamten Entourage auch die beiden in Wehrmachtsuniformen steckenden Männer, die sich abseits des aufgeregten Treibens aufhielten. Während Sentence von seinem Beobachtungsposten auf der Bastion schon in seinem eigenen Interesse die erste Vorburg mit den beiden beim Torgebäude stehenden Gendarmen im Auge behielt, stattete Quint Herkules und Smitty einen Freundschaftsbesuch ab.

«Hallo Bob, da bist du ja! Ich habe dich schon überall gesucht!», empfing ihn Herkules aufgeregt. «Stell dir vor, jemand hat in der Nacht einen Anschlag auf unsere Requisiten verübt! Fritz ist ganz zerstochen, und Lanzelot hat ein Einschussloch in der Brust! Ausserdem wurde Franz derart zusammengedrückt in ein Regal gestopft, dass ich ihn beinahe nicht mehr an einem Stück herausgebracht hätte! Smitty war stinksauer!»

«Das tut mir leid!», versicherte Quint mit aufrichtigem Bedauern. «Momentan treibt sich ziemlich übles Gesindel hier herum! Aber ich denke, dass sich dies schon sehr bald ändern wird. Dann seid ihr mich ebenfalls los. Ist Smitty da drin?»

«Ja, aber er ist ziemlich beschäftigt, da immer kurz vor Beginn der Dreharbeiten noch alle etwas benötigen, das sie schon längst hätten holen können. Komm, wir sehen mal nach!»

Sie betraten den Raum, in dem sich zwei Männer gerade schwer bepackt zum Gehen wandten. Smitty flitzte geschäftig zwischen den Materialbergen herum. Als er

Quint erkannte, kam er grinsend näher.

«Ich will Sie nicht lange aufhalten, Smitty. Herkules hat mir schon gesagt, dass Sie sehr beschäftigt sind. Aber ich wollte Ihnen noch meine Ausrüstung zurückbringen, da ich möglicherweise sehr schnell aufbrechen muss. Wenn es Ihnen recht ist, werde ich mich hier drin schnell umziehen.»

«Nur zu! Mir scheint, Sie haben eine aufregende Nacht hinter sich! Ich freue mich sehr, dass Sie wohlauf sind, und dass ich nicht Sie anstatt der Puppen auflesen musste!»

«Und ich erst! Das mit Franz und Fritz tut mir wirklich leid, und Lanzelot scheint ja auch etwas abgekriegt zu haben. Aber damit habe ich nichts zu tun. Ich hoffe, der Schaden ist nicht allzu gross.»

«Ach wo, die Dinger kann man ersetzen! Ich habe mich in erster Linie darüber aufgeregt, dass sich hier offenbar kaltblütige Mörder herumtreiben, die vor nichts zurückschrecken!»

Als Quint sich umgezogen und alle Kleidungsstücke ordentlich auf den kleinen Tisch gelegt hatte, deutete er mit einem Kopfnicken auf den grauen Overall. «Sie haben nicht übertrieben. Er hat seinen Zweck absolut erfüllt. Aber ich bin froh, dass ich ihn jetzt nicht mehr brauche.»

«Behalten Sie ihn trotzdem! Ich habe ohnehin keine Verwendung mehr dafür. Warten Sie, ich gebe Ihnen auch gleich noch die Schneeausführung dazu! Vielleicht sind Sie ja irgendwann doch noch froh, und sei es nur, wenn Sie mal ein paar Wände oder eine Decke streichen wollen!»

«Ich verabschiede mich wohl am besten jetzt schon»,

wandte sich Quint erneut an Smitty, als er die beiden Overalls in seiner Umhängetasche verstaut hatte. «Es kann sein, dass ich später keine Gelegenheit mehr dazu habe und mich beeilen muss, damit ich den Anschluss nicht verliere. Danke für alles! Es hat mich sehr gefreut, Sie kennenzulernen!»

«Ganz meinerseits!» Smitty schüttelte Quint die Hand. «Leben Sie wohl! Und passen Sie gut auf sich auf!»

«Ich begleite dich noch nach draussen!» Herkules liess Quint den Vortritt und folgte ihm dann auf den Platz hinaus.

Dort scheuchte Wilson wie gewohnt die Leute herum. Als er Quint und Herkules erblickte, kam er geradewegs auf sie zu.

«Warum sind Sie nicht umgezogen?», schnauzte er Quint an. «Der Helikopter kann jeden Moment da sein!» Dann erst schien er Quint zu erkennen und warf sicherheitshalber einen Blick auf dessen Hände. «Was machen Sie denn hier? Ich habe Ihnen doch gestern schon erklärt, dass ich Sie nicht brauchen kann! Machen Sie, dass Sie fortkommen, oder ich lasse Sie von den Gendarmen entfernen!»

«Reg dich ab, er hat Smitty und mir geholfen!» Herkules stellte sich schützend vor Quint. «Ausserdem geht er ja gerade!»

Wilsons Gesicht rötete sich gefährlich. Er öffnete den Mund, klappte ihn dann jedoch ohne etwas zu erwidern wieder zu. Schnell drehte er sich um und stapfte wütend davon. Dadurch entging ihm der Uniformierte, der sich langsam auf den Turm mit der Uhr zubewegte.

«Ein unangenehmer Zeitgenosse», stellte Quint grinsend fest. «Da kann ich ja direkt froh sein, dass er mich nicht engagiert hat!» Er reichte Herkules die Hand. «Leb wohl, Herkules! Und nochmals vielen Dank für deine grossartige Unterstützung!»

«Mach's gut, Bob! Es war mir ein Vergnügen! Vielleicht siehst du dir den Film ja im Kino an und erkennst Franz in einer gefährlichen Szene! Aber auf ein Wiedersehen mit Lanzelot wirst du dann leider verzichten müssen! Eine durchlöcherte Ritterrüstung im Hintergrund macht sich nicht so gut!»

Langsam bahnte sich Quint einen Weg durch den aufgescheuchten Haufen. Als er sich noch einmal umdrehte, sah er gerade noch, wie ein Soldat durch die wegen der Kabel weit offen stehende Tür des Glockenturms verschwand. Das konnte eigentlich nur Harry oder Kramer selbst sein!

Er hob den Blick und starrte zum Glockenstuhl hinauf, der vor dem Hintergrund des mittlerweile strahlend blauen Himmels wie eine Krone auf dem majestätisch wirkenden Turm thronte. Dort oben befand sich offensichtlich ein Kamerateam, das die Ankunft des von Wilson angekündigten Hubschraubers und die Ereignisse im Innenhof aus der Vogelperspektive filmen sollte.

Die einzig plausible Erklärung war, dass vom Turm aus den Helfern ausserhalb der Burg das Startsignal für den Abtransport des Goldes signalisiert werden sollte. Es war also soweit: Die Burschen wollten türmen! Er musste Sentence warnen!

«Er kommt!», dröhnte eine tiefe Stimme vom Turm.

Im nächsten Augenblick überflog ein Helikopter die Burg.

«Achtung!», schrie Wilson, als der Turbinenlärm abebbte. «Es geht los!»

«Ton ab!»

«Ton läuft!»

«Kamera ab!»

«Kamera läuft!»

Jemand leierte einen kurzen Spruch herunter und schloss geräuschvoll die Balken einer Synchronklappe.

«Action!»

Der Lärm schwoll wieder an, als der Helikopter zurückkam und mit knatternden Rotorblättern zur Landung ansetzte und den Schnee auf den umliegenden Dächern aufwirbelte.

Ein paar Befehle wurden gebrüllt, und von mehreren Seiten rannten die Männer in den Soldatenuniformen auf ihre Positionen, wie sie es am Vortag stundenlang geübt hatten. Quint, der im Augenblick keine Möglichkeit hatte, seinen Standort zu verlassen, konnte sogar den Riesen mit den vertrauenerweckenden Händen erkennen.

Noch bevor die Maschine im Hof aufsetzte und der Passagier in der Uniform eines hohen Offiziers vom Kommandanten der Festung empfangen wurde, hatte Lechner den Trompeterbalkon erreicht und blickte aus schwindelerregender Höhe ins Tal hinunter. Bei Tageslicht erschien es ihm wesentlich gefährlicher, die schmale Plattform zu betreten als in der Nacht. Zögernd setzte er zweimal an, doch dann entschied er sich, davon abzusehen und das Signal von der Türöffnung aus zu geben.

Mit grossen Armbewegungen schwenkte er seine Uniformmütze mehrmals hin und her, ohne zu wissen, wo sich Stöger und Panhuber gerade aufhielten.

«Was machst du denn hier?», raunzte ihn ein bärtiger Mann mit dicken Brillengläsern an. «Verschwinde, Blödmann! Du hast hier nichts zu suchen!»

Eilig kam Lechner der Aufforderung nach und verliess den Turm.

«Sieh mal, da kommt er wieder!» Panhuber deutete durch die Windschutzscheibe auf einen grauen Punkt am Himmel, der rasch grösser wurde. «Was der wohl hier will?»

«Jetzt landet er auf der Burg! Hoffentlich sind das keine Gendarmen!» Stöger schien ernstlich besorgt.

«Ich habe dir ja gleich gesagt, dass etwas schiefgegangen sein muss, als Wolfgang und Harry nicht aufgetaucht sind, obwohl sie das Signal gegeben haben!» Panhuber sah seinen Kollegen bestürzt an. «Vielleicht war das ja eine Falle, die uns die Gendarmen gestellt haben! Bestimmt haben sie die beiden geschnappt und wollten uns auch noch kassieren!»

«Aber warum war dann das Tor zu?», gab Stöger zu bedenken. «Dann hätten uns die Gendarmen doch in die Burg gelassen und dort in Empfang genommen!»

«Trotzdem! Irgendetwas ist hier faul!», beharrte Panhuber und biss sich nervös auf die Unterlippe.

Den mützenschwenkenden Soldaten auf dem Glockenturm sahen beide nicht, obwohl sie mit sorgenvollen Blicken zur Burg hinaufschauten, als ob sie sich von dort die Antworten auf ihre bangen Fragen erhofften. Und auch den Opel, der nicht weit entfernt schräg hinter ihnen parkte, hatten sie immer noch nicht bemerkt, obwohl es schon längst Tag war und die Sonne schien.

16. Kapitel

Harry Lechner stand vor dem Turm und sah sich nervös um. Wenn Stöger und Panhuber jetzt bereits den Burghügel hinauffuhren und er hier nicht endlich wegkam, konnte es ihm passieren, dass er direkt den von Kramer aufgescheuchten Gendarmen in die Arme lief. Selbst wenn er sich noch rechtzeitig vor ihnen verstecken konnte, bestand die Gefahr, dass Kramer und die beiden anderen einfach ohne ihn wegfuhren, wenn es ihnen zu lange dauerte und sie damit rechnen mussten, dass man ihn geschnappt hatte.

Sein Blick fiel auf das Gebäude, hinter dessen Fassade er in der Nacht sein traumatisches Erlebnis mit dem eiskalten Killer gehabt hatte. In seiner Verzweiflung beschloss er, noch einmal den Weg von dort zur Treppe in der hohlen Mauer zu nehmen, um noch rechtzeitig bei Kramer einzutreffen.

Rücksichtslos drängte er sich zwischen den empörten Filmleuten mit ihren Kameras und dem übrigen dazugehörigen Krempel und der Mauer hindurch und bahnte sich einen Weg zum Eingang der Kapelle.

Von dort an kam Lechner wesentlich besser und schneller voran, da sich keine Menschenseele im Gebetshaus aufhielt.

Beim Betreten der Bastion nahm er eine Bewegung schräg über sich wahr. Seine Hand zuckte zur Pistole in der rechten Rocktasche, während er mit einem Ruck den Kopf hob. Doch als er in den Lauf des auf ihn gerichteten

Revolvers und in das verkniffene Gesicht dahinter blickte, verlor er zum zweiten Mal innert weniger Stunden die Nerven. Von panischem Entsetzen befallen, drehte er sich um, und als er erneut das unauslöschlich in seinem Hirn eingebrannte Knacken hinter sich hörte, da war es vollends um ihn geschehen.

Mit vor Grauen gesträubten Nackenhaaren rannte er zurück in den Hof. Ein Wehrmachtsoffizier und ein SS-Führer waren gerade im Begriff, die Treppe zu betreten, die auch Lechner nehmen musste. Ohne die beiden Schauspieler zu beachten, stürmte er an ihnen vorbei und auf die weiter unten stehenden Wachsoldaten zu, die ihn verdutzt anglotzten. Gerade noch rechtzeitig konnte der auf der untersten Treppe wartende Mann dem ungestümen Rüpel ausweichen, dessen Stiefel ein Stakkato auf die steinernen Stufen hämmerten.

Von oben waren die wütenden Rufe der Filmcrew zu hören, denen er die Szene versaut hatte, doch das nahm Lechner gar nicht wahr. Er war auf der Flucht vor seinem schlimmsten Albtraum, der aus ihm ein zitterndes Nervenbündel gemacht hatte.

Beim Tor zwischen der dritten und der zweiten Vorburg kamen ihm die drei Gendarmen entgegen, denen Kramer einen Bären aufgebunden hatte.

«Vorsicht, er hat eine Kanone! Der Kerl ist gefährlich!», rief Lechner ihnen geistesgegenwärtig zu. Bevor ihn die erstaunten Männer etwas fragen konnten, war er bereits an ihnen vorbei und um die nächste Ecke verschwunden.

Völlig ausser Atem kam er bei Kramer an, der unruhig vor dem zweiten Torgebäude herumtigerte und abwechslungsweise zum unteren Torhaus und dorthin schaute, wo die Gendarmen eben verschwunden waren.

«Hast du das Zeichen gegeben?»

Lechner nickte wortlos. Er musste erst wieder zu Atem kommen.

«Und ist Stöger gleich losgefahren? So rede doch endlich!» Kramer, der wie auf glühenden Kohlen sass, seit er den Gendarmen das Märchen vom bösen Meuchelmörder in der Hauptburg aufgetischt hatte, verwarf ungeduldig die Hände.

«Weiss ich nicht!», stiess Lechner mühsam hervor. «Konnte sie nirgends sehen!»

Kramer fluchte. «Hoffentlich haben diese Hornochsen das Signal überhaupt gesehen! Lange können wir nicht warten! Wenn die Gendarmen zurückkommen, während wir gerade beim Verladen sind, dann gibt es ein Blutbad!»

Im Hof der Hauptburg herrschte zur selben Zeit ein ziemliches Durcheinander. Einer der Schauspieler regte sich über den Zwischenfall fürchterlich auf. Lauthals beschwerte er sich bei der Aufnahmeleitung über unzureichende Sicherheitsvorkehrungen. Die Laien freuten sich über jedes Ereignis, ob geplant oder unverhofft. Mit leuchtenden Augen standen sie staunend da und saugten begierig jedes noch so kleine Detail in sich auf, um am Abend alles brühwarm ihren Angehörigen zu erzählen. Einige lachten schadenfroh, als Wilson aufgeregt wie ein kopfloses Huhn umherirrte, um die Regieanweisungen umzusetzen.

Obwohl Quint den Weg zur Bastion nicht kannte, hatte er den leisen Verdacht, dass Harry gerade dort gewesen und Sentence der Grund für seine wilde Flucht war. Dadurch hatte sich das Problem einer Warnung für Sentence von selbst erledigt, und er konnte sich auf Kramer und Harry konzentrieren.

Als wieder halbwegs Ordnung herrschte und Quint endlich eine Chance sah, sich unauffällig zu verdrücken, erschienen auf der Treppe die drei Gendarmen. Suchend sahen sie sich um und wussten anscheinend nicht so recht, was sie tun sollten.

Beim Anblick der drei Helden war Quint froh, dass er hier blockiert gewesen und ihnen nicht auf dem Weg nach unten begegnet war. Ausserdem war Sentence jetzt schon mal vorgewarnt und wusste, dass er möglicherweise nochmals Besuch erhielt, denn das Verschwinden der beiden Posten war ihm sicherlich nicht entgangen.

«Der Kerl ist von dort gekommen und uns mitten in eine aufwändige Szene gerannt!» Wilson hatte sich mit empört in die Hüften gestemmten Armen vor dem vordersten Gendarmen aufgebaut. «Sie sollten doch eigentlich dafür sorgen, dass so etwas nicht vorkommt!», ergänzte er vorwurfsvoll.

«Wir können nicht überall gleichzeitig sein!», entgegnete der Angesprochene barsch. «Ausserdem ist der Mann in Todesangst vor einem gefährlichen Mörder geflohen! Also verschonen Sie mich mit Ihrem Imponiergehabe und machen Sie den Weg frei! Wir haben zu tun!»

Jemand konnte sich beim Anblick des verdatterten Wilson das Lachen nicht verkneifen und platzte laut heraus, was zur Folge hatte, dass eine ganze Gruppe in das Gelächter einstimmte. Am lautesten lachte der Hüne, wobei er jeweils mit einem Geräusch die Luft einsog, welches eine frappierende Ähnlichkeit mit einem Eselsschrei hatte. Dies führte zu weiteren Heiterkeitsausbrüchen, und bald schrie der halbe Platz vor Lachen. Einige hielten sich bereits mit Tränen in den Augen den Bauch und rangen verzweifelt nach Luft.

Die Gendarmen machten einen verunsicherten Eindruck, da sie nicht wussten, ob die Meute nun über den Wichtigtuer mit dem hochroten Kopf lachte, oder am Ende gar über sie. Ihr Anführer schob Wilson beiseite und marschierte mit erhobenem Haupt auf den Eingang der Kapelle zu, dicht gefolgt von seinen beiden Waffenbrüdern, die sich sichtlich unwohl fühlten.

Als sie durch die Tür verschwunden waren, setzte sich auch Quint in Bewegung. Kramers Transportfahrzeug konnte jeden Augenblick eintreffen!

Sentence hatte seinen Ausguck verlassen und wollte gerade aus der Bastion verschwinden, als er Stimmen hörte. Von der Zeit her konnten es die Gendarmen sein, denen Kramer wild gestikulierend etwas vorgelogen haben musste, denn die beiden Wachposten waren umgehend losmarschiert. Kurz darauf war dann der narbengesichtige Harry hier aufgetaucht, jedoch sehr schnell wieder verschwunden, obwohl er diesmal keine Puppen vorgefunden hatte. Und jetzt würde wohl die Streitmacht der Gendarmerie anrücken! Zeit, zu verschwinden, bevor einem die Kugeln um die Ohren flogen!

Da ihm keine andere Wahl blieb, verliess Sentence die Bastion durch die Öffnung, die zum Eingang der hohlen Mauer führte. Nachdem sich Kramer und sein schreckhafter Gehilfe seit Langem endlich wieder getraut hatten, ihr Schlupfloch zu verlassen, bestand die Hoffnung, dass sie noch nicht wieder dorthin zurückgekehrt waren.

Wie vermutet, fand er die Tür zur dunklen Treppe unverschlossen vor, was er aber sogleich zu ändern gedachte. Bevor er die Tür ganz hinter sich zugezogen hatte, schlich bereits der erste Gendarm aus der Bastion. Mit fliegenden Fingern zog Sentence den Schlüssel aus der Uniformtasche, steckte ihn ins Schloss und drehte in zweimal um. Diesmal blieb ihm keine Zeit mehr, um den Schlüssel an sich zu nehmen. An der Türklinke wurde schon heftig gerüttelt. Er erwartete jeden Moment eine Ladung Blei.

So schnell er sich mit den Knobelbechern an den Füssen getraute, hastete Sentence die Finstere Stiege hinunter, wobei sie dank dem Einfall des Sonnenlichts gar nicht mehr so finster war. Er hoffte inständig, dass er mit seiner Fluchtwahl nicht vom Regen in die Traufe geriet.

Doch von Kramer und Lechner drohte Sentence keine Gefahr.

«Setz dich schon mal rein und schliess die Karre kurz! Ich mache hier fertig!» Kramer knallte den Seitenladen des kleinen Lieferwagens zu und machte die Plane fest. Als er die Beifahrertür öffnete, erwachte der Motor bereits zum Leben.

«Der Schlüssel hat noch im Zündschloss gesteckt!», rief Lechner triumphierend, als Kramer sich ins Fahrerhaus zog. «Ganz schön leichtsinnig!» Er fuhr los, bevor sein Beifahrer die Tür zugemacht hatte, und als sie das Torgebäude mit dem Fallgitter passierten, schrien die beiden Männer ihre ganze Anspannung heraus, die sich in den letzten Stunden in ihnen aufgestaut hatte. Endlich hatten sie den Goldschatz und konnten ihn in Sicherheit bringen!

Als Quint aus der zweiten Vorburg rannte, sah er gerade noch das Fahrzeugheck verschwinden. Hoffentlich war Ingrid startklar und merkte sich, wohin der Lieferwagen fuhr!

Im Dachgeschoss des untersten Torgebäudes hörte Prochorow das vertraute Fahrzeug kommen. Dass es diesmal nicht als Material-, sondern als Goldtransporter verwendet wurde, realisierte er erst, als er das Freudengeheul unter sich hörte.

Die neue Situation erforderte neue Massnahmen! Mit einem Satz war er neben der Walze und liess das Fallgitter hinunterrasseln. Der dadurch verursachte Lärm war noch nicht ganz verklungen, als bereits das Seilende aus dem Fenster flog.

Sekunden später rannte Prochorow den Hügel hinunter zu seinem Auto. Zurück blieben von ihm nur das an der Fassade herunterhängende Seil und eine komplette Wehrmachtsuniform.

17. Kapitel

Mit verspannten Muskeln lag Ingrid mehr auf dem Beifahrersitz, als dass sie sass. Zwar hatte sie sich in der Nacht etwas bequemer hingesetzt, als niemand Anstalten gemacht hatte, aus dem Wagen schräg vor ihr auszusteigen. Aber beim Morgengrauen war sie sicherheitshalber wieder so weit auf Tauchstation gegangen, dass sie gerade noch den Eingang der Burg zu erkennen vermochte, und daran hatte sich seither nichts mehr geändert.

Der Lieferwagen und der unmittelbar nach ihm zur Burg hinauffahrende Kleinbus waren ihr ebenso wenig entgangen wie der vor kurzem erfolgte Überflug und die anschliessende Landung des Helikopters. Die beiden aufgeregt gestikulierenden Insassen des Wagens, deren Anwesenheit für ihre ungemütliche Situation verantwortlich war, schienen dem Hubschrauber einige Bedeutung beizumessen, wie Ingrid ein kurzer, vorsichtiger Blick gezeigt hatte.

Nach einiger Zeit erschien der Lieferwagen wieder und fuhr in einem für die Strassenverhältnisse recht flotten Tempo den Hügel herunter. Da sich Ingrid einen Platz mit direktem Blick auf den obersten Teil der Zufahrt und das erste Tor der Burg ausgesucht hatte, verschwand er schnell wieder aus ihrem Sichtfeld. Doch kurz darauf rannte jemand aus der Burg und hinter dem Fahrzeug her. Um wen es sich dabei handelte, war aus dieser Entfernung jedoch nicht festzustellen.

Das zweimalige kurze Hupen des mit laut rasselnden

Schneeketten auf der stellenweise bereits trockenen Strasse vorbeifahrenden Lieferwagens liess Ingrid erschrocken zusammenzucken. Der Beifahrer winkte heftig aus dem heruntergelassenen Fenster in ihre Richtung. Es sah ganz nach einer Aufforderung aus, dem Fahrzeug zu folgen. Doch die Geste galt bestimmt nicht ihr, denn abgesehen davon, dass der Mann sie nicht sehen konnte, war zweifelsfrei zu erkennen, dass es sich weder um Quint noch um Sentence handelte.

Dafür schienen sich die beiden Männer im anderen Wagen angesprochen zu fühlen. Das Geräusch eines Anlassers war zu hören, gefolgt von mehrmaligem Aufheulen des kalten Motors, welches Ingrid schmerzhaft ihr Gesicht verziehen liess. Im nächsten Augenblick schoss das grosse, dunkelgrüne Auto mit durchdrehenden Hinterrädern vom Platz auf die Strasse und verschwand zwischen den Häusern.

Erleichtert richtete sich Ingrid aus ihrer unbequemen Position auf. Ihr Blick heftete sich wieder auf das Burgtor. Doch dort oben blieb nach dem kurzen Unterbruch alles ruhig. Kein Zeichen von Quint. Kein Anhaltspunkt für einen baldigen Aufbruch.

Leise seufzend öffnete sie die Tür und stieg aus, um sich nach dem langen Sitzen ein wenig die Beine zu vertreten. Mit einigen Übungen lockerte sie ihre Muskulatur und streckte sich. Dabei fiel ihr Blick auf eine Lücke zwischen den Büschen, hinter der noch immer der Kombi stand. Sie wollte sich schon abwenden und wieder einen Kontrollblick zur Burg hinaufwerfen, als sie eine Bewegung wahrnahm.

Vorsichtig näherte sie sich der Lücke und spähte auf die andere Seite, wo ein Mann hinter dem Fahrzeug kniete und den Kopf unter die Karosserie streckte. Als er wieder aufstand, erkannte Ingrid in ihm den Zimmernachbarn, den Quint für einen russischen Agenten hielt. Er schien zu grinsen, als er einstieg. Seine Abfahrt ging wesentlich fahrzeugschonender vonstatten als jene des dunkelgrünen Wagens zuvor.

Ingrid beugte sich in den Opel und langte zur Fahrertür hinüber, während sie sich mit der linken Hand auf dem Sitz abstützte. Rasch zog sie den Verriegelungsknopf hoch und eilte um den Wagen herum, nachdem sie die Beifahrertür zugeschlagen hatte. Während sie in den Wagen stieg, blickte sie noch einmal zum Tor hinauf. Immer noch nichts. Einen kurzen Moment zögerte sie, doch dann fuhr sie ebenfalls los.

Es dauerte gar nicht lange, bis sie den Wagen des Russen vor sich sehen konnte. Sie musste sogar das Tempo drosseln, um ihm nicht zu nahe zu kommen. Besonders eilig hatte er es offenbar nicht.

Im Wagen vor ihr verfolgte Fedor Prochorow auf einem mit zwei Saugnäpfen an der Windschutzscheibe befestigten Display den kleinen Punkt, der ihm Fahrtrichtung und Entfernung des Wagens übermittelte, den er in der Nacht mit dem Peilsender versehen hatte. Dass sein Auto inzwischen ebenfalls mit einem baugleichen Teil ausgestattet war, störte ihn im Augenblick nicht gross. Er hatte damit gerechnet, und er wusste, wo sein Beschatter vom KGB den Sender angebracht hatte. Zu gegebener Zeit konnte er das verräterische Ding in Sekundenschnelle entfernen. Aber noch war es nicht soweit.

Sein Zielobjekt wurde offenbar langsamer. Prochorow musste die Geschwindigkeit ebenfalls noch weiter reduzieren, wenn er nicht Gefahr laufen wollte, auf Sichtweite aufzuschliessen. Wenn die beiden Stümper vor ihm wirklich dem Lieferwagen folgten, kannten sie entweder bereits dessen Ziel, oder das Fluchtfahrzeug bummelte gemütlich vor ihnen durch die Gegend, was aber für ihn keinen Sinn ergab.

Interessanterweise war auch der Wagen, den Prochorow im Rückspiegel ausgemacht hatte, im selben Schneckentempo unterwegs und schien keinen Meter näherzukommen. Soweit er es beurteilen konnte, handelte es sich dabei möglicherweise um den Wagen des Paares, das im selben Gasthof wie er abgestiegen war. Doch das konnte eigentlich nicht sein, denn sein Gegenspieler konnte unmöglich so schnell die Burg verlassen haben. Und dass die Frau ihm allein folgte, hielt er für nicht sehr wahrscheinlich, obwohl es natürlich nicht gänzlich auszuschliessen war.

Vielleicht war es ja doch der KGB-Agent, obwohl sich Prochorow extrem schwer tat mit der Vorstellung, dass der Bursche derart unprofessionell vorging, zumal er ihm ja einen Peilsender ans Fahrzeugheck gepflanzt hatte. Ausser er rechnete damit, dass der Sender nicht lange dortbleiben würde und zog es deshalb vor, sicherheitshalber auf Sicht zu fahren, um den Anschluss unter gar keinen Umständen zu verlieren.

Ein paar Kilometer weiter liess das Bild auf der Anzeige keinen anderen Schluss zu, als dass der Wagen vor ihm gestoppt hatte. Bei der nächsten Gelegenheit bog Prochorow deshalb auf einen schmalen Kiesweg ein und wendete nach etwa zwanzig Metern.

Mit einem Fernglas in der Hand rannte er zur Strasse zurück und legte sich auf die Lauer. Als der Opel mit

161

dem Schweizer Nummernschild in der Optik sichtbar wurde, richtete der GRU-Agent das Glas auf die Gestalt hinter der Windschutzscheibe. Tatsächlich, hinter dem Lenkrad sass eine Frau! Aber die Begleiterin seines Zimmernachbarn hatte ihr Haar kurz getragen, während die soeben an ihm vorbeifahrende Frau lange Haare hatte.

Etwas irritiert ging er zu seinem Wagen zurück und stieg wieder ein. Ein Blick auf das Display zeigte ihm, dass sich das Zielfahrzeug immer noch an derselben Stelle befinden musste – oder zumindest der Sender! Sollte er die beiden Männer derart unterschätzt haben? Doch sogleich verwarf er den Gedanken wieder. Seine Menschenkenntnis hatte ihn bisher noch nie im Stich gelassen. Ausserdem bestand für die Insassen kein Grund, ihr Auto nach einem Peilsender abzusuchen.

Die Bestätigung für diese Einschätzung folgte fast augenblicklich, allerdings nicht in der von ihm erwarteten Form. Der Punkt auf der Anzeige wanderte wieder, jedoch in die entgegengesetzte Richtung von vorher! Das Fahrzeug hatte gewendet und kam nun wieder zurück!

Es dauerte nicht lange, bis ein dunkelgrüner Wagen an der Abzweigung vorbeibrauste. Leider konnte Prochorow aus dieser Distanz nicht erkennen, wie viele Personen sich darin befanden. Da er dem Auto später immer noch folgen konnte, beschloss er, zuerst in die ursprüngliche Richtung weiterzufahren, um allenfalls den irgendwo abgestellten Lieferwagen zu finden.

Er bog wieder auf die Strasse ein und fuhr so lange, bis er ungefähr die Hälfte der Strecke hinter sich hatte, die der Wagen seiner Schätzung nach während seines eigenen Zwischenstopps zurückgelegt haben konnte. Als es soweit war, hielt er nach einer geeigneten Stelle Ausschau, an der sich ein Fahrzeug ohne grossen Aufwand verstecken liess. Die Baumgruppe auf der linken Seite war so eine Möglichkeit, und er verliess die Strasse erneut, um nachzusehen.

Bevor er richtig angekommen war, konnte er zwischen den Bäumen bereits das Fahrerhaus des Lieferwagens erkennen. Er stieg trotzdem aus, um sich zu vergewissern, dass niemand beim Fahrzeug zurückgeblieben war, was erwartungsgemäss nicht der Fall war. Die Ganoven schienen hier die Kisten umgeladen zu haben, nachdem sie absichtlich in die falsche Richtung gefahren waren, um allfällige Verfolger zu täuschen und abzuschütteln. So ganz geklappt hatte das allerdings nicht, dachte Prochorow und grinste.

Bevor er wieder in sein Auto stieg, entfernte er den Peilsender. Allmählich wurde es Zeit, den kleinen Verräter loszuwerden. Er steckte ihn in einen schwarzen Lederhandschuh, den er anschliessend mit einer Schnur zuband und auf dem Beifahrersitz deponierte.

Als er wieder auf der Strasse war und beschleunigte, sah er im Rückspiegel den Opel, der schnell näherkam, sich dann jedoch wieder zurückfallen liess. Die Fahrerin hatte sich wohl ohne ihn als Leithammel einsam gefühlt und gemerkt, dass etwas nicht mehr stimmte. Aber jetzt hatte sie ja den Anschluss wiedergefunden. Sollte sie doch, wenn es ihr Spass machte! Im Moment störte es ihn nicht, und ihm war viel lieber, wenn anstelle des KGB-Schnüfflers eine attraktive Frau hinter ihm herfuhr.

Auf der Rückfahrt hielt er aufmerksam Ausschau nach einem Fahrzeug, das als Transportmittel seines innerrussischen Widersachers in Frage kam. Doch der Erfolg blieb aus, und er war gerade wieder an der Burg vorbeigefahren. Anscheinend hatte er es wirklich nicht mit einem Anfänger zu tun, aber das wäre auch eine Beleidigung für ihn gewesen.

Vor einer Kurve musste Prochorow wegen eines landwirtschaftlichen Fahrzeugs stark abbremsen. Er nutzte die Gelegenheit, um das Fenster auf der Beifahrerseite herunterzukurbeln. Nicht, dass es ihm zu warm geworden wäre; die Sonne schien zwar, und im Fahrzeuginnern war es alles andere als kalt, aber es war immerhin erst Januar.

Am Ende der Kurve setzte er den Blinker, nachdem er sich vergewissert hatte, dass die Strasse vor dem Gefährt frei war. Langsam zog er sein Auto auf die linke Fahrbahn und griff nach dem zu einem Paket verschnürten Handschuh auf dem Sitz neben sich. Als er sich auf gleicher Höhe mit dem Anhänger befand, lehnte er sich zur Beifahrerseite hinüber und warf den weich verpackten Peilsender mit wohldosiertem Schwung aus dem Fenster. Getroffen!

Zufrieden beschleunigte er und zog an dem nagelneu aussehenden, rot-weissen Traktor vorbei, dessen Fahrer ihn durch zweimaliges Hupen grüsste. Prochorow beendete das Überholmanöver und kurbelte die rechte Seitenscheibe hoch. Als er sich wieder gerade hinsetzte, sah er im Rückspiegel, wie der Opel hinter dem Traktoranhänger ausscherte und zum Überholen ansetzte.

Wütend schlug Andrej Sorokin mit beiden Fäusten aufs Lenkrad, während er hinter dem Traktor her zuckelte. An ein Überholen war auf diesem Streckenabschnitt nicht zu denken. Sein Ortungsgerät hatte er schon vorher abgeschaltet, da er sich ja bereits direkt hinter dem Peilsender befand, weil dieser nicht mehr am Fahrzeug des GRU-Offiziers haftete, sondern auf dem Vehikel eines Bauern transportiert wurde.

Doch dann erschien ein gemeines Grinsen auf seinem Gesicht.

18. Kapitel

Mitten im vollen Lauf stoppte Quint abrupt und schlitterte die letzten Meter, bevor er hinfiel. Sofort stand er wieder auf und rannte zurück. Wenn ihn die drei Leuchten von der Gendarmerie hier erwischten, war er geliefert! Wie sollte er ihnen weismachen, dass ein russischer Geheimagent für das gerade eben erneut heruntergelassene Fallgitter verantwortlich war?

Als er die zweite Vorburg erreichte, kam gerade Sentence aus dem Eingang der hohlen Mauer geflitzt und hätte ihn beinahe umgerannt.

«Weg hier! Die Gendarmen kommen!» Sentence machte Anstalten, nach unten zu rennen, um die Burg zu verlassen.

«Nach oben! Unser Fluchtweg ist schon wieder versperrt!»

Gemeinsam rannten die beiden zum alten Gesindehaus hinauf, wo sie einen kurzen Zwischenhalt einlegten.

«Wissen Sie, ob sich Ihre Verfolger aufgeteilt haben, oder ob sie geschlossen hinter Ihnen her sind?»

«Keine Ahnung!», knurrte Sentence. «Jedenfalls waren sie mir dicht auf den Fersen! Und da einer von ihnen mit einem ausgesprochen schiessfreudigen Zeigefinger gesegnet ist ...»

«Da sind sie!», unterbrach ihn Quint, als er den vordersten Gendarmen aus der Mauer kommen sah. «Sie sind immer noch zu dritt! Jetzt haben sie mich gesehen! Sehr gut! Los, weiter! Wir müssen sie auf Trab halten und von dort unten weglocken, damit wir möglichst schnell die Verfolgung von Kramer aufnehmen können!»

«Bis dahin ist der doch schon längst über alle Berge! Sie haben doch eben erwähnt, dass der Weg nach draussen wieder blockiert ist! Oder verfügen Sie über eine Ausbildung als Hubschrauberpilot? Immerhin waren Sie ja beim Geheimdienst, da lernt man doch sowas bestimmt standardmässig!»

«Leider nicht!», gab Quint lachend zur Antwort, während er vor Sentence die Treppe zum Eingang der Hauptburg hinauf schritt. «Zu meiner aktiven Zeit war das Ausbildungsprogramm noch nicht ganz so vielseitig wie bei James Bond! Ausserdem bezweifle ich, dass 007 sich mit den damaligen Prototypen in die Lüfte gewagt hätte! Aber die Idee an sich ist nicht schlecht! Vielleicht sollte ich den Piloten zu einem kleinen Rundflug überreden, während Sie hier unsere Verfolger beschäftigen! Mehr als ein Passagier hat in der Kiste leider nicht Platz!»

«Vergessen Sie, was ich gesagt habe! Wie sieht Ihr Plan also aus?»

«Ich besorge mir schnell ein geeignetes Werkzeug, mit dem wir die Tür zum Fallgitterbedienraum aufbrechen können, während Sie sich unsichtbar machen und unsere Verfolger im Auge behalten! Sie können sich ja schon mal darüber Gedanken machen, auf welchem Weg wir nachher am effektivsten zum untersten Torhaus gelangen!»

«Und wenn der Torwächter etwas dagegen hat und es nicht zulässt? Als ich Ihnen diesen Vorschlag gemacht habe, waren genau das Ihre Worte!»

«Diesmal wird er es zulassen, denn er ist bereits weg! Ich habe ihn verschwinden sehen, kurz nachdem das Gitter herunterrasselte und ich beinahe dagegen geprallt wäre. So, und jetzt kümmere ich um den Rammbock!»

Während sich Sentence so postierte, dass er die Treppe einsehen konnte, ohne dabei allzu sehr aufzufallen, steuerte Quint mit langen Schritten auf Smittys Lager zu. Er hatte einen guten Zeitpunkt erwischt, denn bei Smitty war gerade nichts los.

Ohne Umschweife kam Quint zur Sache. «Haben Sie etwas für mich, womit man eine massive alte Holztür aufkriegt? Eine Axt, ein Brecheisen oder sonst etwas in der Art?»

«Das nicht, aber einen Eispickel könnte ich Ihnen anbieten! Oder wie wär's mit einem Vorschlaghammer?»

«Der Eispickel tut's vollkommen!»

Smitty sauste zu einer Holzkiste und kam mit dem gewünschten Gegenstand zurück. «Viel Erfolg!»

«Willst du dir damit durch die dicken Mauern eine Bresche in die Freiheit schlagen, Bob?», tönte es von der Tür her. «Mit dem Helikopter kommst du hier jedenfalls nicht weg! Den Piloten haben sie nämlich gerade umgebracht!», erklärte Herkules aufgeregt und machte ein bestürztes Gesicht.

«Natürlich nicht den echten!», fügte er feixend hinzu, als er sich lange genug an Quints irritiertem Gesichtsausdruck ergötzt hatte. «Nur den Darsteller, und der zieht sich bereits wieder um! Übrigens treiben sich gerade wieder die Gendarmen da draußen herum! Vielleicht solltest du noch eine Weile hier drinnen bleiben und warten, bis die Luft rein ist! Ich gebe dir dann sofort Bescheid!»

«Zu wievielt sind sie?», fragte Quint rasch, bevor Herkules wieder verschwunden war.

«Ich habe nur zwei gesehen. Aber vielleicht sind sie ja

inzwischen schon wieder komplett!»

«Läuft wohl nicht alles ganz nach Plan, wie?», fragte Smitty leise.

«Nicht wirklich», gab Quint unumwunden zu. «Narbengesicht und sein Chef sind entwischt, während ich hier festsitze und mich mit diesen drei Clowns herumschlagen muss. Und mit jeder Minute, die ich hier vertrödle, wird es schwieriger, die beiden Flüchtigen doch noch zu finden!»

Smitty nickte bedächtig. «Ich habe schon gehört, dass unser angemieteter Transporter gestohlen worden ist. Aber damit werden die Diebe nicht allzu viel Freude haben. Der Fahrer hat mir nämlich erzählt, dass mit dem Getriebe etwas nicht stimmt. Die ersten beiden Gänge sind in Ordnung, aber dann ist Schluss, weil irgendetwas klemmt! Ein Rennen lässt sich damit wohl kaum gewinnen!»

«Sie sind jetzt im Kapellenturm verschwunden!», meldete Herkules, als er wieder hereinkam. «Aber den Dritten habe ich immer noch nirgends gesehen!»

Quint packte den Eispickel. «Danke nochmals für alles! Macht's gut, ihr beiden!» Er eilte zur Tür und verliess den Raum.

«Es gibt da ein kleines Problem!», empfing in Sentence mit unheilvoller Miene. «Unsere Freunde sind nur noch zu zweit unterwegs! Die beiden sind in dem Turm da! Der andere wird wohl das Fallgitter bewachen, um uns dort in Empfang zu nehmen!»

«Ich weiss! Wir müssen trotzdem …!»

«Halt! Stehenbleiben!» Keine fünf Meter neben ihnen stand ein Gendarm und nestelte an seinem Holster herum.

«Da rein!» Quint rannte in das grosse Gebäude, dicht gefolgt von Sentence, der die Tür hinter sich ins Schloss warf «Wir gehen runter zur Ritterrüstung!»

Am Ende der gewundenen Treppe verlangsamte Quint seine Schritte. Der Gang war leer, und auch den beschädigten Lanzelot hatte man inzwischen entfernt. Stattdessen hingen ein paar Uniformstücke an einer Wand der Nische.

Hinter der Tür zum grossen Raum mit dem Kamin waren Stimmen und Geräusche zu hören. Dort drin wurde offenbar auch schon gedreht oder zumindest geprobt. Als Quint die Klinke in die Hand nahm und sie eben herunterdrücken wollte, hörte er jemanden mit harter Stimme sagen: «Damit eins von Anfang an vollkommen klar ist: Wenn auch nur einer von euch ein Wort sagt, knall ich euch alle über'n Haufen, klar? Jones, nehmen Sie seine Pistole! Und jetzt vorwärts! Bewegt euch! Los!»*

Quint grinste. Er bezweifelte stark, dass der Sprecher dieser Worte in der Lage war, seine Drohung wahrzumachen. Eilige Schritte mehrerer Personen näherten sich der Tür, und er drückte entschlossen auf die Klinke.

Als er die Tür aufriss und das Geheimnis dahinter lüftete, vergass er für ein paar Sekunden, weshalb er hier war. Vor ihm stand, mit einer Maschinenpistole unter den rechten Arm geklemmt, die schönste Blondine, die er jemals gesehen hatte, und sah ihn mit grossen Augen verwundert an.

«Was ist da vorn los?», rief eine ungehaltene Stimme aus dem Hintergrund. «Was für ein Armleuchter versaut

*Originaltext aus dem Film «Agenten sterben einsam» (deutschsprachige Version, Originaltitel «Where Eagles Dare»); 1968

uns denn jetzt schon wieder die Szene? Das darf doch nicht wahr sein!»

Von oben war das grobe Öffnen der Eingangstür zu hören. Sentence räusperte sich leise.

Mit Bedauern riss sich Quint von dem schönen Anblick los und drängte sich an dem blonden Engel und den Männern dahinter vorbei. Neben dem Kamin stand ein grosser, schlanker Leutnant mit einer Ladung Sprengstoff in der Hand und musterte ihn mit schiefem Blick. Das musste dieser Westwood sein, von dem Ingrid geschwärmt hatte.

Ohne sich um die laut protestierenden Kamerateams zu scheren, rannten Quint und Sentence die Treppe hinauf zu einer Art Empore, von der aus der ganze Raum zu überblicken war, und verliessen sie wieder durch eine niedere, oben abgerundete Tür. Ein paar Ecken weiter führte sie eine weitere Treppe wieder hinunter auf den Gang.

Quint spähte vorsichtig zum anderen Ende des Flurs. Zwei Gendarmen verschwanden gerade im Saal, aus dem aufgeregte Diskussionen zu hören waren.

«Los jetzt! Gehen Sie voraus, Sie haben das lautere Schuhwerk!»

Sentence übernahm die Führung. So schnell es die Stiefel zuliessen, ohne ihn zu verraten, näherte er sich dem anderen Gangende. Für Quint, der wieder seine eigenen Schuhe trug, war es kein Problem, ihm zu folgen. Ohne Zögern gingen die beiden an der Tür vorbei und die Treppe hinauf. Niemand schien sie bemerkt zu haben, was aber bei dem Rummel dort drin auch nicht weiter verwunderlich war.

Sie verliessen das Gebäude und eilten die Treppen zur

dritten Vorburg hinab, ohne sich um die erstaunten Blicke zu kümmern, die in erster Linie Quints Eispickel galten. Hinter der nächsten Ecke rannten sie los und hielten erst wieder beim zweiten Torhaus an.

Ein vorsichtiger Blick Quints zum untersten Torgebäude bestätigte ihre Befürchtungen: Der dritte Gendarm stand tatsächlich dort unten und blickte zu ihnen herauf.

«Wir müssen ihn irgendwie loswerden, ohne dass er Alarm schlagen kann! Und zwar schnell!», drängte Sentence. Er sah seine Felle allmählich unwiderruflich davonschwimmen, wenn das hier noch lange dauerte.

«Lasst mich das machen!»

Sentence und Quint fuhren gleichzeitig herum, als sie die Stimme hinter ihnen vernahmen. Doch es blieb ihnen keine Zeit, sich lange zu wundern, denn Herkules rannte bereits an ihnen vorbei.

«Herr Gendarm, Herr Gendarm! Ich glaube, in dem grossen Gebäude dort oben wurde geschossen! Ihre beiden Kollegen sind dort drin und brauchen bestimmt dringend Ihre Unterstützung! Kommen Sie schnell!», schrie Herkules, während er sich dem erschrockenen Gendarmen wild fuchtelnd näherte.

Nach einem kurzen Blick auf das immer noch geschlossene Fallgitter setzte sich der völlig überrumpelte Gendarm in Bewegung. Erst zögernd, doch dann immer schneller, ging er dem aufgeregten jungen Mann mit der Brille entgegen.

«Bitte beeilen Sie sich, Ihre Kameraden verfolgen den Unruhestifter! Sie sind ihm offenbar dicht auf den Fersen!» Ununterbrochen auf den schnaufenden Ordnungshüter einredend, legte Herkules ein Tempo vor, das seinem Begleiter keine Zeit für langes Nachdenken liess.

172

Ohne einen Blick nach links oder rechts zu verschwenden, mit vor Anstrengung bereits leicht gerötetem Gesicht, schritt er an Quint und Sentence vorbei und merkte nicht, wie sie hinter seinem Rücken durch das Tor verschwanden.

Diesmal hatte Quint keine Mühe, seinen Lauf ohne Sturz abzubremsen. Er stürmte zum Eingang hinauf, der noch immer von innen versperrt war. Als Sentence neben ihm erschien, splitterte bereits das Holz, nachdem er einen erfolglosen Versuch unternommen hatte, die Tür aufzubrechen.

Der Türflügel erwies sich als zäher als Quint vermutet hatte und benötigte mehrere seiner kraftvoll geführten Hiebe, bis er den Weg ins Innere des Gebäudes endlich freigab.

Ein Schuss liess die beiden herumfahren. Vor dem oberen Torhaus standen die drei Gendarmen in einer Reihe, der mittlere mit in den Himmel gestrecktem Arm, und fuchtelten mit ihren Pistolen herum.

«Bleiben Sie, wo Sie sind, und ergeben Sie sich!», schrie derjenige, der den Warnschuss abgegeben hatte. «Nehmen Sie die Hände hoch! Sie kommen hier nicht weg!»

Die Dreierkette näherte sich nun, aber sehr langsam. So ganz geheuer schien ihnen die Sache nicht zu sein, und die Erlebnisse der vergangenen Nacht waren bestimmt noch in ihren Köpfen präsent.

«Gehen Sie schon mal vor und lassen Sie mich das machen!», sagte Sentence ruhig und zog seinen Revolver aus der Rocktasche. «Wozu habe ich das Ding den sonst mitgenommen, wenn ich es schon nicht als Keule benutzen konnte?» Genüsslich spannte er den Hahn und streckte wie zuvor der Gendarm den rechten Arm in die Luft, so dass die langläufige Waffe gut zu erkennen war.

Augenblicklich stoppte die Dreierkette. Als Sentence den Abzug durchzog und sich donnernd der Schuss löste, spritzten die Gendarmen auseinander. Interessiert beobachtete Jack Sentence ihre unterschiedlichen Reaktionen. Während sich der mittlere Held bäuchlings in den von der Sonne aufgeweichten Schneematsch warf, rannte der Kollege rechts von ihm zurück in die zweite Vorburg. Der Dritte blieb wie angewurzelt stehen und streckte die Hände so hoch in die Luft, dass es schon fast grotesk war.

In aller Ruhe lud Sentence seinen Sechsschüsser nach. Als er damit fertig war, hob er erneut den Arm, so dass der Lauf wieder zum Himmel zeigte. Diesmal liess er ihn jedoch langsam sinken, bis die Waffe auf das obere Torhaus zielte.

Der noch stehende Gendarm zog die Arme ein, als ob er sich die Finger verbrannt hätte, drehte sich schnell um und rannte wie zuvor sein Kamerad durch das Torhaus, während der letzte noch verbliebene Kämpfer den Kopf in seinen Armen vergrub und noch tiefer in den Matsch zu kriechen schien.

«Wo bleiben Sie denn?», rief Quint von oben. «Die Tür hier ist auch verrammelt! Etwas können Sie auch zu unserer Flucht beitragen, wenn Sie schon so eine vorsintflutliche Kanone mit sich herumschleppen!»

«Ich komme ja schon!», verkündete Sentence gutgelaunt. «Treten Sie beiseite, Sie ausrangierter Meisterspion!» Er legte auf das neue Ziel an, und fünf Schüsse später war das Hindernis beseitigt.

«Wie praktisch», stellte Quint mit einem schelmischen

Grinsen fest. «Der verhinderte Pförtner hat sein Refugium so zurückgelassen, dass wir auf demselben Weg von hier verschwinden können wie er. Somit brauchen wir nicht erst das Gitter hochzuziehen und sparen dadurch eine Menge Zeit.» Er machte eine einladende Handbewegung. «Nach Ihnen!»

Sentence sah ihn unsicher an. «Das meinen Sie doch nicht im Ernst, Quint! Wie wollen Sie das mit Ihrer Hand schaffen?»

«Machen Sie sich um mich keine Sorgen! Sehen Sie stattdessen lieber zu, dass Sie endlich Ihren Hintern aus dem Fenster kriegen, bevor unsere Verfolger neuen Mut gefasst haben!»

Schulterzuckend fügte sich Sentence in sein Schicksal. Er stopfte den Revolver in die Rocktasche und kroch rückwärts aus dem Fenster. Hand über Hand kletterte er mit den Füssen an der Gebäudemauer in den Vorhof hinunter.

Als er endlich unten war, atmete er erleichtert auf. Mit einem Blick durch das Fallgitter überzeugte er sich davon, dass die Wirkung seiner kleinen Demonstration noch nicht verpufft war.

«Was starren Sie so sehnsüchtig durch das Gitter? Nun kommen Sie doch endlich!»

Verblüfft drehte sich Sentence zum grinsend hinter ihm stehenden Quint um. Wie hatte der Kerl das mit nur einer gesunden Hand bloss so schnell geschafft?

«Abseilen ist ein Bestandteil der Standardausbildung für Agenten, den selbst ausrangierte Meisterspione noch beherrschen!»

Sie rannten den ganzen Weg.

Als sie den Platz am Fuss des Burghügels erreicht hatten, fragte Sentence: «Wo steht denn eigentlich Ihr Wagen?»

«Das frage ich mich auch gerade!»

19. Kapitel

Die Bewegungen des kleinen Punktes auf Prochorows Display deuteten darauf hin, dass sein Zielfahrzeug scharf nach links abgebogen und langsamer geworden war. Er drosselte das Tempo ebenfalls, um nicht zu nah aufzuschliessen und womöglich bemerkt zu werden.

Ein paar hundert Meter weiter führte ein gekiester Weg in ein Waldstück hinein und entzog sich seinem Blick nach einer Rechtskurve. Das musste der Grund für den abrupten Richtungswechsel sein. Der Wagen hatte die Strasse hier verlassen.

Langsam liess Prochorow seinen Kombi über den an schattigen Stellen noch schneebedeckten Weg rollen. Vor der Rechtskurve hielt er an und stieg aus. Zu Fuss legte er die Richtungsänderung zurück, um nicht plötzlich mit einer unangenehmen Situation konfrontiert zu sein. Doch seine Sorge erwies sich zunächst als unbegründet. Hinter der Biegung folgte eine mehr oder weniger gerade verlaufende, übersichtliche Strecke, die erst nach schätzungsweise hundert Metern wieder einen Knick nach links machte und zwischen den Bäumen verschwand.

Prochorow ging zurück, um sein Auto zu holen, damit es von der Strasse aus nicht mehr zu sehen war. Als er die Tür öffnete, rollte gerade der Opel langsam an der Abzweigung vorbei. Grinsend setzte er sich in den Wagen und lenkte ihn um die Kurve. Dort stieg er wieder aus und wartete.

Es dauerte nicht lange, bis sich Motorgeräusch näherte. Langsam kam die Front des Opels in Sicht. Als die Lenkerin den Russen neben seinem Wagen stehen sah, nahm ihr Gesicht einen Ausdruck an, als ob man sie bei einer ungehörigen Tat erwischt hätte. Sofort stoppte sie und wollte den Rückwärtsgang einlegen, doch als er sich ihr gemächlich näherte, verriegelte sie stattdessen schnell beide Türen.

Prochorow blieb stehen und hob beschwichtigend seine Hände auf Brusthöhe. Dabei lächelte er die hübsche Frau freundlich an. Vielleicht hörte sie ihm ja zu, anstatt gleich panisch die Flucht zu ergreifen. Vor ihm brauchte sie sich nicht zu fürchten.

«Ich fühle mich ja geschmeichelt, dass eine so attraktive Frau ständig hinter mir herfährt!», begann er so laut, dass sie es eigentlich trotz des im Leerlauf drehenden Motors auch bei geschlossenen Fenstern hören musste. «Aber ich möchte unter keinen Umständen, dass Sie sich unnötig in Gefahr begeben! Drehen Sie um, bevor es zu spät ist! Mit den Männern, hinter denen Sie und Ihr Begleiter offenbar her sind, ist nicht zu spassen!» Er war sich jetzt sicher, dass es die Frau aus dem Gasthof war. Diese schönen Augen hatte er schon einmal gesehen. Darüber konnten ihn auch die langen Haare nicht hinwegtäuschen.

Sie sah ihn einen Moment lang forschend an. Schliesslich legte sie den Rückwärtsgang ein, wandte sich um und fuhr zügig zur Strasse zurück.

Als das Auto in Richtung Burg verschwunden war, ging Prochorow zu seinem Wagen zurück und fuhr langsam weiter bis zur nächsten Biegung. Dort ging er nach der gleichen Methode vor wie bei der ersten.

Zwischen den Bäumen auf der linken Seite des Weges

waren die Umrisse einer hohen Mauer zu erkennen, die ihm den Blick auf das dahinterliegende Gelände verwehrte. Das wollte er sich genauer ansehen! Aber zuerst musste sein Auto vom Weg herunter und irgendwo geparkt werden, wo es nicht gleich jedem auffiel.

Zwölf Minuten später stand Prochorow wieder an derselben Stelle. Seinen Kombi hatte er in eine schmale Lücke unweit der Strasse manövriert, die immerhin so weit ins Unterholz hinein reichte, dass man das Fahrzeug nicht auf Anhieb erkennen konnte. Die Spuren im Schnee hatte er so gut es ging mit einem herumliegenden Ast verwischt.

Er hob sein Fernglas, das er aus dem Wagen mitgenommen hatte, und nahm die Mauer näher in Augenschein. Sie mochte um die drei Meter hoch sein und zog sich vom Weg auf einer Länge von rund dreissig Metern zum hinter dem Grundstück ansteigenden Gelände hin. Dahinter war das Giebeldach eines Hauses zu erkennen, aus dessen Schornstein grauweisser Rauch aufstieg.

Prochorow liess das Fernglas sinken und verliess den Weg. Ohne grossen Lärm arbeitete er sich durch den Wald, dessen mit Laub und dürren Zweigen übersäter Boden bis auf einige wenige Stellen schneebedeckt war.

Als er sich auf gleicher Höhe mit der Mauerecke befand, begann das Gelände vor ihm zwar nicht besonders steil, aber kontinuierlich anzusteigen. Dies würde es ihm ermöglichen, von oben herab einen Blick hinter die hohe Einfriedung zu werfen und sich ein Bild der Situation zu machen.

Schritt für Schritt stieg er den baumbestandenen Hügel hoch, bis er freie Sicht auf das schräg unter ihm liegende Areal hatte. Neben dem dicken Stamm einer mächtigen Buche ging er in die Hocke und setzte das Fernglas an die Augen.

Die von seinem Beobachtungsposten aus gesehen rechte Seite des gut tausend Quadratmeter grossen Grundstücks wurde von einem verwahrlosten Haus aus Steinen dominiert, dessen einziges Anzeichen für die Beherbergung menschlicher Wesen der rauchende Schornstein war. Mehrere Scheiben waren kaputt, und die wenigen Fensterläden, die nicht geschlossen waren, hingen schief an ihren Beschlägen. Zwei Stufen führten zum Eingang, den Prochorow jedoch von seinem Standort aus nicht sehen konnte. Weiter links, in unmittelbarer Nähe zur dem Hang entlanglaufenden Mauer, stand ein weiteres, deutlich kleineres Gebäude mit schräg nach hinten geneigtem Dach.

Durch die Lücke zwischen den beiden Gebäuden konnte Prochorow dicht nebeneinander abgestellte und aufeinandergestapelte Autos erkennen, von denen die meisten nur mehr Wracks waren. Davor stand ein rostiger Mobilseilbagger. Ganz offensichtlich war das hier ein Schrottplatz – oder, was besser klang, eine Autoverwertung. Zumindest auf den ersten Blick. Bei genauerem Hinsehen konnte man jedoch den Eindruck gewinnen, dass es sich nur um eine Kulisse zur Tarnung anderer Aktivitäten handelte.

Ein funktionstüchtiges Fahrzeug, mit dem die Schatzräuber hergekommen sein konnten, war nirgends zu sehen, und wenn ihn nicht der Peilsender hierhergeführt hätte, wären ihm wohl selbst Zweifel gekommen. Aber sie mussten hier sein! Im Haus brannte offensichtlich ein Feuer, und die Spuren an den schneebedeckten Stellen waren ebenfalls deutlich zu erkennen. Vermutlich befand sich das Auto im kleinen Gebäude, dessen Eingang er nicht sehen konnte. Er würde sich Gewissheit verschaffen!

Sein prüfender Blick blieb an einem Ast des an der Mauerecke hinter der vermuteten Garage stehenden Baumes hängen. Mit einem Seil sollte es möglich sein, zuerst auf den Baum und von dort in den Hof hineinzugelangen. Das Seil fehlte zwar im Moment noch, aber das würde er umgehend ändern.

Vorsichtig verliess Prochorow seinen Beobachterposten und marschierte zu seinem Wagen zurück. Er konnte nicht warten, bis die Frau ihren Begleiter hierher gelotst haben würde, wenn es ihm gelungen war, die Burg zu verlassen.

Mit umgehängtem Abschleppseil begab sich der GRU-Agent anschliessend wieder zur Rückseite des Grundstücks mitten im Wald. An der Mauerecke löste er das Seil und warf das eine Ende über den dicken Ast, der etwa einen Meter über der Mauer ein Stück weit auf das Schrottplatzgelände ragte.

Der erste Wurf sass. Prochorow zog sich an den beiden Seilenden hoch, bis er den Ast erreicht hatte und sich daran auf die Mauerkrone hangeln konnte. Dort liess er sich auf die Knie nieder und zog die Seilschlaufe über den Ast nach, so dass die Enden nun innerhalb der Mauer hinunterhingen.

Auf dem Areal rührte sich noch immer nichts. Behände kletterte er in den Hof hinunter. Im Schutz des kleinen Gebäudes zog er seine nagelneue, auf Basis der Makarov entwickelte PB 9 mm mit integriertem Primärschalldämpfer aus dem Schulterholster. Auf das Aufschrauben des Sekundärschalldämpfers verzichtete er, da die Pistole dann fast doppelt so lang war und er ohnehin nur im äussersten Notfall davon Gebrauch machen würde.

Ein vorsichtiger Blick um die Ecke des Gebäudes schien seine Theorie zu bestätigen. Die Reifen- und Fussspuren endeten vor einem geschlossenen Holztor. Demnach war das hier tatsächlich die Garage. Vielleicht befand sich die Beute noch im Wagen und wartete nur darauf, dass er sie von hier wegbrachte.

Beim Haus drüben war nach wie vor alles ruhig. Prochorow schob sich an der Wand entlang zum rechten Torflügel und versuchte, den Griff der Verriegelung zu betätigen. Abgeschlossen! Während er mit der linken Hand den Dietrich aus der Tasche zog, behielt er die Haustür im Auge. Es gefiel ihm nicht, dass er sich zum Öffnen des Schlosses abwenden musste, aber es ging nun einmal nicht anders.

Bevor er den Dietrich wieder einsteckte und die Torverriegelung öffnete, blickte er nochmals zum Haus hinüber. Alles wie gehabt. Er zog den Flügel langsam ein Stück weit auf. Im fensterlosen Raum dahinter brannte Licht, das wohl jemand zu löschen vergessen hatte, denn ausser einer fast die gesamte linke Wand einnehmenden Werkbank und der daneben auf dem Holzboden stehenden Werkzeugkiste war der Schuppen leer.

Rasch schlüpfte er hinein und zog das Tor hinter sich zu. Während er nachdenklich die bescheidene Einrichtung musterte und sich sein weiteres Vorgehen überlegte, ertönte ein Surren, und er spürte, wie sich der Boden unter ihm bewegte!

Zentimeter um Zentimeter hob sich der Aufzug. Der Spalt zwischen den Brettern unter seinen Füssen und der rechteckigen Öffnung darunter wurde stetig grösser, während die Decke über Prochorow, der sich sicher-heitshalber auf den Bauch legte, langsam aber unaufhalt-sam näher rückte.

«Hoffentlich hat Hubert was Ordentliches auf dem Herd stehen! Ich habe Kohldampf!», äusserte eine Stimme unter dem nur noch einen knappen Meter von der Raumdecke entfernten Boden erwartungsvoll. Das Surren verstummte, und zur grossen Erleichterung Prochorows wurde seine Bewegungsfreiheit nicht noch mehr eingeschränkt.

«Was sollen denn Harry und ich sagen? Wir haben seit gestern Morgen nichts mehr zwischen die Zähne gekriegt! Hätte dir zur Abwechslung auch … wieso ist das Tor offen? Ich habe doch abgeschlossen!» Die Stimme klang scharf und bedrohlich.

«Vielleicht hast du in der Aufregung den Schlüssel wieder herausgezogen, ohne ihn vorher umzudrehen», beruhigte ihn ein dritter Mann. «Immerhin haben wir in den letzten Stunden einiges durchgemacht! Da kann …»

«Halts Maul!», unterbrach ihn der andere grob. «Wenn ich sage, dass ich abgeschlossen habe, dann ist es auch so! Da draussen muss sich jemand herumtreiben, der uns nachschnüffelt! Das ist bestimmt einer der Schweinehunde, die uns auf der Burg immer dazwischengefunkt haben! Oder beide! Los, sehen wir nach! Und fackelt nicht lange, klar? Aber passt auf, dass ihr nicht aus Versehen Hubert abknallt!»

20. Kapitel

Etwas ratlos sah sich Quint um. Wo mochte Ingrid bloss stecken? Eigentlich hätte sie Sentence und ihn den Weg hinunterrennen sehen müssen, wenn sie sich am zuvor mit ihm vereinbarten Platz auf die Lauer gelegt hatte. Aber warum kam sie dann nicht schleunigst mit dem Opel angebraust? Hatte sie ihre Stellung vorzeitig verlassen müssen? Weil Kramer und Harry sie entdeckt hatten und sie deshalb in Bedrängnis geraten war? Oder hatte sie etwa einfach aufgrund ihrer berüchtigten weiblichen Intuition auf eigene Faust die Verfolgung der beiden aufgenommen, obwohl er es ihr ausdrücklich verboten hatte? Auf die Weiber war einfach kein Verlass! Er hatte es ja schon immer gewusst!

Doch unter dem oberflächlichen Ärger war Quint zutiefst beunruhigt. Er hatte Ingrid in der kurzen Zeit als sehr zuverlässig kennen und auch schätzen gelernt; obwohl er Letzteres natürlich nie zugeben würde.

Besorgt blickte er wieder in beide Richtungen der Strasse. So allmählich mussten sie von hier verschwinden, wenn sie nicht riskieren wollten, nochmals mit den Gendarmen in Berührung zu kommen!

«Unsere Chefin lässt sich ja ganz schön Zeit», bemerkte Sentence misstrauisch. «Scheint so, als hätte sie es sich anders überlegt und sich aus dem Staub gemacht.»

«Sagen Sie mir lieber, wo Sie Ihr Auto versteckt haben, anstatt zu unken! Vielleicht musste sie verschwinden, weil Kramer sie gesehen hat. Immerhin ist sie schon einmal fast einem Mordanschlag seiner Schergen zum Opfer gefallen!»

Sentence sah Quint betroffen an. «Das hat der Dreckskerl versucht? Scheint ja ein ganz mieses Schwein zu sein! Kommen Sie, mein Wagen steht dort drüben hinter einem Schuppen!» Er stiefelte los und wollte die Strasse überqueren. Als er das von rechts schnell näherkommende Auto bemerkte, blieb er auf der linken Fahrspur stehen, um es zuerst vorbeizulassen.

«Da kommt sie ja!» Die Erleichterung in Quints Stimme war unüberhörbar. Eilig betrat er ebenfalls die Strasse und winkte.

Der Wagen wurde langsamer und hielt direkt neben Quint. Die Tür wurde aufgestossen, und Ingrid rief ihm aufgeregt zu: «Da sind Sie ja endlich! Steigen Sie schnell ein, ich weiss, wo Kramers Versteck ist! Der Russe ist bereits dort!»

Quint ging schnell um das Fahrzeug herum und riss die Tür auf. Während er den Beifahrersitz nach vorn kippte, rief er über das Wagendach: «Lassen Sie Ihr Auto hier, Sentence! Dann können wir während der Fahrt unser weiteres Vorgehen besprechen!»

Als Sentence ebenfalls eingestiegen war, fuhr Ingrid los und wendete den Opel, indem sie ihn mit vollem Lenkeinschlag über die Gegenfahrbahn auf den Platz und wieder zurück auf die Strasse jagte. Die beiden Passagiere mussten sich festhalten, um nicht mit ihren Köpfen gegen die Seitenscheiben zu schlagen.

«Vergessen Sie nicht, dass das hier mein Wagen ist, währenddessen sich Ihrer in meiner Garage von Ihrem rüpelhaften Fahrstil erholt!», ermahnte Quint Ingrid und warf ihr im Rückspiegel einen finsteren Blick zu. In

Wahrheit war er einfach nur froh, dass sie wohlauf war und nichts von ihrer Energie eingebüsst zu haben schien.

«Sie haben doch gesagt, dass ich ihn notfalls behalten kann!», entgegnete sie gutgelaunt und konterte seinen Blick mit einem schelmischen Grinsen. «Deshalb soll sich das tückische Ding schon mal an mich gewöhnen!» Dann wurde sie ernst. «Unser Zimmernachbar scheint uns einen Schritt voraus zu sein!» Sie erzählte knapp und präzise, was sich seit ihrer Ankunft am Fuss des Burghügels alles ereignet hatte.

«Dann hat unser russischer Freund also einen Schatten», sinnierte Quint, als er auf Ingrids nächtliche Beobachtung zwischen den Büschen zurückkam. «Vielleicht habe ich ihn zu Unrecht verdächtigt, in meinem Zimmer herumgeschnüffelt zu haben. Möglicherweise war das der andere, und der hat sich einfach in der Zimmertür geirrt, als er unserem Nachbarn einen heimlichen Besuch abstatten wollte. Das könnte der Kerl sein, mit dem ich beinahe zusammengestossen bin, nachdem man meine Bewerbung als Schauspieler abgelehnt hat. Also vermutlich noch ein Sowjetagent! Auf jeden Fall müssen wir damit rechnen, dass uns der geheimnisvolle Unbekannte Schwierigkeiten bereiten könnte – zusätzlich zum ganzen Kramergesindel und dem ersten Russen! So allmählich reicht es aber mit Gegnern, finden Sie nicht auch, Sentence?»

«Ja», antwortete Sentence heiser und starrte angestrengt zum rechten Seitenfenster hinaus. Sollte das etwa wieder eine Anspielung sein? Hatte Quint deshalb gewollt, dass er nicht mit seinem eigenen Auto fuhr? Er bereute inzwischen, dass er Leconte angeheuert hatte, und hoffte, dass der Franzose nicht gesehen hatte, wie er in diesen Wagen gestiegen war. Quint hatte recht, sie hatten auf der Burg wirklich schon mehr als genug Ärger gehabt. Und mit zwei potentiellen Sowjetagenten im Genick brauchte es nicht auch noch einen hinterhältigen Halsabschneider vom Schlage eines Louis Leconte. Aber er konnte es nicht mehr ändern und nur noch hoffen, dass Quint lediglich bluffte und ihm nicht wirklich auf die Schliche kam. Sonst konnte es richtig unangenehm für ihn werden! Ausserdem hatte die Tatsache, dass dieser Kramer die sympathische Frau neben ihm kaltblütig ermorden wollte, seine Einstellung zu diesem Auftrag grundsätzlich geändert.

«Dort vorn ist die Abzweigung!» Ingrid deutete auf den von der Strasse abgehenden Kiesweg und nahm den Fuss vom Gaspedal.

«Fahren Sie bis zur ersten Biegung, von der Sie erzählt haben, und halten Sie dann!», ordnete Quint an. «Ab dort gehen wir zu Fuss weiter! Wir müssen uns möglichst schnell einen Überblick verschaffen, um rasch die nächsten Schritte zu definieren!»

«Sollten wir unser Auto nicht tarnen, so gut es geht? Zum Beispiel in der Schneise dort drüben?», wandte sich Ingrid an Quint, als sie die Stelle erreicht hatten.

«Wenn Sie es sich zutrauen, meinen Wagen rückwärts dort hinein zu manövrieren, ohne grösseren Schaden anzurichten?», bemerkte Quint spöttisch mit zweifelndem Unterton. «Aber lassen Sie uns vorher aussteigen!»

Während Ingrid den Opel versteckte, sahen sich die beiden Männer aufmerksam um. Quint deutete auf einen dünnen, halb umgestürzten Baum neben dem Weg.

«Die entwurzelte Buche dort bietet sich geradezu als Strassensperre an, finden Sie nicht auch? Falls es uns gelingt, den Schatz und Kramer von hier wegzuschaffen, könnte es sich als nützlich erweisen, allfällige Verfolger ein wenig zu beschäftigen. So ohne Weiteres werden uns Harry und seine Freunde bestimmt nicht ziehen lassen wollen!»

Sentence nickte düster und musste dabei wieder an Leconte denken. Warum hatte er nicht wenigstens diesmal auf seine Tricksereien verzichtet und sich mit seinem Anteil zufriedengegeben? Nur dieses eine Mal!

Quint marschierte auf den Baum zu und drückte prüfend gegen den schrägen Stamm. Sofort gab er nach, und die Buche senkte sich bedrohlich um etliche Zentimeter.

«Passen Sie auf, sonst haben Sie Ihre Strassensperre schon, bevor sich unser Fluchtauto auf der richtigen Seite befindet!», warnte Sentence und warf einen beunruhigten Blick zur Baumkrone hinauf.

«Solange wir hier sind, wird er hoffentlich noch halten. Ich habe nicht vor, herumzutrödeln und noch mehr Zeit als unbedingt notwendig in der Gesellschaft dieses Gesindels zu verbringen. Wo bleibt eigentlich unsere Hobbyfahrerin? So gross ist mein Auto nun wirklich nicht!»

Wie auf Kommando erschien Ingrid zwischen den Bäumen und eilte auf ihre beiden Begleiter zu. Besorgt registrierte Quint, dass sie sehr aufgeregt wirkte. Hoffentlich musste er seinen alten Opel nicht abschreiben!

«Wie viele Beulen und Kratzer sind es insgesamt?», wollte er vorsichtig wissen.

Doch Ingrid ging gar nicht darauf ein. «Unser Nachbar hat sein Auto ebenfalls dort versteckt!», stiess sie erregt hervor. «Er muss sich also noch hier in der Nähe aufhalten!»

«Dann haben Sie ihn jetzt sozusagen zugeparkt?»

«Ja! Solange unser Wagen dort steht, kommt er mit seinem Kombi nicht mehr weg!»

«Ausgezeichnet! Ich nehme an, Sie haben rundum abgeschlossen?»

Ingrid verdrehte die Augen. «Natürlich! Was sonst?»

Quint grinste zufrieden. «Dann kann er uns zumindest nicht durch die Lappen gehen, während wir uns ein wenig umsehen. Beeilen wir uns!»

Wie schon vor ihnen Prochorow, näherten sich die drei Kundschafter vorsichtig dem Grundstück mit dem Schrottplatz, wobei sich Sentence, der die Nachhut bildete, immer wieder umsah. Ein Hinterhalt liess sich nie gänzlich ausschliessen, und da sich ausser Kramer und seiner Bande auch noch Vertreter des Ostblocks hier herumtrieben, war grösste Vorsicht geboten.

Neben der linken Mauerecke der Frontseite blieben sie stehen und lauschten. Vom Areal hinter der Steinmauer war kein Geräusch zu vernehmen, das auf die Anwesenheit von Menschen hätte schliessen lassen. Aber der rauchende Schornstein besagte etwas anderes, und der Russe war sicher auch nicht aus reiner Liebe zur Natur hier.

Quint hob die Hand, um Ingrid und Sentence zu signalisieren, dass sie sich nicht von der Stelle rühren sollten. Langsam ging er auf das in der Mauermitte montierte Tor zu. Ein vorsichtiger Blick zwischen den schmiedeeisernen Stäben hindurch vermittelte ihm einen ersten Eindruck der dahinterliegenden Welt: Ein altes, heruntergekommenes Haus auf einem Schrottplatz, der sein Produktivitätsmaximum ebenfalls hinter sich zu haben schien – sofern diese Bezeichnung für einen Autoabbruch überhaupt angemessen war. Auf jeden Fall rührte sich absolut nichts, was auf die Verrichtung von legalen Arbeiten schliessen liess, und alles andere hätte Quint in Kramers Fall auch stark gewundert.

Ganz rechts an der hinteren Mauer befand sich offenbar noch ein weiteres, relativ kleines Gebäude. Aber mehr als einen sehr schmalen Abschnitt konnte Quint aus seiner Position zwischen der Hausecke und den Autowracks hindurch nicht erkennen. Vielleicht würde sich ein Blick von der Anhöhe hinter dem Areal lohnen. Er wollte sich gerade zurückziehen, als er eine Stimme hörte, die sich eindeutig Kramer zuordnen liess.

21. Kapitel

Beim Verlassen der Garage betätigte Kramer den Schalter für den Aufzug und löschte das Licht. Als er den Torflügel hinter sich zugeknallt und abgeschlossen hatte, war es im Raum stockdunkel.

Während sich der Boden unter ihm langsam absenkte, kroch Prochorow zum Rand und riss ein Streichholz an. Unter ihm stand ein dunkelgrüner Wagen, der gerade wieder in der Versenkung verschwand. Rasch liess der GRU-Agent das Zündholz hinterher fallen und richtete sich auf.

Mit einem Satz war er auf dem schmalen Bereich zwischen Werkbank und Öffnung und sprang von dort aufs Geratewohl auf die Plattform des Warenaufzugs. Wenige Sekunden später schloss sich die Decke über ihm, was Prochorow jedoch nach dem Erlöschen der kleinen Flamme in der Finsternis nicht sehen konnte, und der Aufzug kam zum Stillstand.

Ein zweites Streichholz flammte auf. Hier unten war die Einrichtung noch kärglicher als im Raum darüber. Genau genommen gab es gar keine, sondern lediglich zwei auf den Kiesboden gestellte Holzkisten am hinteren Ende der mit Mauerziegeln verstärkten Grube. Den daneben liegenden, noch nagelneu aussehenden Kuhfuss bemerkte er erst kurz bevor er sich die Finger verbrannte. Wahrscheinlich sollte das Raubgut hier in handlichere Transporteinheiten umgepackt werden, um es unauffällig nach und nach in Sicherheit bringen zu können.

Für die nächste Begutachtung benötigte Prochorow keine offene Flamme; die Innenraumbeleuchtung des Wagens funktionierte tadellos, als er die Fahrertür öffnete. Der Zündschlüssel steckte nicht. Doch das war das kleinste Problem.

Viel grössere Sorgen bereitete ihm das Eisentor am anderen Grundstückende. In geschlossenem Zustand stellte es für das Auto ein unüberwindbares Hindernis dar, und es zu öffnen, nachdem er zuerst mit dem Wagen über den ganzen Platz gefahren war, schien ihm ebenfalls keine besonders erfolgversprechende Option zu sein. Also blieb ihm nur die Möglichkeit, die Dunkelheit abzuwarten und das Tor unbemerkt zu öffnen, bevor er seinen Ausbruch wagte. Aber bis dahin dauerte es noch eine Weile, und die vier Ganoven konnten ihm jeden Moment einen Strich durch die Rechnung machen, indem sie hier unten aufkreuzten und sich mit den Kisten beschäftigten.

Vorsichtshalber sammelte er schon einmal die abgebrannten Streichhölzer ein, nachdem er sich vergewissert hatte, dass der Kofferraum des Wagens nicht abgeschlossen war. Wenn die Bande wieder hier auftauchte, blieb ihm wohl nichts anderes übrig, als sich entweder dort drin zu verstecken oder sich unter den Wagen zu legen, wobei er Letzteres eindeutig vorzog.

Hier unten bleiben wollte er nicht, denn falls es den Kerlen einfiel, die Sicherungen für den Aufzug herauszudrehen, dann sass er hier wie eine Ratte in der Falle. Er konnte nur hoffen, dass sie nach ihrer erfolglosen Suche nach ihm zur Ansicht gelangten, dass er bereits wieder das Weite gesucht und sein Abschleppseil aus Zeitdruck oder Nachlässigkeit zurückgelassen hatte. Andernfalls würde es auf eine Schiesserei hinauslaufen.

Ein paar Minuten später schien sich seine Befürchtung zu bewahrheiten. Oben wurde das Tor geöffnet. Während er lautlos unter das Fahrzeug kroch und seine PB feuerbereit in der rechten Hand hielt, ging das Licht an, und gleich darauf setzte sich der Aufzug wieder in Bewegung.

Ausser dem Surren des Elektromotors war nichts zu hören. Entweder war dort oben nur einer oder sie wussten, dass er hier sein musste und beabsichtigten, ihn ohne Vorwarnung mit Blei vollzupumpen!

Prochorows Nerven waren zum Zerreissen gespannt, als die Plattform sich der nur noch wenige Zentimeter höher gelegenen Bodenkante näherte. Wenn sie ihn aus verschiedenen Richtungen unter Feuer nahmen, dann sah es ganz schlecht für ihn aus!

Andererseits waren seine Gegner bestimmt nicht scharf darauf, sich gegenseitig zu verletzen. Schon die Beschädigung der Reifen konnte nicht in ihrem Interesse sein, obwohl der Schrottplatz vielleicht wider Erwarten doch noch ein paar unversehrte Räder zu bieten haben mochte.

Der Aufzug stoppte abrupt, als die Plattform mit dem Raumboden bündig war. Nichts geschah. Prochorow hatte freie Sicht nach draussen, und mit zwei raschen Seitenblicken vergewisserte er sich, dass auch um ihn herum keine Waffen auf ihn gerichtet waren. Irgendetwas war hier oberfaul! Erwarteten seine Gegner etwa, dass er seelenruhig aus der Garage und mitten in ihren Kugelhagel spazierte?

«Komm raus und ergib dich!», rief eine befehlsgewohnte Stimme irgendwo vor dem halbgeöffneten Tor.

«Oder wir servieren dir blaue Bohnen, bis du daran krepierst! Hast du verstanden? Ich zähle jetzt bis drei! Wenn du bis dahin nicht mit hoch erhobenen Händen rausmarschiert kommst, holen wir dich – nachdem du an Bleivergiftung abgekratzt bist! Eins! Zwei! Drei!»

Draussen wurde das Feuer eröffnet, doch seltsamerweise war in der Garage nichts davon zu spüren. Keine dumpfen Einschläge, keine sirrenden Querschläger – nichts dergleichen. Entweder schossen die Kerle miserabel oder sie bluffften! Wahrscheinlich bangten sie also doch um die Autobereifung.

Als das Geballere aufhörte, fiel Prochorow noch eine dritte Variante ein. Blitzschnell rollte er sich auf die linke Seite und feuerte instinktiv dorthin, wo er den Eigentümer des knackenden Gelenks vermutete. Noch bevor er den Schmerzensschrei vernahm, sah er das einknickende Bein neben dem linken Vorderrad. Deshalb also das sinnlose Geknalle! Das war nur ein Ablenkungsmanöver, damit ihn der Schreihals hinterrücks erledigen konnte! Aber daraus wurde wohl nichts!

Die Kugel schien den Unglücksraben wesentlich mehr zu schmerzen als seine sich möglicherweise anbahnende Arthrose, denn der Schrei fand seine Fortsetzung in einem regelrechten Gebrüll. Auf dem Bauch kroch der Verletzte an Prochorow vorbei auf den Ausgang zu. Seine Mordlust schien verflogen zu sein. Jedenfalls hatte er die Pistole zu Boden fallen lassen und zeigte keinerlei Interesse mehr an ihr. Vielleicht hatte ihn die Kugel ins Knie getroffen. Dann musste er eben die Operation etwas vorziehen, dachte Prochorow grimmig. Bei der Gelegenheit konnte er ja auch gleich das Knacken beheben lassen.

«Nicht schiessen, das ist Harry!», rief die Stimme von

vorhin. «Verschwinde aus der Schusslinie, Harry, damit wir die Mistsau erledigen können!»

Bevor das kraftlos nachgezogene Bein ganz um die Ecke verschwunden war, setzte das Sperrfeuer ein. Und diesmal waren die Auswirkungen in der kleinen Garage deutlich zu spüren. Mehrere Kugeln prallten vom Wagen ab und suchten sich ein anderes Ziel. Zwei oder drei Projektile vermochten die Fahrzeugkarosserie zu durchschlagen, ein weiteres liess das linke Rücklicht zersplittern. Auch die Heckscheibe wurde zerstört. Aber erstaunlicherweise blieben alle vier Reifen unversehrt, da die Schützen zu hoch zielten – noch!

«Er liegt unter dem Wagen! Ihr müsst tiefer halten!», schrie der angeschossene Harry während einer kurzen Feuerpause mit hasserfüllter Stimme. «Knallt den verfluchten Dreckskerl endlich ab!» Offenbar war sein Wunsch nach Rache grösser als die Schmerzen in seinem Bein.

Prochorow rollte sich sofort zur Seite und kam unter dem Auto hervor. Wenn sich seine Gegner auf den schmalen Bereich zwischen Fahrzeugunterboden und Aufzugsplattform einschossen, dann war er innert Kürze ein Sieb!

Während die nächste Salve abgefeuert wurde, drückte er sich an der freien Seitenwand entlang zum Tor und liess den Aufzug einen knappen Meter hinunter, was sofort mit wütendem Geschrei und verstärktem Feuer quittiert wurde. Die ihres neuen Zielbereichs beraubten Geschosse trafen wieder den Wagen, und Prochorow sah sich augenblicklich von zahlreichen Querschlägern umschwirrt.

Glücklicherweise wurde das Feuer gleich darauf wieder eingestellt, da die wütenden Schützen einsehen mussten, dass sie so nur ihre Munition vergeudeten. Prochorow nutzte die Gelegenheit für einen erneuten Standortwechsel. Mit einer Ziegelmauer im Rücken und auf beiden Seiten fühlte er sich hinter dem Auto relativ sicher.

Da er bisher lediglich einen einzigen Schuss abgegeben und sein Ziel getroffen hatte, war seine Bilanz einwandfrei, und er brauchte sich somit bezüglich Verteidigungsfähigkeit vorerst keine grossen Sorgen zu machen. Weit mehr als das Scharmützel störte ihn allerdings der dadurch entstandene Zeitverlust. Jede Minute, die er hier festsass, kam seinen Konkurrenten zugute. Und wie es aussah, konnte die Sache hier noch länger dauern!

«Ergib dich endlich! Lebend kommst du hier sonst nicht mehr raus!»

Prochorow beschloss, die Sache etwas abzukürzen. «Das werden wir ja sehen! Noch habt ihr mich nicht!», rief er zurück und jagte zur Bekräftigung seiner Worte ohne gross zu zielen eine Kugel hinterher.

Die Antwort kam prompt und wie erwartet in Form eines erneuten Kugelregens. Prochorow schrie laut auf, während er das Magazin entfernte und durch ein volles ersetzte. Die Waffen verstummten. Sein Trick schien zu funktionieren!

«Hast du nun endlich genug?» Es klang triumphierend. «Komm langsam mit erhobenen Händen raus, dann tun wir dir nichts!»

«Dann können wir das Schwein gleich an seinem eigenen Seil aufhängen!», geiferte Harry. «Wenn es der Hurensohn mit dem verfluchten Revolver ist, dann will ich ihm damit den Hocker unter den Füssen wegschiessen!»

196

«Sei still, du Idiot!», schnauzte ihn sein Chef an.

«Ich kann nicht rauskommen! Ich habe einen Bauchschuss!» Prochorow liess einen Schmerzensschrei folgen, mit dem er selbst Harry Konkurrenz machen konnte. «Es tut so höllisch weh! Kommt doch endlich und helft mir!» Mit einem Wimmern brach er ab.

Eine Weile blieb es abgesehen von Harrys echtem und Prochorows nachgeahmtem Gejammer ruhig. Man schien sich zu beraten.

«Wirf zuerst deine Pistole raus, damit wir sehen, dass du uns kein Theater vorspielst!», liess sich endlich die höhnische Stimme des Anführers vernehmen.

«Ich komme nicht an sie ran! Sie ist mir runtergefallen, als ich getroffen wurde! So helft mir doch endlich, bevor ich verblute!» Prochorow legte seine ganze Schauspielkunst in die entscheidende Szene. Entweder sie glaubten ihm jetzt oder nie.

«Also gut, wir kommen dich jetzt holen! Aber wehe, wenn das ein Trick ist!»

Ohne sein erbärmliches Gestöhne zu unterbrechen, zielte Prochorow ruhig auf den noch leeren Eingang und wartete auf das Erscheinen der barmherzigen Samariter. Die jedoch liessen sich Zeit mit ihrem Einsatz. Ganz geheuer schien ihnen die Sache verständlicherweise nicht zu sein.

Er überlegte gerade, was die Kerle dort draussen wieder für eine Schweinerei aushecken mochten, als langsam der Lauf einer Pistole auf der rechten Seite des Tors zum Vorschein kam. Gleich darauf erschien auch eine Gesichtshälfte in der Öffnung, jedoch nicht dort, wo man es unter normalen Umständen erwarten konnte, sondern deutlich tiefer als die Waffe und dazu erst noch auf der anderen Seite!

Bevor sich dem GRU-Agenten überhaupt die Gelegenheit bot, das unerwartete Ziel anzuvisieren, war es auch schon wieder verschwunden. Stattdessen zeigte nun der erste Späher seine hässliche Visage über der Pistole.

Ruhig drückte Prochorow ab. Das Geschoss durchschlug den hölzernen Torflügel auf Brusthöhe und traf den dahinter stehenden Mann in den Oberarm. Die Pistole fiel direkt vor der offenen Seite des Tors auf den Boden, und niemand würde sie von dort entfernen, solange Prochorow in der Lage war, seine Waffe abzufeuern.

Das Wutgeheul des Getroffenen wurde übertönt von der Drohung seines Chefs. «Elender Bastard!», tobte er. «Das war dein Todesurteil!»

«Na, dann komm doch endlich rein, wenn du dich traust, Grossmaul! Worauf wartest du denn noch? Ein elender Feigling bist du, der sich hinter ein paar Versagern versteckt!»

«Jetzt bist du fällig, du verfluchter Schweinehund! Wir werden dich dort drin ausräuchern, und wenn …!»

Der Schuss, der Kramers Hasstirade unterbrach, klang anders als die bisherigen. Es machte den Anschein, dass sich eine dritte Partei in den Konflikt einmischte. Fragte sich nur wer, und welche konkreten Auswirkungen das auf seine Pläne hatte.

22. Kapitel

Quint konnte Kramer nicht sehen, aber dessen Aufforderung an Prochorow, sich zu ergeben, hatte er deutlich verstanden. Diesmal schien der Russe in ernsthaften Schwierigkeiten zu stecken.

Als gleich darauf eine wilde Schiesserei einsetzte, rannte Quint zu Ingrid und Sentence zurück. Diese grossartige Gelegenheit galt es auszunutzen! Solange die Kramerbande mit dem widerspenstigen Ostagenten beschäftigt war, bestand eine reelle Chance, unbemerkt auf das Areal zu gelangen!

«Ingrid, holen Sie den Wagen! Halten Sie am Ende dieser Biegung, damit Sie mich gut sehen können! Wenn ich Ihnen ein Zeichen gebe, fahren Sie sofort zügig, aber möglichst niedertourig am Eisentor vorbei und stoppen den Opel so dicht an der Mauer, dass keine Hand mehr dazwischen passt! Sobald ich über die Mauer bin, fahren Sie langsam weiter und versuchen, irgendwo zu wenden! Bleiben Sie ausser Sichtweite, aber nah genug, dass Sie meine Trillerpfeife hören können! Wenn es soweit ist, kommen Sie mit dem Wagen zum Tor! Alles klar? Dann los, und beeilen Sie sich!»

Während Ingrid losrannte, erläuterte Quint Sentence seinen Auftrag: «Sie verschanzen sich auf der Anhöhe hinter dem Grundstück! Wenn Sie mich ausserhalb der Mauer auf dem Autodach stehen sehen, sorgen Sie mit Ihrer Kanone für eine kleine Ablenkung, damit ich unbemerkt auf das Gelände gelange! Haben Sie genügend von Ihren Geschossen dabei, um das Pack einige Zeit zu beschäftigen?»

Sentence nickte grinsend. «Dafür wird es bestimmt reichen! Passen Sie bloss auf, dass Sie mir nicht in die Schusslinie rennen!»

«Richten Sie sich mit Ihrer Schusslinie gefälligst nach meinen Bedürfnissen, sonst schiesse ich zurück!», erwiderte Quint trocken. «Und achten Sie darauf, dass Sie den Russen nicht zu sehr in seiner Bewegungsfreiheit einschränken, wo er uns doch so schön unterstützt!»

Sie trennten sich, und Quint huschte während des nächsten Schusswechsels am Tor vorüber. Dem Geschrei nach zu urteilen, ging es dort drin ganz ordentlich zur Sache. Vielleicht wäre es klüger, einfach abzuwarten, bis keiner mehr imstande war, eine Waffe abzufeuern, statt sich wie ein junger Heisssporn ins Getümmel zu stürzen. Aber falls der Russe wirklich in ernsthaften Schwierigkeiten steckte, konnte er nicht einfach tatenlos zusehen; irgendwie war das nicht sein Stil.

Ungeduldig sah er sich nach seinem Auto um. So allmählich musste Ingrid dort hinten aufkreuzen, wenn sie nicht Gefahr laufen wollten, dass es für den Russen bereits zu spät war! Da kam sie ja endlich! Sofort winkte er Ingrid zu, bedeutete ihr jedoch gleichzeitig, ganz langsam zu fahren.

Während der Wagen im Schritttempo auf ihn zurollte, versuchte Quint, die Lage hinter der Mauer einzuschätzen und einen möglichst günstigen Zeitpunkt für dessen Passieren des Tors zu erwischen. Allerdings war das mittlerweile fast ununterbrochene Geschrei inzwischen zu einer Lautstärke angeschwollen, bei der es nicht einmal mehr der reichlich abgegebenen Schüsse bedurft hätte, um ungehört daran vorbeifahren zu können.

So sah Quint denn auch keinerlei Veranlassung, Ingrid zu einem Zwischenhalt aufzufordern, als sie die Mauerecke erreichte und ihn durch die Windschutzscheibe fragend ansah. Erst als sich das Auto genau an der Stelle befand, die er für sein Vorhaben ausgesucht hatte, hob er die rechte Hand.

Schnell stieg er über die Stossstange auf die Motorhaube und kletterte von dort weiter auf das Wagendach, wo er sich kniend langsam so weit aufrichtete, dass er über die Mauerkrone schauen konnte. Viel mehr als zuvor durch die Stäbe des Tors sah er zwar auch nicht, da der Autoberg direkt vor ihm zweistöckig und damit fast ebenso hoch wie die Mauer war. Aber für seine Gegner galt das Gleiche, und somit ging das in Ordnung. Auch Sentence konnte er auf die Schnelle nirgendwo zwischen den Bäumen ausmachen, aber viel wichtiger war, dass Sentence ihn sah!

Der Schuss, der dem wütend herumschreienden Kramer das Wort abschnitt, brachte die Bestätigung, dass dem so war. Um sicherzugehen, dass die Gangster den Schützen nicht in der falschen Richtung suchten und dabei ihn entdeckten, wartete Quint noch mit dem Betreten des Areals unter ihm.

«Schluss mit dem Theater!», dröhnte gleich darauf die kräftige Stimme seines Geschäftspartners über den Platz. «Wenn ihr meinem Kumpel dort drin auch nur ein Haar krümmt, knalle ich euch Witzfiguren alle ab, und wenn ich dazu das ganze Gelände mit meinem Smith & Wesson umpflügen muss! Dann macht ihr alle Bekanntschaft mit meinem Revolver, nicht nur das hässliche Narbengesicht! Und zwar richtig!»

Noch bevor Sentence seine etwas vollmundige Ansage beendet und mit einem weiteren Schuss unterstrichen hatte, richtete sich Quint ganz auf und kletterte auf die Mauer, wo er sich auf den Bauch legte und sich mit den Beinen voran langsam auf der Innenseite hinunterrutschen liess, bis er den Halt verlor. Als der Knall verhallt war, kauerte er bereits mit der SIG in der Hand hinter einem rostigen VW Käfer.

«Das ist er!» Die Stimme überschlug sich vor Entsetzen. «Das ist der Kerl, der mich auf der Burg in eine Falle gelockt hat! Nun schiesst doch endlich, bevor er uns alle erledigt!»

Nicht weit von Quint entfernt krachte es, als die beiden noch dazu befähigten Männer Lechners Aufforderung nachkamen. Auch Sentence schoss, aber da er sich Quints Worte offenbar zu Herzen genommen hatte und nicht riskieren wollte, ihn zu treffen, war der arme Harry wieder der Leidtragende.

«Er schiesst auf mich!», kreischte er. «So hilf mir doch, Wolfgang! Ich liege hier ohne Deckung und bin ihm völlig schutzlos ausgeliefert!» Das Kreischen ging in einen gellenden Schrei über, als die nächste Kugel aus dem Revolver das dreckige Wasser einer kleinen Pfütze in Lechners Gesicht spritzen liess.

«Feuer einstellen!», schrie Kramer. «Nicht mehr schiessen!» Er wartete, bis es ruhig war, bevor er zum Hang hinaufrief: «He, du dort oben, hör mir jetzt genau zu! Wenn du deinen Kumpel lebend wiedersehen willst, dann komm herunter und lass uns verhandeln! Man kann über alles reden!»

Ein höhnisches Lachen war die Antwort, gefolgt vom erneuten Pfützentaucher einer 44er Magnum Patrone, der Lechner an den Rand eines Nervenzusammenbruchs trieb.

«Frag doch mal deinen Puppenfreund, was er davon hält, auf dem Präsentierteller zu liegen, während du grosse Sprüche klopfst! Kriecht aus euren Löchern hervor und lasst die Waffen fallen! Ich kann euch nicht garantieren, dass ich beim nächsten Schuss auch so gut treffe! Nach einer gewissen Zeit werde ich immer ein bisschen nervös, und dann beginnen meine Hände zu zittern!»

Das nächste Geschoss verfehlte die Pfütze um ein paar Zentimeter und liess vor Harrys Nase ein Gemisch aus Schnee und Dreck aufspritzen.

«Siehst du, es geht schon los!» Sentence hatte Mühe, Lechners Geheul zu übertönen. Aber er ging davon aus, dass man ihn auch so verstanden hatte. Soweit er es beurteilen konnte, war Quints Position noch nicht günstig genug, um den ihm am nächsten positionierten Gegner ausser Gefecht zu setzen. Also brauchten die Kerle noch etwas mehr Unterhaltung, damit sie nicht auf den dummen Gedanken kamen, sich umzusehen. Aber zunächst einmal musste er nachladen.

«Hör jetzt mit dem Unfug auf und lass uns stattdessen reden! Auf diese Weise wirst du deinen Busenfreund nie mehr lebend in die Arme schliessen können!»

«Ach, wenn ich es mir recht überlege, so eng befreundet sind wir nun auch wieder nicht! Also lass dir was Besseres einfallen!»

Zur Abwechslung pfiff das erste Projektil der neuen Serie nicht Lechner um die Ohren, sondern bohrte sich in den ohnehin schon fast platten Reifen eines gelben Wagens in Kramers Nähe. Die Verständigung war einfacher ohne Harrys Geschrei. Doch der brüllte auch diesmal wieder wie am Spiess, obwohl er gar nicht wissen konnte, welches Ziel Sentence anvisiert hatte. Hoffentlich entwickelte sich das nicht zu einer lästigen Angewohnheit.

Diesmal war es Kramer, der höhnisch lachte. «Was versprichst du dir davon, auf Schrottautos zu ballern? Denkst du etwa, ich lasse mich von dir einschüchtern? Auf diese Weise kannst du deinem Kumpan ganz bestimmt nicht helfen! Gib es endlich auf und komm runter, damit wir uns irgendwie einigen können!»

«Weiterschiessen und nicht umdrehen! Sonst bist du fällig!», zischte eine Stimme hinter Sentence böse.

Leconte! Also hatte dieser miese, kleine Dreckskerl ihn doch in Quints Auto steigen sehen!

«Hörst du schlecht? Du sollst die Kerle alle abknallen! Und wenn ich sage alle, dann meine ich damit auch diesen Quint, den du übers Ohr hauen wolltest! Einen nach dem anderen, bis nur noch wir beide übrig sind!»

«Was soll das?» Sentence drehte den Kopf ein wenig, aber Leconte belehrte ihn sogleich eines Besseren.

«Nicht umdrehen! Habe ich mich unklar ausgedrückt? Noch so ein Versuch, und ich leg dich um! Und jetzt schiess endlich! Fang mit dem Waschlappen an! Den wirst du ja wohl hoffentlich auf Anhieb treffen!»

Widerwillig hob Sentence den Revolver und zielte auf Harrys verwundetes Bein. Er würde bei der Schussabgabe etwas höher halten, aber falls sich sein Opfer im falschen Moment bewegte und dadurch trotzdem getroffen wurde, so hielt sich der Schaden wenigstens einigermassen in Grenzen.

Noch bevor die Kugel den Lauf verlassen hatte und ihrem Ziel entgegenraste, wusste Sentence bereits, dass

Harry ein Pechvogel war. Es war nicht mehr als ein durch heftiges Niesen verursachtes Durchschütteln des im Matsch liegenden Körpers. Aber es reichte.

Brüllend zuckte Lechner zusammen, als das heisse 44er Projektil eine Fleischwunde auf der Rückseite seines Oberschenkels hinterliess.

«Du elender Feigling!», schrie Kramer, und Sentence konnte es ihm nicht einmal verdenken. Einem wehrlos auf dem Boden liegenden Verwundeten nochmals in sein ohnehin schon verletztes Bein zu schiessen, zeugte wahrlich nicht von Mut und Ehre. Aber ein Edelmann war dieser Harry ja schliesslich auch nicht gerade, und in Anbetracht der ungünstigen Umstände konnte er damit mehr als zufrieden sein. Immerhin barg die Missachtung von Lecontes Anordnung auch für ihn ein erhebliches Risiko!

Um entsprechend drohende Repressalien möglichst zu vermeiden, jagte Sentence gleich noch zwei Geschosse durch den Lauf. Als Ziel hatte er sich diesmal wieder Kramers Deckung ausgesucht.

«Du sollst die Kerle erschiessen, nicht bloss einschüchtern!»

«Wie soll ich einen sicheren Schuss anbringen, wenn sie sich alle entweder zwischen den Schrotthaufen oder hinter dem Schuppen verschanzt haben?», verteidigte sich Sentence.

«Dein Partner pirscht sich gerade an den Anführer heran! Also knall ihn endlich ab, oder du bist selber dran!»

Sentence kniff die Augen noch mehr als üblich zusammen. Es wurde langsam eng für ihn! Er richtete die langläufige Waffe auf Quint, dessen Kopf und Oberkörper zwischen den Autowracks deutlich zu erkennen war, und spannte den Hahn. Als Quint sich etwas vorbeugte, drückte er ab und schoss, bis der Hammer auf eine leere Hülse schlug.

«Die Trommel ist leer! Ich muss nachladen!», erklärte er überflüssigerweise und hoffte, dass Leconte nicht abdrückte, während er die Trommel ausschwenkte und die Hülsen herausfallen liess.

«Du hast doch absichtlich danebengeschossen, du …!»

Der Revolverlauf traf Leconte mit grosser Wucht an der rechten Backe und liess die Haut aufplatzen. Sentence wollte sofort nachsetzen, aber er kam aus seiner knienden Position nicht schnell genug auf die Füsse. Flink wie ein Wiesel, rannte der lediglich mit einem Messer bewaffnete Franzose den Hang hinunter und verschwand zwischen den Bäumen auf der linken Seite des Grundstücks.

Sein Ärger darüber, dass ihn Leconte reingelegt und gar nicht mit einer Schusswaffe auf ihn gezielt hatte, war schnell verflogen, als eine Kugel in den Baum direkt neben ihm einschlug. Ganz offensichtlich kannte man dort unten jetzt seinen genauen Standort. Nachdem er zwei Schüsse auf Quint abgegeben hatte, war sich Jack Sentence allerdings nicht so sicher, ob wirklich die Kramerbanditen auf ihn feuerten.

23. Kapitel

Instinktiv zog Quint den Kopf ein, als dicht hinter ihm zwei Kugeln gegen die verbeulten Karosserien prallten. Kein Zweifel: Sentence schoss auf ihn!

Obwohl ihn der Halunke – bewusst oder unabsichtlich – nicht getroffen hatte, war nun möglicherweise Kramer auf ihn aufmerksam geworden. Und das gerade jetzt, kurz bevor er sich endlich in einer günstigen Position befand, um den Schurken zu überrumpeln und unschädlich zu machen!

Wie von Quint befürchtet, machte sich Kramer offenbar seine eigenen Gedanken über die merkwürdige Zielauswahl des Heckenschützen. Während Panhuber auf die zum ersten Mal zwischen den Bäumen des Hanges zu erkennende Gestalt feuerte, sah sich sein Chef aufmerksam nach der Stelle um, wo die Kugeln die Abbruchautos getroffen haben mussten. Vorsichtig entfernte er sich rückwärtsgehend in Richtung seines noch immer auf den längst wieder in Deckung liegenden Sentence feuernden Spiessgesellen.

Panhuber zuckte erschrocken zusammen, als Kramer plötzlich unerwartet hinter ihm stand und ihn am Arm berührte, während er ihm zuraunte: «Pass auf, wir ziehen uns ins Haus zurück, bevor die uns ins Kreuzfeuer nehmen! Ich glaube, hinter uns schleicht noch einer von denen rum! Du gibst mir Feuerschutz! Wenn ich drüben bin, machen wir es umgekehrt, und du kommst nach!»

«Aber was wird aus Harry und Paul? Wir können sie

doch nicht einfach hier draussen zurücklassen!», gab Panhuber zu bedenken, während er nervös nach dem dritten Gegner Ausschau hielt.

«Ist dir noch nicht aufgefallen, dass beide nur verwundet sind? Die Mistkerle schiessen absichtlich daneben, weil sie anscheinend Skrupel haben, uns abzuknallen! Sonst wäre Harry schon längst tot! Die sind nur hinter dem Gold her!», beschwichtigte ihn Kramer leise.

«Aber wenn sie mit dem Gold und unserem Wagen türmen?»

«Das Tor ist ja verschlossen! So leicht kommt da keiner raus! Und nun hör auf zu quasseln und gib mir Deckung! Ich renne jetzt los!»

In kürzester Zeit brachte Kramer die wenigen Meter hinter sich und verschwand in der Türöffnung des alten Hauses. Der Umstand, dass dabei kein einziger Schuss abgefeuert worden war, schien Panhuber zur sofortigen Nachahmung zu ermuntern, zumal sich ja offenbar ein Gegner in seinem Rücken befand. Fast noch schneller als Kramer rannte er über den Platz, aber diesmal krachte wieder der von seinem Kumpel Harry so sehr gefürchtete Revolver. Trotzdem erreichte auch er die schützenden Hausmauern unversehrt.

Angesichts der neuen Situation erschien es Quint sinnlos, noch mehr Zeit zu vertrödeln. Sie waren nicht für die Belagerung einer festungsähnlichen Ruine ausgerüstet, und abgesehen von seiner Abmachung mit Ingrid interessierte ihn in erster Linie der Goldschatz, nicht dieser Kramer. Vielleicht ergab sich später noch eine Gelegenheit, den Mörder aus dem Verkehr zu ziehen, wenn er ihre Flucht mit dem Gold verhindern wollte. Und wenn nicht, dann war es eben Pech. Auch Ingrid konnte nicht verlangen, dass er wie Agamemnon vor Troja wartete, bis jemandem eine Kriegslist einfiel.

Da er sich insbesondere nach den aktuellsten Ereignissen nicht auf Sentence verlassen konnte, hielt Quint es für angezeigt, das Schmieden einer neuen Allianz in Betracht zu ziehen.

Darauf bedacht, nach allen Seiten bestmöglich vor gezielten und verirrten Kugeln geschützt zu sein, rief er in Richtung Garage: «Hallo, Zimmernachbar! Können Sie mich verstehen?»

«Klar und deutlich!», antwortete Prochorow umgehend.

«Ausgezeichnet! Ist bei Ihnen soweit alles in Ordnung? Oder sind Sie verletzt?»

«Was wäre Ihnen denn lieber?», tönte es aus dem Halbdunkel des Raums zurück.

Quints Gesicht verzog sich zu einem schwachen Grinsen. «Im Grunde genommen ist es mir gleichgültig! Allerdings würde ich es momentan bevorzugen, wenn es Ihre Verfassung zulassen würde, mir beim Verladen einer Kiste behilflich zu sein! Sehen Sie sich dazu grundsätzlich in der Lage?»

Es entstand eine kurze Pause, bevor Prochorow fragte: «Nur eine Kiste? Nicht doch eher beide?»

Quint fand langsam Gefallen an dem Russen. Der Kerl war vielleicht gar nicht so übel.

«In Anbetracht der besonderen Umstände sowie unter Berücksichtigung Ihres Beitrags zur Sicherstellung des Schatzes würde ich mich mit der Hälfte der Beute zufriedengeben! Ich schlage Ihnen deshalb sozusagen ein Gentleman's Agreement vor!»

«Sicherstellung? Sind Sie Polizist?»

«Nein!» Quint wählte seine Worte mit Bedacht. «Nicht direkt! Aber ich arbeite derzeit sozusagen für Justitia! Reicht Ihnen das fürs Erste?»

Diesmal dauerte es etwas länger, bis Quint eine Antwort bekam. Vermutlich überlegte der Agent gerade, wie der Genosse Generalsekretär reagieren würde, wenn er den Auftrag nur zur Hälfte ausführte. Bei allem, was man im Westen über die Sowjetunion hörte, war das leicht nachvollziehbar.

«Ich denke, eine Kiste liesse sich machen! Aber keinesfalls mehr!» Die im zweiten Satz enthaltene Warnung war deutlich. Aber Quint hatte damit kein Problem, sofern der Russe sein Wort hielt – und davon ging er aus.

«Abgemacht! Dann sollten wir vielleicht zunächst einmal die Gegend von dem Gesindel säubern, das vor Ihrer Zufluchtsstätte herumlungert! Oder wie sehen Sie das?»

«Gute Idee, aber wie wird sich der Revolverschütze nach unserem Deal verhalten? Gehört er zu Ihnen? Oder arbeitet er auf eigene Faust?»

«Sowohl als auch, denke ich! Ursprünglich war er mein Geschäftspartner, aber nachdem er vorhin zweimal auf mich geschossen hat, lässt sich sein Verhalten im Augenblick nur schwer abschätzen! Notfalls müssen wir ihm die Zähne ziehen!»

«Der Revolverschütze steht nach wie vor auf Ihrer Seite!», schrie Sentence, der die laute Unterhaltung mit grossem Interesse verfolgte, mit heiserer Stimme. «Das vorhin war ein Notfall, den ich Ihnen später erklären werde!» Bei dem Gedanken, Quint die Wahrheit sagen zu müssen, erschienen kleine Schweissperlen auf seiner Stirn. Dieser verfluchte Leconte! Hätte er sich doch nur nie mit der dreckigen Ratte eingelassen!

«Gut, klären wir das später!» rief Quint zu Sentence hinauf.

Seine nächsten Worte waren wieder an Prochorow gerichtet. «Also, dann komme ich jetzt zum Saubermachen! Sind die beiden Pfeifen eigentlich noch bewaffnet?»

«Ihre Pistolen haben sie hier abgegeben, und der lautere der beiden ist ebenfalls unter meiner Kontrolle! Aber den anderen kann ich von hier aus nicht sehen; seien Sie also vorsichtig!»

«Dann komme ich jetzt!»

«Erschrecken Sie nicht, ich sorge dafür, dass niemand seine Nase aus dem Haus streckt!» warnte Sentence Quint, um nur ja keine Missverständnisse aufkommen zu lassen. Gleich darauf trat sein Revolver wieder in Aktion.

Geduckt rannte Quint mit der Pistole in der Hand auf das kleine Gebäude zu. Kramer und Panhuber hatten keine Chance, etwas dagegen zu unternehmen, da die Schüsse von Sentence zu präzise lagen.

«Na, dann wollen wir die Lumpen mal einsammeln!», bemerkte Quint mit grimmigem Spott, als er an Lechner vorbei direkt auf Stöger zusteuerte, der mit an die Wand gelehntem Oberkörper neben dem Tor sass und sich mit schmerzverzerrtem Gesicht den rechten Arm hielt. «Los, hoch mit dir, oder der andere Arm wird dir auch gleich wehtun!», verkündete er mit unheilvoller Miene.

Er steckte die SIG hinter dem Rücken in den Hosenbund, packte den wehleidig dreinblickenden Ganoven am Kragen und zog ihn mit unwiderstehlichem Charme an der Fassade hoch.

Als Stöger stand, liess Quint ihn los und nahm seine Pistole wieder in die Hand. «Da rüber!», kommandierte er. «Du kannst dich auf der anderen Seite hinsetzen und deinem Kumpel Gesellschaft leisten, damit mein Freund mit der schweren Artillerie euch beide gut sehen kann! Dass er beim Schiessen manchmal etwas zittert, hast du ja bestimmt mitbekommen!»

Ohne sich weiter um die beiden Jammergestalten zu kümmern, ging Quint langsam auf das halb geöffnete Tor zu und hielt zum Zeichen seiner friedlichen Absicht beide Hände locker auf Hüfthöhe leicht vorgestreckt, so dass der Lauf der SIG seitlich auf den Boden gerichtet war.

Betroffen blickte der Russe auf Quints linke Hand. Dieses Handicap war ihm bisher entgangen.

«Ein Unfall?», fragte er leise.

«Sozusagen, ja. Ende 1942, bei meinem letzten Auftrag als Agent des MI6. Aber jetzt brechen Sie nicht gleich in Tränen aus, damals waren Sie noch klein und unschuldig!»

Prochorow nickte verstehend. Quint glaubte, in seinem Blick so etwas wie Respekt zu erkennen.

«Und jetzt stehen Sie also im Dienste der Gerechtigkeit», wechselte der Russe das Thema, wobei er leise genug sprach, dass niemand ausser ihm und Quint seine Worte verstehen konnte. «Ist Ihre Justitia grünäugig und attraktiv?», erkundigte er sich mit einem Augenzwinkern.

«Ja. Sie sind ihr schon begegnet.»

«Ein Glück, dass sie keine Augenbinde trägt! Bei diesen wunderschönen Augen!»

«Und vor allem kein Schwert!», ergänzte Quint grinsend. «Mit etwas Glück werden Sie sie nachher sehen. Aber nun lassen Sie uns zum Geschäftlichen kommen,

212

damit wir dieses ungastliche Grundstück möglichst bald verlassen können! Wie ich sehe, hat der Wagen hier etwas gelitten, aber für den Transport der beiden Kisten zu unseren eigenen Fahrzeugen wird er es wohl noch tun, oder?»

«Das denke ich auch. Sie schlagen also vor, dass wir damit einen Ausbruch wagen sollen?»

«Sofern Sie keine bessere Idee haben?»

«Nein, aber mir bereitet das Eisentor ein wenig Kummer! Ein Panzer als Rammbock wäre jetzt nicht schlecht! Aber den werden wir hier wohl kaum finden.» Prochorow starrte nachdenklich zum Schrotthaufen hinüber.

«Das nicht, aber wie wär's als Ersatz mit einem Bagger?»

«Das alte Stück Rost dort drüben?», fragte der Russe skeptisch. «Besonders robust sieht der ja nicht gerade aus!»

«Ich habe ja auch nicht vor, damit das Tor zu rammen», entgegnete Quint mit einem listigen Lächeln. «Wozu hat das Ding denn einen Greifer? Wir heben das Tor damit einfach aus den Angeln! Oder reissen es mitsamt der Verankerung aus der Mauer; je nachdem, wie es sich gerade ergibt!»

Prochorow nickte langsam. «Das könnte tatsächlich klappen. Aber Kramer und sein letzter noch einsatzfähiger Komplize werden alles daransetzen, dies zu verhindern! Und der Bagger ist leider nicht gepanzert, ganz zu schweigen von einer Führerhausausführung mit kugelsicheren Scheiben!»

«Trotzdem werde ich das Risiko eingehen, wenn Sie meinen zwielichtigen Partner dabei unterstützen, mir die beiden Gangster vom Leib zu halten. Aber zuvor sollten wir die Vorbereitungen für unseren Ausbruch treffen, meinen Sie nicht auch?»

Prochorow nickte zustimmend. «Wenn der Revolverschütze alles unter Kontrolle hat, könnten wir uns jetzt den Kisten widmen.»

«Das hat er, verlassen Sie sich darauf! Nach der kleinen Irritation von vorhin wird er auf der Hut sein und sich nichts mehr zuschulden kommen lassen!», stellte Quint aus tiefster Überzeugung fest.

«Dann lassen Sie uns anfangen! Bleiben Sie genau dort stehen, wir müssen eine Etage tiefer!» Prochorow drückte auf den grünen Knopf an der Wand und stellte sich neben Quint, während der Aufzug langsam nach unten fuhr und schliesslich rund zwei Meter tiefer stoppte.

«Haben Sie schon einen Blick in eine der Kisten geworfen?», erkundigte sich Quint beim Anblick des Kuhfusses.

«Nein, dazu hatte ich bisher keine Gelegenheit. Zweifeln Sie daran, dass sich wirklich Gold darin befindet?»

«Eigentlich nicht. Kramer wird schon wissen, was er vor dreiundzwanzig Jahren vergraben hat. Umsonst hat er die ganze mit der Bergung der Kisten verbundene Mühe bestimmt nicht auf sich genommen. Aber das Werkzeug würde ich gern mitnehmen, um meinem Geschäftspartner seinen Anteil zu geben, sofern wir hier heil rauskommen und ich dann der Ansicht bin, dass er überhaupt noch einen Anteil verdient, nachdem er auf mich geschossen hat.»

«Kein Problem. Ich habe nicht vor, meine Kiste zu öffnen. Ich werde sie meinen Vorgesetzten in dem Zustand übergeben, wie ich sie von hier abtransportiere.» Prochorow öffnete den Kofferraum.

Quint, der seine Pistole inzwischen wieder in den Hosenbund gesteckt hatte, umfasste mit der rechten Hand den Griff der ersten Kiste. «Sie sind in staatlichem Auftrag hinter dem Schatz her, oder?»

«So ist es.» Gemeinsam hievten sie die Kiste in den Wagen.

«KGB?»

«Nein! GRU!»

«Also sozusagen die militärische Konkurrenz», überlegte Quint laut und nickte zufrieden, während sie sich der zweiten Hälfte ihrer Ladung widmeten. «Dann ist Ihr Schatten wohl vom KGB?»

Prochorows Miene verfinsterte sich, als er schweigend nickte und den Kofferraumdeckel zuschlug.

«Bekommen Sie keine Schwierigkeiten, wenn Sie nur mit der Hälfte der Beute von Ihrem Einsatz zurückkehren?»

«Meine Vorgesetzten wissen ja nicht, wie gross unsere gesamte Ladung ist. Ausserdem könnte es genauso gut sein, dass ich mit leeren Händen zurückkomme. Oder noch schlimmer, dass mein Rivale am Ende doch noch das Rennen macht! Also sind schätzungsweise vierzig Kilogramm Gold doch wirklich nicht schlecht, oder?»

Mit sorgenvoller Miene lauschte Ingrid den Schüssen. Sie hatte das Fenster einen Spaltbreit geöffnet und wartete auf das Ertönen von Quints Signalpfeife.

Als sie die Gestalt im Seitenspiegel wahrnahm, war es bereits zu spät. Die Fahrertür wurde aufgerissen, und das zu einer hässlichen Fratze verzerrte, aus einer Platzwunde blutende Gesicht eines unsympathischen Mannes erschien dicht neben ihr.

«Wenn dein hübsches Gesichtchen nicht Bekanntschaft mit meinem Messer machen will, dann überleg dir genau, was du tust!», zischte Leconte und setzte ihr die Klinge an den Hals. «Hast du mich verstanden?»

Ingrid deutete ein vorsichtiges Nicken an.

«Sehr schön, mein Täubchen! Mach die Beifahrertür auf! Aber ganz vorsichtig, hörst du? Ich nehme jetzt das Messer weg. Aber bei der ersten falschen Bewegung steckt es in deinem Rücken, klar?»

Langsam beugte sich Ingrid über den Beifahrersitz und öffnete die Tür.

«Stoss sie so weit auf, wie du kannst!»

Sie streckte sich und versetzte der Tür einen kräftigen Schubs.

«Jetzt nicht mehr bewegen!»

Bevor sie es richtig realisiert hatte, war er um das Fahrzeugheck herumgerannt und erschien auf der anderen Seite. Mit einer schnellen Bewegung klappte er den Beifahrersitz nach vorn und klemmte ihr damit den Oberkörper ein, während er sich auf den Rücksitz zwängte.

«Zieh die Tür wieder zu! Danach kannst du dich langsam aufsetzen!», befahl Leconte, nachdem er die Fahrertür verriegelt hatte. «Aber versuch ja nicht, zu fliehen oder zu schreien, sonst schlitze ich dich auf wie ein Schwein!»

Als Ingrid wieder aufrecht dasass, packte er sie mit der linken Hand am Jackenkragen. «Verstell den Rückspiegel so, dass du mich nicht mehr sehen kannst! So ist es gut! Du wartest hier auf ein Zeichen deiner beiden Freunde, nicht wahr?»

Ingrid nickte stumm.

«Dann warten wir jetzt gemeinsam, und später wirst du stattdessen mich mit der Beute von hier wegbringen!»

Wie hätte er auch ahnen sollen, dass sich in diesem Moment die dünne Buche den Gesetzen des Universums fügte, indem sie vollends umstürzte und den Weg blockierte?

24. Kapitel

«Ich überlege gerade, ob wir die beiden Verwundeten nicht in den Keller verfrachten sollten, bevor wir uns aus dem Staub machen. Ihre beiden Kameraden können sie ja wieder rauslassen und verarzten, sobald wir weg sind.» Quint verliess die Plattform, als sich der Aufzug wieder auf gleichem Niveau wie das umliegende Terrain befand.

«Soll ich es ihnen schonend beibringen und sie holen?», anerbot sich Prochorow. «Vielleicht hat sogar einer der beiden den Autoschlüssel. Dann brauche ich es nicht kurzzuschliessen.»

«Ich helfe Ihnen.»

Gemeinsam verliessen sie die Garage und näherten sich langsam den beiden verletzten Ganoven.

«Wer hat den Autoschlüssel?»

«Ich», meldete sich der mit dem verwundeten Arm widerwillig.

«Her damit!», forderte Prochorow und wartete, bis Stöger mit der anderen Hand den Schlüssel aus der Jackentasche gefischt hatte.

«Ihr kommt hier nie lebend raus!», giftete Harry, während sein Kumpel dem Russen den Fahrzeugschlüssel hinhielt.

«Abwarten», entgegnete Quint ruhig und packte den auf der Seite liegenden Schurken am Kragen. «Steh auf und beweg deinen Hintern in die Garage! Und stell dich nicht so an, du Mimose! Jedes Kind würde dich dafür auslachen!», fügte er hinzu, als Lechner sich mit seiner gütigen Unterstützung laut stöhnend aufrichtete und sich bei ihm aufstützte.

Mehr von Quint getragen als aus eigener Kraft, humpelte Lechner hinter Stöger her, den Prochorow auf die Plattform geleitete und ihm seinen Platz darauf zuwies. Als beide neben dem Wagen platziert waren, liess Quint den Aufzug in die Tiefe. Prochorow fuhr mit und sorgte dafür, dass sie ohne Zwischenfall in ihrem Verlies ankamen.

«Ihr könnt uns nicht einfach hier unten einsperren!», schrie Stöger in einem Anflug von Panik. «Wenn ihr Kramer und Panhuber abknallt, dann wird uns kein Mensch finden! Und der Sauerstoff wird auch nicht lange reichen! Das ist kaltblütiger Mord!»

«Du sollst doch nicht seinen richtigen Namen nennen, du Fetzenschädel!», zischte Lechner böse.

«Du hast ihn ja vorhin selbst über den ganzen Platz geschrien!», verteidigte sich Stöger aufgebracht.

«Das hättet ihr euch früher überlegen müssen», entgegnete der Russe in gleichmütigem Tonfall. «Gerade zimperlich seid ihr ja auch nicht, sonst hättet ihr nicht auf uns geschossen! Aber da wir keine Unmenschen sind, werden wir die Plattform wieder ein Stück weit absenken, sobald wir den Wagen aus der Garage gefahren haben.»

Er hob den Kopf und rief zu Quint hinauf: «Ich bin dann soweit!»

Als sich das Auto weit genug über dem Boden befand, um die Fahrertür zu öffnen, lehnte sich Prochorow mit dem Oberkörper in den Wagen und steckte den Zündschlüssel ins Schloss.

«Schade, dass er mit dem Heck zum Tor steht», meinte

er bedauernd. «Aber wenn wir ihn jetzt schon wenden, sind unsere Freunde im Haus vorgewarnt.»

«Was vielleicht gar nicht so schlecht wäre, aber erst, wenn ich in der Nähe des Baggers bin. Dadurch liesse sich vielleicht vermeiden, dass ich schon beschossen werde, bevor ich die Karre geentert und den Motor gestartet habe», gab Quint zu bedenken. «Wobei es mich auch nicht wundern würde, wenn der Schlüssel steckt.»

«Es ist Ihre Entscheidung, denn Sie riskieren Ihren Hals, nicht ich. Aber ich kann Ihnen keinen Feuerschutz geben, solange ich das Auto umdrehe.»

«Das ist mir bewusst. Aber dafür haben wir ja unseren Kameraden hinter dem Grundstück. Geben Sie mir fünf Minuten; ich mache einen kleinen Umweg, damit mein Ziel nicht ganz so offensichtlich ist!»

Prochorow nickte. «Viel Glück!»

Mit der Pistole in der Hand verliess Quint die Garage und wandte sich nach rechts. Ohne besondere Eile verschwand er hinter dem Gebäude, wo er den Blicken von Kramer und Panhuber entzogen war. Dort wartete er eine knappe Minute. Beim Anblick des von einem Ast herabhängenden Abschleppseils musste er schmunzeln. So sah also die Eintrittskarte des Russen aus.

Da Sentence das Feuer vorübergehend eingestellt hatte und der bemitleidenswerte Harry sein Gejammer zwei Meter tief unter der Erde fortsetzen musste, lag eine bedrückende Stille über dem Schrottplatzareal. Die Sonne war schon vor einiger Zeit untergegangen, und es war inzwischen merklich kälter geworden.

An der hinteren Schuppenecke startete Quint und rannte so schnell er konnte der Mauer entlang auf die Autowracks zu. Kurz bevor er den schützenden Blechhaufen erreicht hatte, wurde aus dem Haus das Feuer auf ihn eröffnet und umgehend von Sentence und Prochorow erwidert. Unbeschadet verschwand er wenige Meter von seinem eigentlichen Ziel entfernt hinter einem fensterlosen Auto mit eingedrücktem Dach und wartete geduckt auf Prochorows Ablenkungsmanöver.

Kurz darauf wurde ein Motor gestartet. Der dunkelgrüne Wagen schoss rückwärts aus dem Schuppen, wendete unter dem starken Beschuss der beiden Banditen und verschwand wieder in seiner Garage.

Noch bevor Prochorow den Motor abgestellt hatte, sass Quint bereits im Führerhaus des Baggers und studierte aufmerksam die Bedienhebel. Wenn er das Gefährt erst einmal in Gang gesetzt hatte, war dafür keine Zeit mehr. Der Schlüssel steckte tatsächlich, und als Quint der Ansicht war, die Maschine notfalls blind bedienen zu können, schaltete er die Zündung ein und hoffte inständig, dass die Batterie nicht leer war.

Befriedigt nahm er zur Kenntnis, dass zumindest die Kontrollanzeigen funktionierten und die Vorglühanlage intakt zu sein schien. Mit angehaltenem Atem betätigte er den Anlasser mehrere Sekunden lang; zunächst allerdings noch ohne durchschlagenden Erfolg. Aber immerhin verfügte die Fahrzeugbatterie noch über genügend Energie, um den Startversuch überhaupt zu ermöglichen, und das war schon sehr ermutigend. Er wusste ja nicht, wann die Maschine zuletzt verwendet worden war.

Auch beim zweiten Versuch reichte es noch nicht ganz. Aber dann erwachte der Dieselmotor widerwillig zum Leben und stiess eine dunkle Abgaswolke aus. Vorsichtig erhöhte Quint die Drehzahl ein wenig und wartete einen Moment, bevor er den Greifer aufzog und losfuhr.

Schon nach wenigen Metern Fahrt durchschlug eine Kugel das rechte Fenster und liess einen Splitterregen auf Quint niedergehen, der mit über das Lenkrad gebeugtem Oberkörper direkt auf das Tor zuhielt. Da sich das Führerhaus auf der linken Seite des Baggers befand, bot ihm der Aufbau zumindest einen gewissen Schutz vor Kugeln von rechts hinten, und von dort kamen sie mittlerweile auch.

Vor dem Eisentor betätigte Quint die Seilwinde und zog den Schrottgreifer noch etwas höher auf, um ihn gleich darauf in der Mitte der Durchfahrt auf das Tor herabsausen zu lassen. Während er das schwere Werkzeug schloss und sich dessen Schalen wie Finger zwischen die Gitterstäbe schoben, hoffte er, dass Sentence und der Russe ihm den Rücken freihielten; und zwar im wahrsten Sinne des Wortes!

Als sich das Zugseil des Baggers spannte und die beiden Torflügel aus ihren Verankerungen zu reissen drohte, bemerkte Quint plötzlich eine Gestalt neben der Fahrerkabine. Während er den Kopf drehte und in Kramers hasserfüllte Augen blickte, zischte bereits ein Geschoss haarscharf an seinem Gesicht vorbei.

Im nächsten Augenblick zuckte Kramer wie unter einem Peitschenhieb zusammen. Sein zweiter Schuss ging weit daneben. Mit weit aufgerissenen Augen taumelte er und versuchte noch, den Sturz zu vermeiden. Doch da traf ihn bereits Prochorows nächste Kugel und warf ihn zu Boden, wo er regungslos liegen blieb.

Das laute, metallische Geräusch, mit dem die beiden Flügel aneinanderschlugen, als sie mitsamt den Angeln aus der Mauer gerissen wurden, liess Quint seinen Blick

222

von Kramer abwenden. Das Hindernis war beseitigt. Er brauchte nur noch den Bagger wegzufahren. Und sich beim Schützen zu bedanken, der verhindert hatte, dass Kramers zweiter Schuss sein Ziel getroffen hatte!

«Nicht schiessen! Ich ergebe mich!», rief Panhuber laut, als das Motorgeräusch des Baggers verstummt war, und warf seine Pistole zur Haustür hinaus. «Nicht schiessen!»

«Mit erhobenen Händen rauskommen!», kommandierte der GRU-Agent. «Zur Garage rüber!» Ohne seinen Gefangenen aus den Augen zu lassen, fragte er in Quints Richtung: «Sind Sie in Ordnung, Partner?»

«Ja, dank Ihnen! Das war Rettung in letzter Sekunde!»

«Freut mich, das zu hören! Sie können sich revanchieren, indem Sie die Pistolen einsammeln, die hier überall herumliegen!»

Bei der Garage angelangt, dirigierte Prochorow Panhuber neben dem Wagen auf die Plattform. «Leg dich auf den Bauch! Du kannst deinen Freunden Gesellschaft leisten und sie notdürftig verarzten, bis wir der Polizei mitgeteilt haben, wo sie euch findet!»

Er ging um das Auto herum und öffnete den Kofferraum, um den Verbandkasten herauszunehmen, als Quint mit den Pistolen erschien und sie zu den beiden anderen auf die Werkbank legte. «Lassen Sie doch schon mal den Aufzug ein Stück runter, damit die drei Flaschen sich gegenseitig ihr Leid klagen können!»

«Ihr habt versprochen, das Loch ein wenig offen zu lassen, damit wir hier unten nicht ersticken!», beschwerte sich Stöger erregt, als Panhuber mit dem kleinen Koffer zu ihm und Lechner hinunterkletterte.

«Das werden wir auch, nur Geduld! Ihr seid uns bald

los. Aber zuerst müssen wir noch euren toten Chef hier deponieren, damit die Polizei ihn nicht lange suchen muss, falls es bis dahin dunkel ist.»

«Ihr habt ihn umgebracht! Ihr Schweine!», schrie Lechner. «Dafür …!»

«Halt die Klappe, sonst holen wir unseren Kollegen mit dem Revolver!», unterbrach ihn Quint grob und liess den Aufzug wieder nach oben fahren. Augenblicklich verstummte das Gezeter unter ihm.

«Ich fahre schon mal raus», verkündete Prochorow und setzte sich in den Wagen.

Nachdem sie Kramers Leiche in den Schuppen getragen und auf die Plattform gelegt hatten, liess Quint den Aufzug wie versprochen rund zwanzig Zentimeter hinunter. Ohne die drei Gefangenen weiter zu beachten, verliessen sie den Raum und schlossen die beiden Torflügel.

«Ich möchte unter allen Umständen vermeiden, dass die Galgenvögel etwas von der Beteiligung einer Frau an dieser Sache mitbekommen», sagte er leise zu Prochorow. «Nachdem zwei von ihnen sie beinahe überfahren hätten, soll sie nicht auch noch Scherereien mit der Polizei bekommen. Allerdings wird sie wohl nicht sehr erfreut darüber sein, dass sich Kramer nun doch nicht vor Gericht für den Mord an ihrem Bruder verantworten muss. Obwohl er jetzt vermutlich vor einem höheren Richter steht, wird ihr zu Unrecht beschuldigter Bruder dadurch leider nicht rehabilitiert werden … wobei, da fällt mir vielleicht gerade eine Möglichkeit ein!»

Er griff in die Innentasche seiner Jacke und förderte einen Kugelschreiber und ein gefaltetes, etwas zerknittertes Blatt Papier zutage. Ohne Prochorows verständnislosen Blick zu bemerken, faltete er es auseinander und legte es auf den Kofferraumdeckel, wo er es sorgfältig glattstrich.

Nach kurzem Überlegen begann Quint zu schreiben, wobei er den Text leise vor sich hinsagte: «Dieser Tote hiess mit richtigem Namen Wolfgang Kramer und war ein ehemaliger SS-Untersturmführer, Kriegsverbrecher und Mörder, der in den letzten Kriegstagen seine eigene Ermordung vorgetäuscht hat. Gezeichnet: Sonderkommando zur Verfolgung untergetauchter Nazi-Kriegsverbrecher; Rampone.»

«Wer ist Rampone?», wollte Prochorow wissen.

«Keine Ahnung», gestand Quint. «Der Name ist mir spontan eingefallen. Aber er gefällt mir. Wenn die Polizei dieses Schreiben bei Kramers Leiche findet, werden die Ermittlungen in dieser alten Angelegenheit mit etwas Glück wieder aufgenommen, so dass die Wahrheit vielleicht doch noch ans Licht kommt. Um dem Ganzen noch etwas Nachdruck zu verleihen, werde ich mich bei der Benachrichtigung der Polizei unter diesem Namen melden.» Er ging nochmals in die Garage, legte den Zettel gut sichtbar neben den Toten und beschwerte ihn mit Kramers Pistole.

«Ein Glück, dass der Schrottplatz so abgelegen ist», stellte er nach dem Schliessen des Tors fest. «Bei dem Geknalle hätten wir sonst schon längst uniformierten Besuch. Es wird Zeit, dass wir endlich von hier verschwinden!»

25. Kapitel

Als endlich das durchdringende Pfeifen ertönte, mit welchem Quint Ingrid grünes Licht für ihr Erscheinen signalisierte, zuckte Lecontes linker Arm nach vorn und legte sich um den Hals der Frau.

«Tu genau, was ich dir sage! Ein Fehler, und ich schneide dir die Kehle durch! Hast du das kapiert? Ob du das kapiert hast!»

Ingrid nickte, so gut es ging, und rang nach Luft, als sich die Umklammerung lockerte.

«Lass die Scheibe ein Stück runter! Das genügt! Und jetzt fahr los, wie du es mit deinen Freunden vereinbart hast! Aber vergiss nicht eine Sekunde mein Messer!»

Gehorsam startete Ingrid den Motor und fuhr langsam um die Biegung. An der Stelle, wo sich die Einfahrt des Areals befand, stand Quint mitten auf dem Weg und winkte. Doch der Opel behielt stur sein Schneckentempo bei. Auch das erneute, diesmal energische Handzeichen vermochte daran nichts zu ändern.

Ungeduldig wartete Quint, bis der Wagen endlich die Öffnung in der Mauer erreicht hatte. Als Ingrid schliesslich dicht vor ihm stoppte und mit ausdruckslosem Gesicht an ihm vorbeistarrte, sah er durch die Scheibe die Hand, die ihr ein Messer an den Hals hielt. Reflexartig zuckte seine Rechte zur Pistole im Hosenbund, doch sogleich hielt er mitten in der Bewegung inne.

«Noch so eine hastige Bewegung, und deine Freundin versaut dir das ganze Auto mit Blut!», schrie der Mann, dessen Kopf hinter dem Fahrersitz zum Vorschein kam. «Nimm die Hände hoch und geh langsam auf das Grundstück zurück! Und sag Sentence, er soll keine Dummheiten machen, sonst ist die Schlampe fällig! Los, mach schon!»

In ohnmächtigem Zorn drehte sich Quint um und ging langsam vor dem Wagen her. Sentence! Dieser verfluchte Narr hatte es also tatsächlich nicht lassen können, ein falsches Spiel mit ihm zu treiben! Er hatte ja von Anfang an damit gerechnet und sich entsprechend darauf eingestellt. Aber dass der abgefeimte Halunke dadurch Ingrid in Lebensgefahr gebracht hatte, war unverzeihlich!

«Wenn ich hier lebend rauskomme, können Sie sich auf etwas gefasst machen!», schrie er wütend zur Anhöhe hinauf. «Machen Sie jetzt bloss nicht noch alles schlimmer, Sie Mistkerl!»

Prochorow, der die Situation sofort erfasst hatte, wog die Chancen für eine Befreiung der Geisel ab. Aber das Risiko, dass die Frau dabei getötet wurde, erschien ihm viel zu gross. Wenn der Kidnapper die Nerven verlor, würde er sie vermutlich umbringen, selbst wenn dies seinen eigenen Tod bedeuten konnte. Also verhielt er sich passiv und blieb ruhig neben dem Wagen stehen.

«Wer ist der Kerl neben dem Auto?», rief Leconte Quint zu.

«Mein neuer Partner!», antwortete Quint grimmig. «Der alte hat mich ja offensichtlich reingelegt!»

«Sind noch mehr da?»

«Nur drei Gefangene und ein Toter im Schuppen.»

«Und wo ist die Beute?»

Quint blieb stehen und drehte sich um. «Im Kofferraum des Wagens», gab er ruhig zur Antwort. «Ich mache Ihnen einen Vorschlag: Sie bekommen meinen Anteil und den von Sentence, und ich gebe Ihnen mein Wort, dass wir Sie unbehelligt ziehen lassen und Sie nicht verfolgen werden. Im Gegenzug lassen Sie jetzt sofort die Frau frei.»

Lecontes Lachen klang beinahe hysterisch. «Dein Wort? Darauf scheisse ich! Bei der erstbesten Gelegenheit würdet ihr mich umlegen! Ich will die Beute, und zwar die ganze! Also, sofort umladen! Aber ganz vorsichtig, sonst bearbeite ich das hübsche Gesichtchen der Puppe mit meinem Messer! Falls es doch jemandem einfallen sollte, auf mich zu schiessen, wird meine Kraft mit grosser Wahrscheinlichkeit trotzdem noch ausreichen, um ihr die Kehle durchzuschneiden oder das Messer in den Hals zu rammen! Also lasst es besser nicht drauf ankommen!»

Gemeinsam hoben Quint und Prochorow die erste Kiste aus dem Wagen der Kramerbande und trugen sie zum Opel. Der Russe versuchte, den Kofferraumdeckel mit der freien rechten Hand zu öffnen, aber er war abgeschlossen.

«Wir brauchen den Schlüssel», teilte Quint dem nervös um sich blickenden Geiselnehmer mit ruhiger Stimme mit. Er wollte unbedingt vermeiden, dass der Mann durchdrehte.

«Ich warne dich! Wenn das ein Trick ist, dann …!»

«Kein Trick, der Kofferraum ist abgeschlossen. Sie bekommen den Schlüssel danach sofort wieder», beschwichtigte ihn Quint.

«Wirf den Schlüssel durch den Spalt! Aber versuch nicht, mich reinzulegen!», warnte Leconte Ingrid.

Mit zitternden Fingern zog sie den Schlüssel aus dem Zündschloss und liess ihn aus dem Wagen fallen, ohne

228

den Kopf zu drehen.

Quint bückte sich langsam und hob den Schlüssel auf. «Alles in Ordnung, ich habe ihn.» Er ging zum Fahrzeugheck, schloss den Kofferraum auf und kehrte sofort wieder mit dem Schlüssel zurück. «Soll ich ihn durch den Spalt hineinfallen lassen?»

«Nein! Gib ihn ihr in die Hand!»

Ingrid hielt die Finger der linken Hand zum Fenster hinaus und nahm den Schlüssel wieder in Empfang.

«Steck ihn wieder ins Schloss!», befahl ihr Leconte. «Und du sorg dafür, dass es endlich vorwärts geht!»

Quint nickte kurz und kam der Aufforderung nach. Wenig später waren die beiden Kisten umgeladen.

«Fertig», verkündete Quint, als Prochorow den Deckel zuschlug.

«Und das ist wirklich die gesamte Beute?», erkundigte sich Leconte misstrauisch.

«Ja. Zwei Kisten voll Gold.» Das Glitzern in den tückisch blickenden Augen entging Quint nicht.

«Stellt euch mit dem Gesicht zur Wand vors Haus, die Hände an die Fassade, und bleibt so stehen, bis wir hinter der Mauer verschwunden sind! Aber zuerst bringst du mir noch den Schlüssel des grünen Wagens! Dein Kumpel soll inzwischen schon mal die Position einnehmen!»

Quint drehte sich zu Prochorow um, der ihm wortlos den Fahrzeugschlüssel reichte und zum Haus hinüber marschierte.

«Du kannst dich nun zu deinem Freund gesellen!», trug Leconte Quint auf, nachdem Ingrid den Schlüssel übernommen hatte. «Und denkt daran: Wenn ihr euch zu uns umdreht, bevor wir vom Areal runter sind, stirbt

229

eure Gespielin!»

«Lassen Sie sie wenigstens gehen, sobald Sie die Strasse erreicht haben! Sie kommen allein schneller voran, als wenn Sie ständig auf sie aufpassen müssen!»

«Wie kommst du dazu, Forderungen zu stellen?», höhnte Leconte. «Hier gebe ich die Befehle! Und jetzt stell dich endlich neben deinen neuen Partner und rühr dich nicht, bis wir weg sind! Was sonst passiert, habe ich dir ja ausführlich erklärt! Und grüss Sentence von mir! Vielleicht kommen wir ja wieder einmal miteinander ins Geschäft!» Sein dreckiges Lachen klang noch in Quints Ohren, als Ingrid den Wagen wendete und langsam vom Platz fuhr.

«Gib Gas!», schrie Leconte Ingrid ins Ohr, als sie die Durchfahrt hinter sich hatten.

Erschrocken zuckte Ingrid zusammen und beschleunigte den alten Opel. Vor der Biegung drosselte sie die Geschwindigkeit wieder geringfügig, aber kaum hatten sie die Richtungsänderung hinter sich, rief ihr Entführer: «Schneller! Schneller!»

So schnell, wie sie es gerade noch verantworten konnte, raste sie über den bis auf einige Stellen noch schneebedeckten Kiesweg und auf die nächste Kurve zu, wo sich die Waldschneise mit Prochorows Wagen befand. Auch diesmal nahm sie wieder etwas Tempo weg, um nicht von der Strecke abzukommen.

Als sie den quer über den Weg liegenden Baum sah, erschrak sie und trat voll auf die Bremse. Mit blockierten Rädern rutschte das Auto unlenkbar geradeaus, bis das neben dem Weg etwas höhergelegene Terrain die wilde Fahrt abrupt stoppte. Ingrid wurde durch den Ruck mit dem Oberkörper gegen das Lenkrad geschleudert, ohne sich dabei ernsthaft zu verletzen.

Durch das plötzliche Ereignis völlig überrumpelt, flog Leconte zwischen den beiden Sitzen nach vorn und knallte mit dem Kopf gegen den mittleren Teil des Armaturenbretts. Leicht benommen richtete er sich auf, um den Oberkörper vom unangenehmen Druck des Schalthebels zu entlasten.

In fliegender Hast zog Ingrid den Verriegelungsknopf hoch und öffnete die Tür. Bevor sie den linken Fuss auf dem Boden hatte, griff Leconte nach ihr und bekam das schulterlange Haar zu fassen. Im nächsten Augenblick musste er jedoch feststellen, dass er nur eine Perücke in der Hand hielt.

Mit einem wütenden Knurren entriegelte er die Beifahrertür und tastete nach seinem im Fussraum liegenden Messer. Bis er das Auto ebenfalls verlassen hatte, war sein Opfer bereits ein gutes Stück von der Unfallstelle entfernt und sah sich gehetzt nach ihm um.

Wie ein Besessener rannte er hinter der Frau her, die sich erneut nach ihm umdrehte und dabei auf einer glatten Stelle ausglitt und hinfiel. Leconte quittierte ihren Sturz mit einem furchterregenden Triumphschrei. Bis sie sich aufgerappelt hatte, trennten ihn nur noch wenige Meter von ihr.

Vor Entsetzen wie gelähmt, stand Ingrid da und starrte mit weit aufgerissenen Augen auf Leconte, der mit hoch erhobenem Messer auf sie zustürmte und ihr entgegenschrie: «Dafür werde ich dich töten! Töten!»

Beim Anblick seiner hasserfüllten Augen machte sie unwillkürlich zwei Schritte rückwärts und stiess mit der linken Ferse gegen einen Stein, der sie stolpern liess und erneut zu Fall brachte.

Bevor Ingrid mit dem Gesäss den Boden berührte und den Knall des ersten Schusses hörte, sah sie, dass ihr Angreifer wie von einem unsichtbaren Faustschlag getroffen wurde. Sein wutverzerrtes Gesicht nahm einen erstaunten Ausdruck an, als ihn das zweite Geschoss ins Wanken brachte. Beim dritten Treffer liess Louis Leconte das Messer fallen und stürzte wie vom Blitz getroffen zu Boden. Er war tot, bevor sein Körper auf dem Weg aufschlug.

Das schnell näherkommende Heulen eines Motors liess Ingrid den Blick von der Leiche abwenden und den Kopf heben. Aus der Biegung schoss das dunkelgrüne Auto und rutschte ihr mit blockierten Rädern entgegen, bevor es knapp drei Fahrzeuglängen von ihr entfernt mit geöffneter Beifahrertür zum Stillstand kam.

Weiter hinten, direkt neben dem Weg, stand Sentence mit dem Revolver in der Hand unter einem Baum und starrte mit versteinertem Gesicht zu ihr herüber.

26. Kapitel

Quint sprang förmlich aus dem Wagen und eilte zu Ingrid. «Hat er Ihnen etwas angetan?», rief er besorgt und half ihr auf die Beine.

Ingrid schüttelte stumm den Kopf und starrte wieder auf den leblosen Körper.

«Kommen Sie, der Kerl war schon lebend kein schöner Anblick!» Quint griff nach ihrem Arm und zog sie sanft zum Wagen. «Setzen Sie sich einen Moment da rein! Ich habe noch etwas mit unserem Joker zu klären!»

«Ohne ihn würde ich jetzt dort liegen, wo dieser …» Ihre Worte gingen in ein Schluchzen über.

«Wenn er sich an unsere Vereinbarung gehalten hätte, statt diese miese Ratte in die Sache reinzuziehen, wäre es gar nicht erst dazu gekommen! Aber Sentence konnte den Rachen mal wieder nicht voll genug kriegen und hat damit unser Leben und das ganze Unternehmen gefährdet!», erwiderte Quint grimmig.

«Quint hat recht! Ich habe einen unverzeihlichen Fehler begangen und mich Ihnen und ihm gegenüber wie ein Schwein benommen! Ich bedaure zutiefst, dass ich Sie damit in Lebensgefahr gebracht habe!» Sentence stand mit hängenden Schultern und zerknirschtem Gesicht hinter Quint, der bei diesen Worten herumfuhr.

«Das haben Sie in der Tat! Am liebsten würde ich Ihnen eine reinhauen, Sie elender Verräter!» Seine rechte Hand ballte sich zur Faust.

«Bitte, lassen Sie ihn! Er hat mir das Leben gerettet!»,

flehte Ingrid, während ihr die Tränen über die Backen liefen und auf ihre Schenkel tropften.

«Ich weiss, und dafür bin ich ihm trotz allem dankbar», entgegnete Quint etwas ruhiger und fixierte Sentence mit hartem Blick. «Er hat im letzten Augenblick gerade noch das Allerschlimmste verhindert! Und das ist sein grosses Glück!»

Prochorow, der die ganze Zeit über ruhig auf der anderen Seite neben dem Auto gestanden hatte, räusperte sich diskret. «Ich möchte nicht unhöflich sein, aber ich habe noch einen weiten Weg vor mir, und mein Gegenspieler wird sich bestimmt schon wundern, wo ich bleibe.»

«Oh, genau das wollte ich Ihnen noch sagen!», meldete sich Ingrid zu Wort und wischte sich mit dem Ärmel die Tränen aus dem Gesicht. «Jemand hat sich an Ihrem Wagen zu schaffen gemacht, während Sie auf der Burg waren!»

«Ich weiss, aber trotzdem vielen Dank für die Warnung!» Prochorow schenkte ihr einen warmen Blick, den sie mit einem tapferen Lächeln erwiderte.

«Dann schlage ich vor, dass wir eine Kiste umladen und verschwinden. Das heisst, sofern sich mein Auto noch in einem brauchbaren Zustand befindet!»

Ingrid nickte. «Ich konnte gerade noch rechtzeitig vor dem Baum bremsen!»

«Gut! Dann los! Sentence soll den Weg vom Abschaum frei machen, mit dem er sich eingelassen hat, und zu Fuss nachkommen! Meinetwegen kann er nachher diesen Trümmerhaufen nehmen, um zu seinem eigenen Wagen zu gelangen.»

Quint setzte sich auf die Motorhaube, während Prochorow wieder einstieg und wartete, bis Sentence den Toten zur Seite gezerrt hatte.

Hinter dem Opel hielt der Russe an. «Ich hole schnell meinen Wagen», teilte er Quint mit und verschwand zwischen den Bäumen.

«Diesem dünnen Baum verdanke ich es, dass mir die Flucht gelungen ist», stellte Ingrid versonnen fest. «Wäre er nicht umgestürzt und quer über dem Weg zu liegen gekommen, würde ich mich immer noch in der Gewalt dieses grässlichen Verbrechers befinden. Manchmal geschehen schon merkwürdige Zufälle!»

«Ich glaube schon lange nicht mehr an Zufälle», erwiderte Quint leise. «Warum sassen Sie auf dem Boden, als Prochorow und ich angerast kamen?»

Ingrid sah ihn nachdenklich an. «Ich konnte mich vor Angst nicht mehr bewegen, als ich nach einem Sturz wieder aufgestanden war und den Mann mit erhobenem Messer auf mich zustürmen sah. Er war schon so nah, dass ich ihm unmöglich entkommen konnte. Aber kurz bevor er mich erreicht hatte, fiel ich nochmals hin, und dann wurde er auch schon von Sentence getroffen.»

«Sehen Sie? Erst dadurch, dass Sie nochmals gestürzt sind, hatte Sentence freie Schussbahn. Erinnern Sie sich noch, wo er stand? Aus jener Position hätte er niemals zu schiessen gewagt, solange Sie auf den Beinen waren. Verstehen Sie, was ich meine?» Quints ernste Miene wich einem frechen Grinsen. «Aber vielleicht haben Sie sich auch einfach genau im richtigen Moment dämlich genug angestellt!»

Ingrid quittierte seine Schlussbemerkung mit einem zaghaften Lächeln. Aber ihr Blick blieb nachdenklich.

Prochorow fuhr mit seinem Kombi so nah wie möglich

an den dunkelgrünen Wagen heran und öffnete die Heckklappe, während sich Quint am Kofferraumdeckel seines Autos zu schaffen machte.

«Haben Sie einen Wunsch bezüglich Kistenwahl?», fragte Quint den GRU-Agenten, während sie nach der oberen Kiste griffen.

«Nein, für mich spielt das keine Rolle.»

«Gut, dann bringen wir diese zu Ihrem Wagen.»

«Wie es scheint, haben Sie sich mit der Wahl Ihres Geschäftspartners ein wenig vertan», bemerkte Prochorow ohne jegliche Spur von Schadenfreude. «Haben Sie sich schon entschieden, ob Sie ihm etwas von Ihrem Anteil abgeben?»

«Ja, das habe ich, und zwar sowohl als auch.» Quint grinste den Russen an, nachdem sie die Kiste abgesetzt hatten. «Beim nächsten Mal engagiere ich von Anfang an Sie als Partner!»

Da sich Sentence inzwischen in Hörweite befand und zügig näherkam, sprach er absichtlich lauter weiter. «Was den zweiten Teil betrifft: Der Deal ist geplatzt, da er klar gegen unsere Abmachungen verstossen hat! Also wird er leer ausgehen! Vielleicht lernt er ja doch noch was daraus! Immerhin hat er seine alte Schuld bei mir beglichen! Damit sind wir jetzt quitt! Nicht wahr, Sentence?»

«Ja, das sind wir. Ich habe meinen Fehler bereits eingesehen, als wir noch auf der Burg waren, aber da konnte ich nichts mehr daran ändern. Sonst hätte ich es getan. Und dass ich zweimal auf Sie geschossen habe, geschah auch nicht aus freien Stücken. Ich wollte nur, dass Sie das wissen. Und ich bin von ganzem Herzen dankbar, dass diese sympathische Frau noch lebt!»

Ingrid ging direkt auf Sentence zu und streckte ihm die Hand hin. «Und ich bin Ihnen von ganzem Herzen dankbar, dass Sie mein Leben gerettet haben! Ganz egal, was für Fehler Sie gemacht haben! Vielen herzlichen Dank!»

«Ich habe Ihnen zu danken; dafür, dass Sie mir meine Torheit nicht nachtragen», antwortete Sentence mit rauer Stimme und drückte ihr die Hand. «Gott möge Sie beschützen!»

«So, das war's!» Zufrieden knallte Quint den Deckel zu, als der Kuhfuss neben seiner Kiste im Kofferraum des Opels lag. «Jetzt noch den Baum zur Seite, und dann nichts wie weg! Es wird gleich dunkel.»

Mit vereinten Kräften beförderten die drei Männer die dünne Buche aus dem Weg, während sich Ingrid bereits in Quints Wagen gesetzt hatte und ihn vollends auf den Weg zurück manövrierte.

«Es geht mich zwar nichts an, aber wie wollen Sie eigentlich Ihren Anteil ausser Landes schaffen?», erkundigte sich Quint bei Prochorow, als Sentence bereits in seinem provisorischen Transportmittel sass.

«Das brauche ich gar nicht!» Der Russe sah ihn mit einem breiten Grinsen an. «Mein Ziel ist die Russische Botschaft in Wien. Alles andere ist dann nicht mehr meine Aufgabe!»

«Natürlich, daran hatte ich noch gar nicht gedacht!» Quint reichte dem Russen die Hand. «Ich konnte mich bisher noch nicht richtig bedanken. Ohne Sie hätte ich den Schrottplatz nicht lebend verlassen. Nach allem, was man hier im Westen über Sowjetagenten zu hören bekommt, sind Sie mir fast ein bisschen unheimlich.»

Prochorow erwiderte den Händedruck erfreut. «Glauben Sie, mir geht es anders? Gut, Sie sind nicht mehr im Dienst, aber trotzdem! Es gibt auf beiden Seiten solche und solche, das sollten wir nie vergessen, auch wenn unsere Politiker und Medien uns gelegentlich das Gegenteil weismachen wollen! Es hat mich sehr gefreut, Ihre Bekanntschaft zu machen! Und ehrlich gesagt bin ich froh, dass wir uns nie als Feinde gegenübergestanden haben! Sie waren zu Ihrer aktiven Zeit bestimmt ein harter Brocken!»

«Trotzdem hätte ich gegen Sie vielleicht den Kürzeren gezogen», entgegnete Quint lachend, wurde jedoch sogleich wieder ernst, als er sagte: «Seien Sie vorsichtig, wenn Sie mit Ihrem Gegner vom KGB aneinandergeraten! Ich bin dem Mann kurz begegnet, und ich stufe ihn als sehr gefährlich ein!»

«Das ist er in der Tat!» Prochorow hob die Hand zum Gruss. «Do swidanja! Und passen Sie gut auf Ihre Justitia mit den schönen Augen auf!» Er winkte Ingrid lächelnd zu und freute sich, dass sie zurücklächelte und ihm zunickte.

Nicht weit entfernt, zwischen den Bäumen, liess der KGB-Agent Sorokin mit einem zufriedenen Laut das Fernglas sinken. Sein geduldiges Warten hatte sich gelohnt. Und hell genug war es auch noch.

Gerade noch rechtzeitig war ihm der Wagen mit dem Schweizer Kennzeichen aufgefallen, der sich zuvor hartnäckig hinter seinem Erzrivalen gehalten hatte und genau in dem Augenblick wieder aus einem Waldstück auf die Strasse eingebogen war, als er im Schlepptau des Bauernvehiekels daran vorbeigefahren war. Da er den GRU-Agenten ohnehin aus den Augen verloren hatte, war es den Versuch wert gewesen.

Zwar hatte ihn die ganze Aktion einige Zeit und auch Schweiss gekostet. Aber das war jetzt nicht mehr wichtig. Was zählte, war einzig und allein der Erfolg. Und in diesem Moment deutete alles darauf hin, dass ihm dieser beschieden sein würde.

27. Kapitel

«Wie kommen Sie eigentlich darauf, dass ich Sie ans Steuer lasse? Reicht es etwa noch nicht, dass Sie mein altes, klappriges Auto um ein Haar zu Klump gefahren hätten?»

«Wie wollen Sie es verhindern, nachdem ich ja bereits losgefahren bin? Mir ins Lenkrad fallen? Dann können Sie Ihre Kiste meinetwegen per Anhalter transportieren, während ich mit Sentence fahre! Oder – noch besser – mit dem attraktiven Russen!»

«Pah! Dazu müssten die Sie erst einmal mitnehmen! Und ich bezweifle stark, dass die beiden Ihr Gequassel länger als fünf Minuten ertragen würden!» Quint war sich bewusst, dass Ingrid seine Absicht, sie von ihrem schlimmen Erlebnis abzulenken, durchschaute. Aber es war ihm egal, denn im Augenblick schien es trotzdem zu funktionieren.

Als er den rot-weissen Traktor mit Anhänger mitten auf dem Weg stehen sah, verstummte er.

«Da liegt jemand!» Ingrid bremste und brachte das Auto ein paar Meter vor dem Traktor zum Stehen.

«Nicht aussteigen!» Quint packte sie fester als beabsichtigt am Oberarm. Das Kribbeln in seinem Nacken hatte ihn schon oft genug vor Gefahr gewarnt, und jetzt kribbelte es ganz gewaltig!

Ein Blick nach hinten verriet ihm, dass auch der Russe auf Zack zu sein schien und Abstand zu ihnen hielt. Als der Knall die kalte Winterluft zerriss, sah Quint auf der

Fahrerseite des Kombis bereits das Einschussloch in der Frontscheibe.

«Auf mein Kommando steigen Sie aus und kriechen unter den Traktor, und zwar so weit, bis Kopf und Oberkörper zwischen den Hinterrädern sind, klar?» Er öffnete die Tür und stieg aus dem Wagen, damit der Heckenschütze abgelenkt war. «Los!»

Während Ingrid seiner Aufforderung nachkam, schoss Quint ziellos zweimal in die Luft und liess sich dann zu Boden fallen. Sekundenbruchteile später schrammte eine Gewehrkugel über das Autodach und hinterliess eine hässliche Spur.

Diesmal wurde das Feuer erwidert, und Quint registrierte mit grosser Erleichterung, dass es nicht der Revolver von Sentence war. Der Russe lebte also noch, und er schien den Standort des Scharfschützen ausgemacht zu haben. Ein erneuter Blick zurück zum Kombi, wo der GRU-Agent neben dem vorderen rechten Kotflügel kauerte, lieferte Quint die Bestätigung, dass sich der heimtückische Angreifer irgendwo links vor ihm befinden musste.

«Ingrid?», rief er fragend in Richtung Traktor.

«Ich bin genau da, wo Sie mir aufgetragen haben!»

«Sehr gut! Bleiben Sie dort und rühren Sie sich nicht, bis die Luft wieder rein ist!»

«Worauf Sie sich verlassen können!»

Quint richtete sich neben dem rechten Vorderrad in die Startposition eines Schnellläufers auf und atmete einmal tief durch, bevor er losrannte. Ohne Komplikationen erreichte er den Traktor und dann den Anhänger, dessen Tandemachse ihm ausreichend Deckung bot. Unter der Ladebrücke des Wagens hindurch konnte er ein Auto erkennen, das zweifelsohne demjenigen gehörte, der ihnen diesen Hinterhalt gelegt hatte. So leicht würde der Schurke von hier nicht mehr wegkommen, sofern es ihm nicht gelang, sie allesamt ausser Gefecht zu setzen!

Prochorow jagte wieder eine Kugel aus dem Lauf seiner PB, aber für einen sicheren Treffer auf einen liegenden Schützen war die Distanz zu gross. Ausserdem ging seine Munition allmählich zur Neige. So musste er sich damit begnügen, den Angreifer hin und wieder in Deckung zu zwingen, damit dieser wenigstens auch nicht wie auf dem Schiessstand ruhig einen Schuss nach dem anderen auf sein Ziel abgeben konnte.

Ohne dass es jemand bemerkte, profitierte auch Sentence von diesen – zu seinem grossen Bedauern sehr seltenen – Schüssen Prochorows. Indem er einen grossen Bogen geschlagen hatte, befand er sich nun fast im Rücken des Scharfschützen. Aber er musste höllisch aufpassen, dass er sich nicht durch einen unvorsichtigen Schritt verriet und dessen Feuer auf sich zog!

Obwohl Sentence nichts dafürkonnte, rollte sich Sorokin in diesem Augenblick blitzschnell auf den Rücken und riss das Gewehr herum. Noch in der Bewegung drückte er ab. Das Geschoss verfehlte Sentence um Haaresbreite und schlug hinter ihm in einen Baumstamm.

Der nächste Schuss aus der Waffe des tödlich getroffenen KGB-Agenten stellte für Sentence keine Gefahr mehr dar. Mit weit aufgerissenen Augen und zur Seite geneigtem Kopf lag Sorokin auf dem Rücken, während aus seinem halboffenen Mund ein dünner Blutfaden lief.

Sentence kniete neben ihm nieder und durchsuchte seine Taschen. Den Autoschlüssel, die Pistole und alles, was möglicherweise Rückschlüsse auf die vermutlich ohnehin falsche Identität des Toten zulassen konnte, nahm er ihm ab. Das Gewehr liess er unberührt liegen.

Um nicht versehentlich für den Heckenschützen gehalten zu werden, machte Sentence einen Umweg und verliess den Wald erst nach rund zwanzig Metern Entfernung zum Kampfplatz.

«Es ist vorbei!», rief er, als er den Weg erreicht hatte, und ging langsam auf den Russen zu. «Bis auf das Gewehr ist das alles, was mir irgendwie von Belang schien.» Er übergab dem erstaunten GRU-Agenten die Sachen, drehte sich um und ging langsam zu seinem in der Kurve abgestellten Wagen zurück.

«So allmählich kann ich nachvollziehen, weshalb Sie sich den Revolverschützen für Ihren Coup ins Boot geholt haben!», bemerkte Prochorow anerkennend, als er bei Quint eintraf. «Der Bursche ist wirklich nicht schlecht!»

Ingrid, die gerade wieder unter dem Traktor hervorkroch, schlug in die gleiche Kerbe: «Sehen Sie, unser Joker war schon wieder von grossem Nutzen, und diesmal für uns alle! Aber wir sollten jetzt nach dem Bauern sehen!»

Für den bärtigen Mann kam jede Hilfe zu spät. Das kreisrunde Loch zwischen seinen Augen liess keinen Raum für Spekulationen.

«Wie kann man nur so verkommen sein, einen unschuldigen Menschen einfach kaltblütig zu ermorden», flüsterte Ingrid und wandte sich ab, während ihr die Tränen in die Augen schossen.

«Würde es Ihnen etwas ausmachen, mir noch einmal beim Umladen behilflich zu sein?», wandte sich Prochorow höflich an Quint. «Abgesehen von der eingeschränkten Sicht scheint mir ein Fahrzeug mit einem Einschussloch in der Frontscheibe für die Fahrt nach Wien doch etwas zu auffällig zu sein.»

«Selbstverständlich helfe ich Ihnen. Aber zuerst muss der Traktor vom Weg runter.»

Nachdem alle Fahrzeuge möglichst zweckdienlich verschoben und Prochorows Kiste und Gepäck inklusive der gefälschten Nummernschilder umgeladen waren, rollte auch der Leihwagen von Sentence langsam näher.

«Was soll mit der Leiche Ihres Gegners geschehen?», erkundigte sich Quint. «Kriegen Sie deswegen noch Ärger?»

Der Russe verzog den Mund zu einem listigen Lächeln. «Kaum. Manche Agenten sterben einsam, so dass niemand den genauen Grund für ihr Ableben kennt, nicht wahr? Ich werde von einer Telefonzelle anonym die Polizei benachrichtigen, damit sie hier aufräumt. Wenn Sie wollen, kann ich dabei auch gleich Ihre Botschaft übermitteln. Wie war nochmal der Name? Rampone?»

«Richtig. Klingt doch gut, oder? Das Angebot nehme ich gern an, vielen Dank!»

«Wer oder was ist Rampone?», wollte Ingrid wissen, als die Rücklichter von Prochorows neuem Wagen hinter den Bäumen verschwunden waren.

«Das erkläre ich Ihnen, wenn wir endlich unterwegs sind! Steigen Sie ein, wir müssen los!»

«Wollen Sie sich nicht einen Ruck geben und Joker Sentence wenigstens seine Auslagen vergüten?»

Wortlos ging Quint zum Fahrzeugheck, öffnete den Kofferraum und packte den Kuhfuss. Mit geübten Bewegungen löste er den Deckel der Kiste und benutzte anschliessend die linke Armbeuge, um ihn mit dem Werkzeug so weit anzuheben, dass seine Hand hindurch passte.

Blind griff er hinein und zog die mit Münzen gefüllte Faust zurück. Das musste für den wortbrüchigen Galgenvogel reichen!

«Kommen Sie her und holen Sie sich Ihr Almosen!», rief er dem bereits hinter dem Lenkrad sitzenden Sentence zu. «Aber beeilen Sie sich, bevor ich es mir doch noch anders überlege!»

Mit zusammengekniffenen Augen stieg Sentence aus und kam misstrauisch näher.

«Unsere gutherzige Auftraggeberin ist der Meinung, dass ich Ihnen trotz allem etwas von der Beute abgeben sollte!», bellte Quint. «Wenn es nach mir ginge …!»

Mitten im Satz brach er ab und starrte fassungslos auf die Münzen, die er Sentence in die aufgehaltenen Hände fallen liess – Silbermünzen!

Es war später Nachmittag, als der alte Opel mit Quint am Steuer die österreichische Seite des Grenzübergangs passierte und den Rhein überquerte. Sie hatten lange geschlafen, um sich von den Strapazen der vergangenen Tage zu erholen. Bei der Abreise hatte ihnen die Bedienung des Gasthofs aufgeregt eine abenteuerliche und etwas wirre Geschichte über dutzende tote und verwundete Gangster und einen mysteriösen «Ropone oder so ähnlich» erzählt.

Im Schritttempo liess Quint den Wagen auf den Schweizer Zoll zurollen und stoppte neben dem uniformierten Beamten. Mit mürrischem Gesicht kurbelte er die Scheibe herunter.

«Grüezi. Ihre Ausweise, bitte!»

Quint reichte dem Grenzwächter die beiden verlangten Dokumente, die der junge Mann aufmerksam studierte; Ingrids Ausweis eine Spur aufmerksamer und länger.

«Haben Sie etwas zu verzollen?»

«Ja, eine Kiste voll Raubgold im Kofferraum! Sehen Sie allein nach oder muss ich aussteigen? Der Kofferraumdeckel ist nicht abgeschlossen!»

«Ach, Onkel Robert, nun lass doch für einmal deine blöden Witze!», tadelte ihn Ingrid vorwurfsvoll. «Der nette Mann macht doch nur seine Arbeit! Was kann er denn dafür, dass dir der Deckel vom Salzstreuer gefallen ist, als du dein Essen nachwürzen wolltest?»

Mit einem gewinnenden Lächeln wandte sie sich an den Zollbeamten. «Entschuldigen Sie bitte! Er meint es nicht böse, nicht wahr, Onkelchen?»

Onkel Robert brummte mit verdrossenem Gesicht etwas Unverständliches und starrte stur geradeaus.

Etwas verunsichert erwiderte der Zöllner das Lächeln der bezaubernden Nichte und gab dem alten Griesgram die Ausweise zurück. «Gute Fahrt!»

«Wie hätten Sie eigentlich versucht, die Kiste über die Grenze zu schmuggeln, wenn sie tatsächlich voll Gold gewesen wäre?», wollte Ingrid lachend wissen, als sie wieder fuhren.

«Auf genau dieselbe Weise wie eben.»

«Dieses Risiko wären Sie tatsächlich eingegangen?»

«Ja. Auf der ganzen Welt fürchten Menschen in Uniform nichts mehr, als ihre Autorität zu verlieren, indem sie sich lächerlich machen.» Und nach einer kurzen Pause fügte er hinzu: «Im Augenblick bin allerdings ich derje-

246

nige, der sich lächerlich gemacht hat!»

«Das würde ich so nicht sagen», entgegnete Ingrid. «Wenn sogar die sowjetischen Geheimdienste ihre Agenten in Marsch gesetzt haben, weil sie ebenfalls der Überzeugung waren, dass Kramer einen Goldschatz versteckt hat, dann muss da jemand im Hintergrund einen ganz raffinierten Trick aus dem Hut gezaubert haben! Und nun versetzen Sie sich einmal in Kramers Lage: Da plant und begeht er einen kaltblütigen Mord und verbringt die Hälfte seines Lebens damit, auf seinen grossen Tag zu warten; voller Angst, dass der Schatz dann gar nicht mehr da sein könnte! Und wofür? Für eine Handvoll angelaufener Silbermünzen! Eigentlich schade, dass ihm die Enttäuschung erspart geblieben ist! Stellen Sie sich sein Gesicht vor, wenn er nach all den Jahren hätte feststellen müssen, dass ihn jemand reingelegt hat!»

«Nun ja, nachdem meine Enttäuschung etwas abgeklungen ist und ich ein wenig gerechnet habe, muss ich zugeben, dass Silbermünzen im Wert von rund zweieinhalb- bis dreitausend Dollar wesentlich besser sind, als mit leeren Händen von einem Abenteuerausflug zurückzukehren. Für ein anständiges Kinderheim reicht es leider nicht, aber vielleicht als Startkapital für den ganz grossen Coup!»

Ingrid sah ihn erschrocken an. «Ist das Ihr Ernst?»

«Sie sind doch die Filmexpertin», gab Quint mit todernster Miene zur Antwort. «Wie lautet jeweils der Text am Ende des Abspanns bei James Bond?»

«James Bond kehrt zurück!», kam es wie aus der Pistole geschossen. Als Ingrid das schelmische Grinsen in Quints Gesicht sah, lachte sie. «Sie haben mich reingelegt! Im ersten Moment dachte ich wirklich, dass Sie ein krummes Ding drehen wollen!»

Eine Weile hingen beide ihren Gedanken nach. Als Quint gerade überlegte, ob er seine kompetente Beifahrerin nach dem Namen der blonden Schauspielerin fragen sollte, riss ihn Ingrids Stimme aus seinen Träumereien.

«Wir könnten uns ja den Film gemeinsam ansehen, wenn er in die Kinos kommt! Bis dann wissen wir womöglich bereits, ob die Aktion Ihres fiktiven Sonderkommandos Rampone erfolgreich war. Abgemacht?»

Quint dachte kurz nach. Warum eigentlich nicht? Wenn schon nicht in Natura, würde er die schöne Blondine mit der Plastik-MP so wenigstens auf der Leinwand sehen und dabei auch gleich ihren Namen erfahren.

«Abgemacht!»